月と六ペンス

サマセット・モーム
厨川圭子＝訳

角川文庫
15533

The Moon and Sixpence
by William Somerset Maugham

月と六ペンス

I

正直なところ、私が初めてチャールズ・ストリックランドに会った時、彼の中に凡人とかけ離れたものがあるなどとは少しも気づかなかった。しかし今では、彼の偉大さを認めない者は殆《ほとん》どいないだろう。偉大さといっても、幸運の波にのった政治家や功成り名とげた軍人の得た偉大さとはわけがちがう。そういう偉大さは個人よりもその男が就いている地位に付随するもので、状勢が一変すればごく平凡なものになり下がってしまう。職を離れた首相は、えてして勿体《もったい》ぶった雄弁家にすぎなかったことがわかるものだし、軍隊を離れた将軍は、市場設置市《マーケット・タウン》の中で英雄とまつりあげられているくらいのものだ。そこへゆくと、チャールズ・ストリックランドの偉大さは本物である。彼の芸術を好まぬ人もいるだろうが、とにかくそういう人でさえ彼の芸術に無関心であることはむずかしい。彼は観る者の心をかき乱し、捉《とら》える。彼があざけりの的であった時代はもう過ぎた。今では、彼を弁護しても奇人とは言われないし、彼を賞《ほ》めてもつむじ曲がりと言われる気づかいはなくなった。欠点すら、彼の長所を引き立てる上で欠くべからざる物とみなされている。ストリックランドの芸術家としての地位はまだ異論の余地があるし、彼の崇拝者の追従《ついしょう》はおそらく、彼の悪口を言いふらす者の侮《あなど》りに劣らず、気まぐれなものだろう。しかし一つだけ疑問の余地のない点がある。それは、彼が天分を持っていたことだ。私にとって、芸術に関して最も興味のある点は、芸術家自身の個性である。そしてもしその個性が風変わりであったら、千の欠点も私はよろこんで見逃してしまう。ベラスケス（一五九九—一六六〇、スペインの画家）はエル・グレコ（一五四一頃—一六一四、クレタ島生まれでスペインに住んだ画家）よりすぐれた画家だとは思うが、ベラスケスへの崇拝の念はあまりに月並みになって気が抜けてしまった。そこへゆくと、官能的で悲劇的なクレタ島人（エル・グレコ）の方は、永遠の犠牲《いけにえ》のように常に彼の魂の神秘を提供してくれる。画家にせよ、詩人にせよ、或《あるい》は音楽家にせよ、すべて芸術家はその崇高な或は美しい装飾によって、審美感覚を満足させてくれる。しかしそれは性本能と似ていて、相通じる野蛮性がある。同時に、芸術家達は彼等自身という更にすばらしい贈り物を目の前にひろげてくれるのだ。芸術家の秘密を追究することには、どこか探偵小説の魅力と通じるものがある。宇宙の謎と同じく、解答がないというよさを持った一つの謎である。ストリックランドの作品の、どんなつまらないものをとってみても、そこには異様な、苦悩にゆがんだ、複雑な人間がにじみ出ている。彼の絵を好まぬ人でも彼に無関心でいられないのは正にこの点である。彼の生涯や彼の性格に非常に好奇心をそそられるのもこの点である。

　ストリックランドの死後四年たってから、モリス・ユレが『メルキュール・ド・フランス』に一文を寄せた。それがこの無名の画家を忘却の淵《ふち》から救い出すことになったし、ユレの後に続く作家達が、程度の差こそあれ、みな従順に辿《たど》った道を明示することにもなったのだ。長い間、モリス・ユレほど議論の余地のない権威を誇っていた批評家はフランスにはいなかったほどだから、彼の主張する事は人々に感銘を与えずにはおかなかった。ユレの主張したことは途方もないことのようにみえたが、後の人々の判断がユレの評価を確立するところとなり、チャールズ・ストリックランドの世評は今ではモリス・ユレが主張した線の上に確立された。このようにストリックランドの世評が高まったことは、美術史上最もロマンティックな出来事の一つとなっている。しかし私は別にチャールズ・ストリックランドの作品を取り上げて云々《うんぬん》するつもりはない、ただ彼の作品が彼の性格に触れている場合を除いては。画家の中には、素人風情に絵などわかろうはずがない、我々の絵がいいと思ったら、ただ黙って小切手にサインをすればいい、などと見下したようなことを主張する人がいるが、私は不賛成だ。それはとんでもない思いちがいで、芸術家以外にはぜんぜん理解できない技巧しか芸術の中に認めていないことになる。芸術は感情の表示であり、感情はすべての人が理解できる言葉で語るものである。しかし私も次のことは認める、技術の面で実際の知識を持たない批評家は、この方面で真に価値のある事はめったに言えないということ、又、私の絵に関する知識はごく貧弱であること。しかし幸いなことに、私が冒険をあえてする迄《まで》もなく、優れた画家であり有能な作家でもある友人のエドワード・レガット氏が小さな本の中で*チャールズ・ストリックランドの作品についてあますす

＊ "A Modern Artist : Notes on the Work of Charles Strickland," by Edward Leggatt, A.R.H.A. Martin Secker, 1917.

ところなく論じている。この本は大体に於《お》いてイギリスでよりもフランスの方でよく洗練されている一つの文体を使って書いた好例でもある。

モリス・ユレはかの有名なストリックランド論の中で、チャールズ・ストリックランドの生涯の概略を述べているが、これは好奇心に満ちている人々の食欲を増進させるようにうまく計算されていた。彼は芸術に対して無私の情熱を抱いていたから、本当の目的は識者の注意を最高度に独創的《オリジナル》な天才へ向けることであった。しかしジャーナリストとしてもすぐれていた彼は、「人間的興味」を加味した方が自分の目的をさらにたやすく達成させるだろうということに気づかずにはいられなかったのだ。はたして、昔ストリックランドと知り合った人々、即ちロンドンで知り合った作家連とか、モンマルトルのカフェで顔見知りになった画家とかが、ストリックランドをそんじょそこらの無名の芸術家くらいに思っていたのが、とんでもないことに、自分達と付き合っていた奴は本物の天才だったとわかると、フランスやアメリカの雑誌に、記事が続々と登場し始めた。某氏の思い出の記、某氏の鑑賞論等々、そしてこれ等の記事でストリックランドの名声はいやが上にも高まり、大衆の好奇心はますますあおられて飽くことがなかった。この主題は人々をよろこばせた。その結果、勤勉なるヴァイトブレヒト－ロートホルツ博士は厖大《ぼうだい》なる論文の中に、*莫大《ばくだい》な

* "Karl Strickland : sein Leben und seine Kunst," by Hugo Wetbrecht-Rotholz, Ph. D. Schwingel und Hanisch. Leipzig, 1914.

る典拠のリストを挙げることができたのであった。

神話を作り出す才能は人類に先天的に備わっているものである。少しでも凡人よりぬきんでた者の生涯に、意外な或は神秘的な出来事があればむさぼりつき、そして伝説をでっち上げ、それを熱狂的に信じる。それは平凡な生活に対するロマンスの抗議ともいうべきものだ。伝説中の事件は主人公にとって不滅の名声への最も確かな旅券《パスポート》となる。皮肉な哲学者は微笑を浮かべながら述懐する、サー・ウォルター・ローリは未発見の国々へ英語の地名をもたらしたことによってよりも、むしろマントをひろげて、処女王（エリザベス一世）がその上をお歩きになったことによって人類の記憶にしっかと秘められているのだ、と。チャールズ・ストリックランドは人知れず生きていた。友人より敵の方が多かった。こうなると、彼について書いた人達が、乏しい記憶の不足をたくましい想像で補ったとしても不思議はないし、彼についてわかっているほんのわずかの資料の中にも、ロマンティックな作家に書くきっかけを持たすだけのものが含まれていることも明白である。何故なら、彼の人生には変な怖ろしいことが沢山あったし、彼の性格にはどこか無法なところがあったし、彼の運命にはあわれなところが少なくなかったから。やがて一つの伝説が出現し、それが又委曲をつくしたものだったために、賢明な歴史家達はそれに攻撃の手を加えるのをためらった。

ところが、ロバート・ストリックランド師はどうみても賢明な歴史家とは申しかねる御《ご》仁《じん》である。師が伝記を書いた趣旨は、師自ら公言されたところによると、父の晩年について「世に流布している誤解を取り除く」ためであって、この誤解は「現存の人々に甚《はなは》だしい苦痛を与えている」というのである。世間に行われているストリックランドの生涯に関する記事の中には、明らかに良家の人々に気まずい思いをさせるようなものが多々あった。私はこの伝記*を大いに面白がって読んだが、その結果は面白くもおかしくもない退屈な伝記だとわかって、むしろほっとした。ストリックランド師のえがいたのは良き夫、良き父、そしてやさしく勤勉で品行方正な男の肖像なのだ。この近代の牧師は彼の学問——聖書の釈義と称するものだと思うが——の研究によって、物事を驚くほどうまく言いぬける術《すべ》をものにしている。ロバート・ストリックランド師は、忠実なる息子として記憶に残しておくのは工合《ぐあい》が悪いと思うような父親の生涯の事実を、すべて実に巧妙に解釈してのけている。この巧妙なやり方は、機が熟せば彼を必ず教会の最高位にのし上がらせるにちがいないものだと思う。私は既に彼の筋骨たくましいふくらはぎが司教のゲートルに包まれている有り様が目に浮かぶ。彼が伝記を書いたことは健気《けなげ》ともいえようが、冒険でもあった。というのは一般に受けいれられている伝説がストリックランドの評判を高めるのに少なからず力があったと考えられるからだ。ストリックランドの性格を憎むが故に、或は彼の死を同情するが故に、彼の芸術にひかれる者が大勢いたくらいだ。そんなふうだから、息子

* "Strickland : The Man and His Work", by his son, Robert Strickland. Wm. Heneimann, 1913.

の善意の努力は父親の崇拝者達に冷水を浴せる妙な結果となった。ストリックランドの主要な作品の一つである『サマリアの女』*がストリックランド師の伝記の出版に続く論議の直後、クリスティの店で売りに出た時、九か月前より二百三十五ポンドも値が下がったことは偶然とはいえない。これは九か月前に著名な蒐集家《しゅうしゅうか》が買い、その急死によって再び競売に付されたものである。人類が神話を創り出す、あのすぐれた才能が、異常なものへの渇望を片端から失望させるような話をいら立たしげに追い払ってしまったからよかったものの、さもなければ、チャールズ・ストリックランドの力と独創性だけでは、局面を一変させるには充分とはいえなかったろう。それから間もなくヴァイトブレヒト－ロートホルツ博士が研究を発表し、芸術愛好者全部の疑念を決定的にはらしてくれたのだ。

ヴァイトブレヒト－ロートホルツ博士は、人間の本性はとことん迄落ちた悪さより更に悪いと信じている歴史学派に属している。そしてこの派の歴史家の書いたものの方が、家庭道徳の手本としてロマンスの立て役者を描くことに底意地の悪い快感を覚えるような作家のものより間ちがいなしにたのしめる。私としてはアントニーとクレオパトラの仲は経済問題以外に何もなかったと考えるのは無念である。ましてやティベリウス皇帝（ローマ帝国第二代皇帝）はジョージ五世のような完璧《かんぺき》な名君であったと思い込むには、ありがたいことにとう

＊　クリスティの目録に以下のような説明がついている。「ソサイアティ群島生まれの裸婦が小川のほとりの地面に横たわっている。背景は椰子《やし》やバナナ等の熱帯風景。60インチ×48インチ」

てい手に入りそうもないくらい沢山の証拠が要る。ヴァイトブレヒト－ロートホルツ博士はロバート・ストリックランド師の罪のない伝記をあまり手きびしい言葉でこき下ろしているので、この不運な牧師に思わず同情を覚えないではいられないほどである。ストリックランド師の品のよい寡言は偽善という烙印《らくいん》を押されるし、廻《まわ》りくどい言い方は虚偽だと真っ向から罵《ののし》られるし、沈黙は不実だとけなされている。しかも作家なら非難すべきだが、息子としては免《ゆる》されてもいいような微罪をとりたて、アングロ・サクソン民族はすまし屋で、大ぼら吹きで、見栄坊《みえぼう》で、ぺてん師で、狡猾《こうかつ》で、料理が下手くそだと責められている。私個人としてはストリックランド師が両親の仲がいくらか「不和」であったと人々に信じさせるようになった記事を論駁《ろんばく》しようとして、チャールズ・ストリックランドはパリからよこした手紙に妻のことを「立派な女」と言っていると述べたことは軽率だったと思う。というのは、ヴァイトブレヒト－ロートホルツ博士はその手紙の複写を印刷することができた、そして言及してある箇所は、実際には次のようになっているらしいからである――「女房なんかくそくらえ。あいつはご立派な女さ。地獄にでも落ちりゃいい」。いくら全盛時代の教会でも、自分に不利な証言を取り扱った場合、このような方法はとらなかったはずだ。

ヴァイトブレヒト－ロートホルツ博士はチャールズ・ストリックランドの熱心な崇拝者だから、いい加減な上塗りでごまかす心配はない。彼は表面全く無邪気に見える行動でもその底にひそむ卑しむべき動機を的確に見抜く力を持っている。彼は美術研究家であると同時に精神病理学者でもあるから、潜在意識さえ彼の目をごまかすことは殆《ほとん》どできない。いかなる神秘主義者といえども、彼ほど平凡な物の中に深い意義を見出《みいだ》しはしなかった。神秘主義者が口ではとうてい表現できないような神聖なものを見ぬくとすれば、精神病理学者は口ではとうてい表現するには堪えないようなものを見ぬく。この学識ある著者が、本の主人公の信用を失墜させるようなあらゆる事柄を次々に狩り立ててゆく、その意気込《いきご》みは見ていて不思議な魅力を覚える。博士は残酷な例や卑しい例をあげることができると、主人公に対して心温まるものを覚えるし、ある忘れられていた話を引き出してロバート・ストリックランド師の孝心をくじくことができると、まるで邪教徒審判所の裁判官のように狂喜する。彼の勤勉なることは驚嘆のほかはない。どんなささいなことでも見のがさない。この分では、もしチャールズ・ストリックランドの洗濯屋の未払い勘定書きでも残っていたら、さぞ事細かに書き立てられるだろうし、もしストリックランドが借りた半クラウン貨を返さないとすれば、その事件は細大洩《も》らさず報告されるにちがいない。

2

既にチャールズ・ストリックランドについてはいろいろと書かれているのだから、今更私が物を書く必要などないと見えるかもしれない。だいたい画家の記念碑はその作品なのだ。たしかに私は大概の人よりストリックランドと親しかったとはいえるだろう。まだ彼が画家にならないうちに初めて会っているし、彼がパリで苦労していた年月の間もかなり頻繁に会った。しかし、もし大戦中、事のなりゆきでタヒチ島に立ち寄るようなことが起こらなかったなら、おそらく私は彼の思い出を書きとめる気にはならなかったと思う。彼が晩年をこのタヒチ島で過ごしたことはあまりにも有名である。そしてその島で私は彼と親しかった人達と出会った。私は自分が彼の悲劇的な生涯のうち、今まで一番あいまいなままになっていた部分に光明を投じる立場にいると気づいた。もしストリックランドの偉大さを信じている人々の言うとおり彼が偉大であるならば、ストリックランドをじかに知っていた人の個人的な記述は余計ではない筈《はず》だ。私がストリックランドを知っていたと同じくらい親しく、エル・グレコと付き合っていた人がいるとすれば、その思い出を聞き出すためなら、何をくれたって惜しくはないではなかろうか？

私はべつにそんな口実をもうけて言いのがれをするつもりはない。誰だったか忘れたが、人間は魂の救いのために、毎日嫌なことを二つすべきであると推奨した人があった。なかなかの知恵者である。その格言を私は忠実に守っている。というのは私は毎日起きるし、毎日寝ることにしているから。しかし私の本性の中には禁欲的傾向があって、更に厳格な苦行を毎週肉体に課している。即ち、タイムズ紙の文芸付録《リテラリー・サプリメント》をかかさず読むことである。莫大《ばくだい》な数の書物が書かれていることや、その作者達が当然の希望を抱きつつ自分の本の出版を眺めていることや、それ等の書物の待ち受けている運命のことを思うことは有益な訓練である。これほど沢山の本の群れをかきわけて前へ進み出るチャンスなど、どれほどあるだろう？　又たとえ成功したところで、たかが一シーズンだけの成功ではないか。ただ単に偶然の読者に二、三時間の気晴らしを与え、旅のつれづれをまぎらわすために、著者がどれほどの努力を払ったか、どれほどのつらい経験をなめたか、どれほどの心の苦痛を耐えたか、神のみぞ知る。書評から察するに大抵の本は立派に心をこめて書かれ、できの上がるまでには並々ならぬ苦慮が払われ、あるものに至っては、全生涯の心血をそそいだものもある。私が引き出した教訓は、著者たるものすべからく、書くよろこびと、思考の束縛からの解放感の中に、報酬を求めるべきであり、その他のことにはすべて無関心であれ、賞讃《しょうさん》も非難も失敗も成功にも平然としているべし、ということだ。

　そこへ戦争が起こって、新しい態度をもたらした。若者達は、我々旧時代の者の知らなかったような神をたよるようになった。我々の後に来る連中の進む方向は、既に見通すことができるような気がする。力を自覚している騒々しい若い世代は戸を叩《たた》くなどということはやめてしまった。戸を破って中に押し入り、我々の席に居据わってしまった。あたりは彼等のわめき立てる声で騒々しい。我々年長者の中には、若人の道化じみた挙動を真似て、おれの時代はまだ終わってはいないのだと自分自身を納得させるつもりで、じたばたしている者もいる。最も威勢のいい連中と一緒になって叫びたててはいるが、こういう手合いの口から出ると鬨《とき》の声はへんにうつろな響きがする。彼等は、眉墨《まゆずみ》を引き、頬紅を塗り、白粉《おしろい》をはたきつけ、かん高い声ではしゃぎ立てたりして、青春の幻影を取り戻そうとしているあわれな蓮葉女《はすっぱ》に似ている。もっと知恵のある人達は品のよい落ち着きをもって自らの道を進んでいる。彼等のつつましやかな微笑の中には寛容なあざけりがうかんでいる。自分達もまさしくあの通りに騒ぎ軽蔑《けいべつ》しつつ、おさまりかえった世代を足下に踏みつけたことがあったのを知っているからだ。そしてこれ等の勇敢な松明《たいまつ》持ち共も、間もなく地位をゆずる時が来るだろうこともわかっているからだ。最後の言葉なんてものはない。ニネヴェの都（古代アッシリアの首府）が天高くその栄華を誇った時、新しい福音は既に古くなっていたのだ。しゃべっている当人には非常に斬新《ざんしん》に聞こえる女への甘い囁《ささや》きも、実は昔から何回となく殆ど変わらない口調でしゃべられてきたものである。振り子は行きつ戻りつ振れている。同じ円周を永遠に新しく旅しているにすぎないのだ。

人は時として、自分の属していた時代を生きのびて、更に自分としっくりこない時代に迄《まで》長く生き残る人がいる。こうなると好奇心の強い人達は人間喜劇のうちでも最も風変わりな場面の一つを眺めることができる。例えば、今では誰がジョージ・クラッブ（一七五四―一八三二、英国の詩人）のことなど考えるだろう？　クラッブは彼の時代では高名な詩人だった。世をあげて彼の天分を認めた。近代生活は更に複雑になったから世をあげてなどということは稀《まれ》になってしまったが。クラッブはアレグザンダー・ポープの門で腕を磨いた、そうした脚《ライム》韻二行連句《ド・カプレット》で教訓物語詩を書いた。そこへフランス革命やナポレオン戦争が起こり、詩人達は新しい唄《うた》を歌った。クラッブ氏はなおも脚韻二行連句で教訓物語詩を書き続けた。おそらくクラッブ氏も、世界に非常に大きな感動の渦を捲《ま》きおこしている若い詩人達の詩は読んだにちがいない、そしてつまらぬ詩だと思ったのだろう。勿論《もちろん》大部分の詩はつまらぬものであった。しかしキーツやワーズワースの頌詩《オード》やコールリッジの詩一、二篇、及びシェリの詩数篇は、今迄に誰も探ることのできなかった精神の広大な領域を発見した。クラッブ氏は死灰枯木も同然であった。しかしクラッブ氏はなおも脚韻二行連句《ライムド・カプレット》で教訓物語詩を書き続けた。私は若い世代の作品を手あたり次第いい加減に読んでみた。彼等の中にも、キーツよりもっと多感なものや、シェリをしのぐ霊妙な詩人がいて、後に世の人々によろこんで記憶されるような詩句を出版した者もいるのかもしれない。私は何とも言えない。私は彼等の洗練された点に敬意を払う——彼等は若いくせに既にあまりにも完成されているので、今更将来性があるなどというのはおかしい気がするくらいだ——私は彼等の文章のうまさに驚嘆する。しかし彼等の語彙《ごい》の豊富さを以てしても（その豊富なことといったら、赤ん坊の時分からロジェイの『類語辞典』をめくっていたのではないかと思わせるほどだ）私に何も訴えるものがない。彼等はあまりにも知りすぎているし、あまりにも露骨に感じすぎる。彼等がなれなれしく私の背中をぽんと叩くのも、彼等が感情を込めて私の胸の中にとび込んでくるのも腹に据えかねる。彼等の情熱はいささか貧血症のような気がするし、彼等の夢はいささか退屈である。要するに、この連中は虫が好かない。私はもう棚上げされてしまった人間だ。しかし私はなおも脚韻二行連句で教訓物語詩を書き続けよう。しかし私がそうするのも自分のたのしみのためだけのことで、もしそれ以外の目的でやるのなら、私は大馬鹿者といわねばならないだろう。

3

だが、これはすべて余談である。

私が処女作を書いたのはまだごく若い頃だった。幸運にもその作品が世の注目を浴び、様々な人が私との付き合いを求めた。

恥ずかしさと期待の入りまじった気持ちで私が初めて紹介された頃のロンドンの文壇のことを、今あれこれと思いめぐらすと、なにか物悲しいような気分がしないでもない。私が足繁《あししげ》くそういう集まりへ顔を出していたのは、ずいぶん昔のことである。現在の文壇を描写した小説がもし正確であるとすれば、文壇も今ではずいぶん変わったものだ。だいいち集合地が変わった。昔はハムステッドやノッティング・ヒル・ゲイトやケンジントン・ハイ・ストリートがその中心だったのが、今ではチェルシーやブルームズベリが、取って代わっている。当時は四十歳以下なら非凡とされていたが、今では二十五以上では間が抜けているくらいだ。あの頃、私達は感情をあらわすことを少し恥じていたように思う。そして物笑いの種にされるのがいやさに、露骨なてらった態度は控えていたものだ。あの上品なボヘミア（文壇のこと）に特に強固な貞操観念が発達していたとは思えないが、少なくとも、現代行われているらしい野蛮な乱行は思い出せない。私達はたとえ気まぐれなことをやらかしても、その上につつしみ深く沈黙というカーテンを引いたもので、そのことを別に偽善とは思っていなかった。私達はことさら事実より悪く言うようなことはしなかった。まだ女性の地位もすっかり認められるところ迄は行っていなかった。

私はその頃、ヴィクトリア駅の近くに住んでいたから、文士仲間で客よせの好きな家に行くにはバスに長いこと乗らなくてはならなかったのを思い出す。私は臆病《おくびょう》なので、ベルを鳴らす勇気をふるい立たせる間、大通りを行きつもどりつしたものだ。やがて、心配のあまり胸が悪くなりそうになりながら、人の一杯詰まった息ぐるしい部屋に通された。次から次へと著名人に紹介され、その人達から私の本について親切な言葉をかけられると、居たたまれないような気分になったものだ。私が何か気の利いた言葉を吐くだろうとその人達が待ちもうけているのを感じていながら、あいにくそんな言葉が浮かんでくるのはパーティーが終わってからにきまっている。私は紅茶茶碗《ぢゃわん》を順に廻《まわ》したり、あまりうまく切れていないバターつきパンを配ったりして、気まずさをごまかそうとした。誰にも注目されずに、好きなだけ自由にこの著名人達を観察したり、その人達の気の利いた言葉に耳を傾けたりしたいものだと思った。大きな鼻と強欲な目をし、鎧《よろい》でも身につけているような恰好《かっこう》で服をまとっている強情っぱりの大柄女達や、猫なで声をしながら、抜け目のない目をちらちらと投げる鼠のような小柄の老嬢達のことも覚えている。彼等が断乎《だんこ》として手袋をはめたままバターつきトーストを食べる様子を、私はあかずに感心して眺めたものだし、誰も見ていないと思うと平然とその指を椅子になすりつける様子も感嘆して眺めた。家具のためにはよくないにちがいないが、女主人《ホステス》だって今度自分が友達を訪問する番になれば、その家の家具に仕返しをしているにちがいない。婦人方の中には流行の服を着る人もいた。この婦人方に言わせると、何も小説を書いたからといって山だしみたいな恰好をしなけりゃならないって法はないわ、せっかくいい姿を持っているなら、それを大いに活用したらいいでしょ、かわいらしい足にスマートな靴をはいているからといって編集者がその人の「もの」を取り上げるのを渋ったためしはないわ、というのである。しかし他の婦人方はそういう身なりを軽薄だと考えて、「芸術的な服地」を着て、野蛮な宝石をつけた。男性の方はめったに奇抜な恰好をしない。むしろなるべく作家らしくないように見せようとする。世なれた人物に見られたいと希《ねが》っていたし、事実ロンドン中央の大会社の高級社員だといっても結構どこでも通用したことだろう。彼等はいつも少し疲れているように見えた。私はそれまで作家と付き合ったことがなかったが、作家ってずいぶん変わっているなと思った。しかしどうも私は彼等があまり実在人物のような気がしないのだ。

私は彼等の会話を聞いて頭がいいなと思ったのを覚えている、そして仲間の作家が一たんその場から姿を消すとたちまちとげのあるユーモアで徹底的にやっつけるのを、私はよくあっけにとられて聞いていたものだ。芸術家はこの点で世界中の何者よりも特権階級といえる、即ち芸術家にとって、友人は皮肉の対象として容姿や性格ばかりか、作品まで提供してくれるのだから。私は彼等のように即座にすらすらとしゃべるなどという望みは全く棄てていた。あの頃はまだ会話が一つの技術として修練されていた時代だった。気の利いた即答は、「釜《かま》の下に焚《もゆ》る荊棘《いばら》の声《おと》」（伝道之書、七章、六節）より遥かに高く評価されたし、警句もその頃はまだ、鈍才が才人に見せかけるために使う陳腐な言葉にまで堕落していなかったから、洗練された人々の世間話に活気を添えていた。しかし悲しいかな、こういう機知のひらめきを私は今どれ一つとして覚えていない。しかし文士連の会話が一番のびのびと落ち着きを見せるのは、彼等がやっている芸術の他の一面であるところの商売上の細目に話が向く時である。出版されたばかりの新刊書の長所について云々《うんぬん》した後で、話が自然におもむくところは、何部売れたろうか、著者はどれほど前払い金をもらったろうか、この本でどれほどもうけがありそうだろうか、という点である。次いで話はあれこれの出版社の噂に移り、あっちの方は鷹揚《おうよう》だとか、こっちの方はけちだとかいって比較する。果たしてたっぷりと版権を払ってくれる出版社へ持っていった方が利口か、或《あるい》は本の価値如何《いかん》を問わずよく売りこんでくれる方を選ぶべきかを論ずる。或《あ》る出版社は宣伝がまずいが、或る出版社はうまい。或る社は近代的だが、或る社は旧式だ。次いで話は代理人《エイジェント》のことや、彼等が我々作家のために獲得してくれた出版契約について、或は編集者のこと、どういうたちの寄稿を彼等がよろこぶか、稿料は一千語につきいくら払うか、即金で払うか否か、等々。私にとってはこういう話はどれも非常にロマンティックに思われた。何かある秘密結社の一員にでもなったような親近感を覚えたものだ。

4

その頃の私に誰よりも親切にしてくれたのは、ローズ・ウォーターフォードだった。男のような知性と女らしいいこじなところがまじりあった女で、彼女の書く小説は奇抜で、よく人をまごつかせた。私がチャールズ・ストリックランドの夫人に会ったのも、彼女の家でのある日だった。ウォーターフォード女史は茶会を開いていた。女史の小さな部屋はいつもよりもっとすしづめだった。誰も彼もがしゃべっているらしいのに、私だけが黙然として坐《すわ》っているのは、どうも気まずかったが、かといって、仲間うちの話に夢中になっているらしいグループのどれかに割りこんで行くことは、恥ずかしがりやの私にはできなかった。ウォーターフォード女史は立派な女主人《ホステス》だったから、私が気まずい思いをしているのに

気がつくと、私のところへ来て、

「ストリックランドの奥さんに声をかけてあげて下さいな。あなたの本のことをほめちぎっていらっしゃるわよ」と言った。

「何をしている方ですか」と私は聞いた。

私は自分の世間知らずを承知しているから、もし、そのストリックランド夫人とやらが有名な作家ででもあれば、声をかける前に、その点をたしかめておいた方がいいと思った。

ローズ・ウォーターフォードはさもしとやかに目を伏せたので、答えの効果は更にあがった。

「昼食会《ランチョン・パーティー》をなさる方なの。ちょっと大きなことを言いさえすればいいの、きっとあなたをパーティーによんで下さることよ」

ローズ・ウォーターフォードは皮肉屋だ。人生とは小説を書く好機だと思っているし、社会とは小説の素材だと思っている。その社会のメンバーが、彼女の才能を認めると、自分の家に招待して、適度に気前よくもてなすこともある。彼等の名士熱を愛想のよい軽蔑《けいべつ》を込めてみているくせに、彼等の前で著名な女流文士の役割を堂々と演じてみせるのだ。

私はストリックランド夫人のところへ連れて行かれて、十分ばかり話し合った。気持ちのよい声をしているという以外にはこれといって特に気をひかれるところはなかった。夫人はウエストミンスターにフラット（同一階上の数室を全部一家族が占めるように設備した住居）を持ち、普請中の大会堂《カテドラル》が見晴らせるということだった。すまいが近所同士だというのでお互いに何となく親しみを感じた。陸海軍購売組合の売店はテムズ河とセント・ジェイムズ公園との間に住むすべての人を結びつけるきずなのようなものである。ストリックランド夫人は私の番地をたずねた。それから二、三日の後、私は昼食への招待状を受けとった。

招待されることはまれだったし、私はよろこんで夫人の招きを受けた。私は少しおくれて出向いた。というのは、早すぎてはいけないと思って、大会堂のまわりを三度歩きまわっていたからで、着いた時は、もう殆《ほとん》ど顔がそろっていた。ウォーターフォード女史も出ていたし、ジェイ夫人、リチャード・トワイニング、ジョージ・ロードも居た。我々はみんな作家だった。頃は初春、天気は快晴、我々は上機嫌だった。とりとめもなく、語り合った。ウォーターフォード女史は、黄色がかった緑の服を着て、らっぱずいせんを一輪手に持ってパーティーへよく出たごく若い頃の唯美主義と、ハイヒールやパリ製のドレスの方に傾いてきた中年の気まぐれとの間で、どっちつかずにさまよっているが、この日は新しい帽子をかぶっていた。そのせいか、女史はすこぶる張り切っていた。私達の共通の友について この時ほど女史が毒舌をふるっているのを聞いたことがない。下品は機知の精髄と心得ているジェイ夫人は、殆ど囁《ささや》くような声で、雪のように真っ白なテーブルクロスさえバラ色に頬を染めそうな話をするのだった。リチャード・トワイニングは風変わりなたわごとに笑い興じているし、ジョージ・ロードは既にきれ者で世に通っているので、今更それを示す必要もあるまいと、食物を入れる時しか口を開かない。ストリックランド夫人はあまりしゃべらないが、話を皆に興味のある話題にしむけることができる気持ちのよい才能を持っていた。話がとぎれると、ちょうど適切な言葉をさしはさんで、もう一度話をはずませる。三十七歳で背は高い方、肥《ふと》ってはいないが、丸みがある。美しくはないが、感じのいい顔だった。それはおそらくやさしい茶色の目のせいだろう。皮膚の色はどちらかというと青白かった。暗褐色の髪を手の込んだ結い方でまとめていた。三人の女性の中で、化粧をしていないのは夫人ただ一人だったので、他の二人と比べると、素直な気取りのない人に見えた。

食堂は当時はやりのよい趣味でしつらえられていた。ごく渋いものだ。白い材木の高い腰羽目に、緑の壁紙、その上に小ぎれいな黒い額に入ったホイッスラー（一八三四―一九〇三、英国に在住した米国の油彩及びエッチング画家）のエッチングがかかっている。くじゃく模様の緑のカーテンが真っ直ぐに垂れ下がっている。薄色の兎が葉の茂った木々の間ではねまわっているのが模様になっているる緑のじゅうたんは、ウィリアム・モリス（一八三四―一九六、英国の詩人、工芸美術家）ばりのものである。マントルピースの上には青いデルフト焼の陶器がのっている。その頃は、この食堂と全く同一の様式に飾られた食堂がロンドンに五百もあったにちがいない。清楚《せいそ》で芸術的ではあるが、退屈なものだった。

夫人の家を辞すると、私はウォーターフォード女史と一緒に歩いて行った。天気はいいし、女史は新調の帽子はかぶっているしというわけで、ぶらぶらとセント・ジェイムズ公園を横切る気分になった。

「実にいい会でしたね」と私が言った。

「お料理はよかったとお思いになる？　あの人に言ってあげたのよ、作家をよびたいんなら、いいお料理を出さなくてはだめよ、って」

「それはいい忠告をしましたね」と私は答えた。「しかし何故作家なんかをよびたがるんです？」

ウォーターフォド女史は肩をすくめた。

「面白い人達だと思っているんでしょ。あの人は時勢の波にのっていたいのよ。気の毒だけどあの人ちょっと単純だわね、私達がみんなすばらしい人達だと思っているんだから。とにかく、私達をお昼食《ひるよ》に招ぶのがうれしいのよ。それに、よばれてもべつに損はないし。そこがあの人のいいところね」

思い返してみれば、上は雲上にそびゆるハムステッドの高台から下はチェイニ街の果てのアトリエにいたるまで獲物をさがし求める名士狩り連中の中でも、ストリックランド夫人などは最も無害の人だったと思う。夫人は田舎でごく静かな青春を過ごした。ミューディ貸し本屋から回覧してくる本は、その本のロマンスだけでなく、ロンドンのロマンスも同時にもたらしてくれた。彼女の読書熱は本物だった（こういうたちの人にしては珍しいことだ。こういうたちの人達は大抵、本より作家の方に、画《え》より画家の方に、興味をひかれるものだが）、そして想像の世界をつくっては、その中で、自由気ままに暮らしていた。それは日常の世界では決して得られない自由だった。作家と知り合うようになった時は、まるで、それまで観客席の方からしか知らなかった舞台へ、思いきって初めてのぼるような気持ちだった。夫人は芝居の中の人物を見るように作家達を眺めた。そして、作家達をもてなしたり、彼等の要塞《ようさい》に訪れたりすることで、本当に自分自身が前より大きな世界に住んでいるような気がするのだった。作家達が人生というゲームをする際の規則も、彼等にとっては妥当なこととして受けいれるが、かといって、自分の行いまで作家達と歩調をそろえようとは露ほども考えたことはなかった。彼等の道徳上の奇癖も、奇抜な服装や過激な意見や逆説と同じように、夫人をよろこばす一つの余興だったが、その影響によって夫人の信念がゆらぐようなことはいささかもないのであった。

「御主人はいらっしゃるのですか？」と私がきいた。

「ええ、いらっしゃるわよ。中央《シテイー》の方でちょっとしたことをやっている人らしいわ。たしか株屋だったと思うけど。とても退屈な人だわ」

「夫婦の仲はいいんですか？」

「お互いに惚《ほ》れ込んでいるわ。あの家の夕食によばれれば御主人に会えるけれど、でも、あの人は、あまり夕食に人をよばないのよ。とてもおとなしい御主人でね、文学とか芸術とかには一切興味がないの」

「どうして善良な婦人は退屈な男と結婚するんだろう？」

「だって、頭のいい男は善良な婦人と結婚したがりませんもの」

女史の答えに対してべつに言い返す言葉も思いつかなかったので、私は、ストリックランド夫人には子供がいるのかとたずねた。

「ええ。男が一人と女が一人。二人とも学校に行っているわ」

話の種がつきたので、我々は他のことを語り始めた。

5

夏の間、私は時々ストリックランド夫人に会った。夫人のフラットで開かれる小じんまりした昼食会や、人数も多く、ものものしい茶会に時折出席した。夫人と私は互いに好意を感じた。私はごく若かったから、おそらく夫人は文学という困難な道に初めて踏み込む私の手引きをしてやることがうれしかったのだろう。私は私で、ささいな心配事を抱えている場合など、よく耳を傾けて聞いてくれる上に、物わかりのいい忠告をしてくれる相手がいるということは心強かった。ストリックランド夫人は同情という天賦《てんぷ》の才能を持っていた。まことに結構な才能なのだが、とかくこの才能を持っていると自覚している人達によって濫用《らんよう》されがちである。というのは、自分の有能ぶりを発揮せんものと、友人の不幸に襲いかかるその貪欲《どんよく》さには、むしろ残忍なところがあるからだ。それは油井のように噴き出し、とめどなく注ぎ込むので時にはその犠牲者をとまどわすほどだ。既にあまりにも大勢の人の涙にぬらされているから、今更私の涙でぬらすわけにはゆかないという胸の持ち主がいるものだ。ところがストリックランド夫人は、そのすぐれた才能を発揮する際に実に如才がなかった。夫人の同情を受けると夫人に恩恵をほどこしてやっているのだ、という気がしてくる。若かった私は感動のあまりこのことをローズ・ウォーターフォドに言った。すると女史は、

「牛乳はとても結構なものよ、殊にブランディーを一たらし加えた時にはね。ところが、家畜の牛ときたら、その乳を出したがりすぎるんでねえ。乳房が張るとやりきれないもんだから」

ローズ・ウォーターフォドはひどい毒舌家だ。こんなひどいことを言いきれる人は他にいない。だが一方、この人みたいにうまいことを言える人も又いないのだ。

ストリックランド夫人について、もう一つ私の好きなところがある。夫人は身辺を優雅に処理している。夫人のフラットはいつも小ざっぱりとして、明るく、花で華やかさを添え、客間の更紗《さらさ》は模様は渋いのだが、それにもかかわらず明るく美しい。趣のある小さな食堂での食事は快いし、食卓は感じがいいし、二人の女中も小ざっぱりとしてきれいだし、

料理もうまい。ストリックランド夫人が主婦として完璧《かんぺき》であることは認めないではいられない。母親としても立派にちがいない。客間に息子と娘の写真があった。息子は名前をロバートといって、ラグビー校在学中で十六歳。フランネル製の運動ズボンにクリケット用の帽子をかぶった姿の写真と、燕尾服《えんびふく》に立ち襟という正装のがあった。母親ゆずりの誠実そうな額と、美しい思慮深そうな目を持っていた。清潔で健康で、正常な感じがする。

「頭はとてもいいかどうか知りませんけれど、いい子だってことはたしかですわ。とてもいい性質を持っていますの」ある日、私が写真を見つめていると、夫人はそう言った。

娘は十四歳だった。母親のようにたっぷりした黒髪をみごとにふさふさと両肩に垂らし、母親と同じように、やさしい顔で落ち着いたおだやかな目をしていた。

「お二人とも奥さんそっくりですね」と私が言った。

「そうです。父親より私の方に似ていますわ」

「なぜ御主人に会わせて下さらないのですか?」と私はたずねた。

「お会いになりたい?」

夫人はほほえんだ。夫人の微笑は実に感じがいい。そしてちょっと顔を赤らめた。このくらいの年の婦人がそれほど簡単に頬を染めるとは不思議なことだった。おそらく、こうした純真さが夫人の最大の魅力なのだろう。

「主人はね、ぜんぜん文学的じゃありませんのよ。全く俗な人なんです」

夫人はこの言葉を軽蔑《けいべつ》を込めて言ったのではなく、むしろ愛情を込めて言った。まるで、夫の一番悪いところを白状することによって、自分の友人達から中傷を受けないですむようにしてあげたいと思っているようだった。

「株式取引所で仕事をしていますの。典型的な株屋ですわ。死ぬほど退屈な目におあいになりますわよ」

「奥さんは退屈なさいますか？」と私はきいた。

「だって私はあの人の妻ですもの。とても愛していますわ」

夫人は恥ずかしさを隠すためにほほえんだ。このような告白をすれば、ローズ・ウォーターフォードだったら、必ずひやかしの言葉を出さずにはおかないところだったから、夫人は私もからかいはしないかとおそれたようだった。夫人はちょっとためらってから、目にやさしい色をうかべた。

「あの人は天才ぶったりしません。株式取引所でも大してもうけてはきませんわ。でも、それはそれはいい人で親切ですの」

「そんな方なら大好きですよ」

「そのうち、こっそりとうちの晩餐《ばんさん》におよびしましょう。でもいいですか、覚悟の上でいらっしゃいませ。とても退屈な夕方になっても、私のせいではございませんことよ」

6

さて、いよいよ当のチャールズ・ストリックランドに会う時がきたが、その場の状況では、かろうじて顔見知りになれたというだけのことだった。ある朝、ストリックランド夫人は私のもとに短い手紙を届けてよこした。今晩、晩餐会をすることになっているがお客の一人が急に来られないことになったから、その穴を埋めてくれないか、というのだった。こんなことも書いてあった——

「前以《まえも》って申し上げておく方がいいと思いますけれど、きっとそれはそれは退屈なさいますでしょう。このパーティーは最初の時からぜんぜん面白みのないパーティーでございました。でももしおいでいただけましたら、どんなに有り難いでしょう。それに、あなたと私だけで、ちょっとおしゃべりもできますし」

招待を受けてあげるのが、隣人のよしみというものだろう。

ストリックランド夫人が私を夫に紹介した時、彼はややそっけない態度で手を差し出し、握手した。夫人は朗らかに夫の方を向くと、ちょっと冗談を言ってみた。

「この方をお招《よ》びしたのは、私にも本当に夫があるってことをお見せするためでしたの。疑い始めていらっしゃったらしいわ」

ストリックランドはお義理に小さな笑い声をたてた。内心ちっとも面白いとは思っていないのだが、さも面白かったと認めてやっているような笑い方だった。しかし、一言も口はきかなかった。新しく入って来た客の方に主人の注意は向けられたので、私は独り取り残された。やがて客も全部集まり、夕食のしらせを待つばかりの間、私は食堂へ案内する役を仰せつかった相手の婦人としゃべりながらこんなことを考えていた、文化人というものは、短い一生をくだらないお勤行《つとめ》に空費するために、不思議な創意を働かすものだ、と。その晩のパーティーは、何故女主人《ホステス》はわざわざ客を招いたんだろう、何故客はわざわざやって来たんだろう、御苦労さまに、と思わせるたぐいのものだった。全部で十人だった。会ってもお互いに無関心だし、別れる時はさぞほっとすることだろう。社交だけが目的の宴会であることはいうまでもない。ストリックランド夫妻は少しも興味を抱いていない数人の人に晩餐の「借り」がある、だから彼等を晩餐に招んだ、そして彼等は受けた。何故だろう？　夫婦さし向かいの夕食にあきあきしたためか、召し使いに休養を与えるためか、べつに断る理由もないからか、あるいは晩餐の「貸し」があるからだろうか？

食堂は混みすぎて窮屈だった。勅選弁護士とその妻、官吏とその妻、ストリックランド夫人の姉とその夫のマックアンドルー大佐、それに国会議員の妻が居た。その国会議員が議会をぬけるわけにゆかないと気づいたため、私が招ばれたわけだった。一同の品位のあることはものものしいばかりだった。婦人達はあまりにも上品なためよい着こなしができないし、すっかり自分の地位にあぐらをかいているために、人にお世辞をふりまきもしない。男達はでんと落ち着き払っている。自己の成功に満悦しきっているという感じが、その場のすべての人につきまとっていた。

この会を円滑にしたいという本能から、誰もがふだんより少し声高にしゃべっていたので、部屋はまことに騒がしかった。しかし、全部の人の共通の会話は一つもなかった。めいめいが隣席の人に話しかけている。スープと魚と、アントレ（魚と肉の間に出る料理）の間は右隣の人に話しかけ、焼き肉とデザートの間は左隣に話しかける。政局について、ゴルフについて、或《あるい》は子供について、最近の芝居、王立美術院の絵画、天候、休暇の計画について話す。一瞬のとぎれもない、しかも声はますます大きくなる。ストリックランド夫人が内心会の成功をよろこんでもいいところだろう。夫の方は、主人役を堂々と演じていた。おそらくあまりしゃべらなかったのではなかろうか、終わり頃になると、彼の両側の婦人の顔にぐったりとした色が浮かんでいるような気がした。なんと重苦しい男だろうと思っているのだろう。一、二度ストリックランド夫人がやや気がかりげに夫を見つめていた。

遂に夫人は席を立ち、夫人達を部屋から連れ出した。ストリックランドは妻が出て行くと戸を閉めて、テーブルの反対側の端に移り、勅選弁護士と官吏の間に座を占めた。もう一度酒をまわし、客に葉巻を渡した。勅選弁護士が実にいい酒だとほめると、ストリックランドが手に入れた場所を我々に教えた。そこで酒やタバコの話が始まった。勅選弁護士は今扱っている事件について語り、大佐はポロの競技について語った。私は何も言うことがないので、黙って坐《すわ》って、いんぎんにみなの話をさも面白がって聞いているふりを装った。そして、誰も私なんか眼中にないらしいのをいいことにして、思うがままにストリックランドを観察した。思ったより大きい男だった。どうして、彼のことをほっそりとして貧相な男だと想像していたのだろう。実のところは、幅広く、どっしりして、手足は大きく、夜会服の着こなしはぎこちなかった。馭者《ぎょしゃ》が正装をするとかくもあろう、とちょっとそんなふうに思わせるところがある。彼は四十歳で、美男ではないが、さりとて醜男《ぶおとこ》でもない。目鼻立ちは整っている方だった。しかし、一つ一つがどれも並より幾分大きいため、不様な効果をもたらしていた。髭《ひげ》はすっかり剃《そ》り落としているので、その大きな顔は気味悪いほどむき出しの感じがした。髪は赤みを帯び、ごく短く刈っていた。目は小さく、青か灰色だった。平凡な男である。ストリックランド夫人が彼のことをいささか恥じているのも無理はないと思った。芸術や文学の世界に位置を占めたいと思っている夫人にとって、とうてい名誉にはならない夫だった。どうみても社交的な才能は皆無だ。しかしそんなものはなくても男は結構やってゆける。凡人の域を脱するだけの風変わりな癖すらない。ただの善良な、退屈な、正直な、平凡な男である。彼のすぐれた性質をほめるものはあっても、付き合いはごめんというところだ。つまりとるに足らぬ人間なのだ。おそらく社会の一員としては立派であり、善良な夫であり父であり、正直な株屋なのだろうが、しかしだからといって、何も彼にかかずらって時間を浪費することはあるまい。

7

社交季節《シーズン》も終わりに近づき、活気が無くなってきた。私の知っている人はみな、ロンドンを立ち去る準備をしていた。ストリックランド夫人はノーフォークの海岸へ家族を連れてゆくことになっていた。そこなら子供は海で遊べるし、夫はゴルフができる。私達はみな別れの挨拶《あいさつ》を交わし、秋に再会することにした。しかしロンドンでの最後の日、私が陸海軍購売組合の売店から出ようとすると、息子と娘を連れた夫人にばったり顔を合わせた。私と同じように、夫人もロンドンを立つ前の最後の買い物をしていたのだ。お互いに暑くて疲れていた。そこで私はみんなでセント・ジェイムズ公園へ行ってアイスクリームでも食べましょうと誘った。

ストリックランド夫人は子供達を私に見せるのがうれしかったのだろう、すぐに私の誘いに応じた。子供達は写真から受けていた感じよりももっと魅力的なくらいだった。夫人が子供達を誇りとするのも無理はない。私はまだ若かったから、子供達は恥ずかしがらずに、あれこれと快活にしゃべった。二人とも全く感じのよい、健康的な、若い子供達だった。木蔭《こかげ》は実に気持ちがよかった。

一時間後に三人が車にぎゅうづめにのりこんで家へ向かうと、私はぶらぶらとクラブの方へ歩いて行った。おそらく私はいささか淋《さび》しかったのだろう、今さっきちらりとかい間見たのしそうな家庭生活のことを、多少うらやましがりながら思い浮かべてみた。あの母子はお互いに深く愛し合っているように見える。お互いの間だけに通ずるちょっとした冗談を言い合っていて、よその者には何のことやらわからないが、彼等には面白くてたまらぬというふうだった。才知のひらめく話しぶりを第一条件とする規準に照せば、チャールズ・ストリックランドはおそらく退屈な人間ということになるだろう。しかし彼の環境にとっては十分なだけの頭脳を持っている。そしてこれが、かなりの成功へ達する道のみならず、更に幸福への道の通行券《パスポート》となっているのだ。ストリックランド夫人は感じのいい婦人だし、夫を愛している。私はストリックランド夫妻の生涯を想像してみた、不運な出来事には一度も悩まされることのない、正直な、上品な生涯、そして、性質の真っ直ぐな感じのいいあの二人の子供達のおかげで夫妻がはっきりと運命づけられている道は、彼等の民族と階級の典型的な伝統を踏襲してゆくことだった。そしてそのことは意義のないことではない。知らぬ間に年をとってゆくだろう、そして、息子と娘が分別《ふんべつ》のある年齢に達し、しかるべき時期に結婚をするのを見届けるだろう――片方は美しい娘になり、先では健康な子供達の母親になるだろうし、他方は美男で、たのもしい男性に、そしてきっと軍人になるだろう。そして、功なり名とげて隠退し、豊かに暮らし、子孫に愛され、幸せな、無益ならぬ一生の後、寿命をまっとうして、墓に納まるだろう。

こういう運命をたどる夫婦は数かぎりなくいるだろう。そしてその人生模様には素朴な優雅さがある。こういう生涯から連想されるのは静かな小川だ、緑の牧場をなだらかに曲がりくねり、快い木々でおおわれ、遂には広大な海へ注ぎこむ、しかし、海があまりにもおだやかで、しーんとして、そしらぬ顔をしているので、急に、何となく不安を覚える。その頃ですら私の中に根強くはびこっていたいこじな性質のせいにすぎないのだろうが、そのような生涯、つまり、ほとんどの人が歩むそうした一生が私にはしっくりこなかった。社会的な価値はみとめるし、秩序ある幸福はわかる、しかし、私の血の中にひそむ情熱はもっと波乱に満ちた道を求めていた。そのような安易な喜びはむしろ私に不安を覚えさせるものがあったようだ。もっと危険な一生を過ごしたいという欲望が私の心の中にあった。もし変化さえ得られるならば——変化と、予測をゆるさぬものへの興奮とが得られるならば、鋸《のこぎり》の刃のような岩かども、どこにひそんでいるかもしれない浅瀬も覚悟の上だった。

8

ストリックランド家について書いたところを読み返してみると、彼等が影のうすい人達に見えるにちがいないということに気がついた。小説の中の人物を実在の人物のようにいきいきとさせる特異な性格を、彼等に与えることができなかった。それは私のいたらぬせいかもしれないと思って、懸命に頭をふりしぼり彼等をいきいきとさせるような癖を思い出そうとした。何か話しぐせとか奇癖のようなものをくわしく書けば、彼等特有の個性を与えることができるかもしれない。このままでは、彼等は昔のつづれ織りの中の人物のようなものだ、背景と切り離すことができないし、遠くから見ると形はなくなり、ただ感じのいい色のかたまりにしか見えない。私のたった一つの言い訳は、彼等から受けた印象が正しくその通りだったということだ。彼等には、社会全体の一部を構成する生活を営み、従って社会の中に生き、又、社会によってのみ生きる人達の中に見受けられるのと全く同じような影のうすさがある。こういう人達は人体の中の細胞のようなもので、欠くべからざるものではあるが、健康である限り、重要なる全体の中に呑《の》みこまれてしまう。ストリックランド家は中流階級のごく普通の家庭である。文壇の二流どころの文士連に対して害のない熱をあげている、感じのいいもてなしのうまい婦人。慈悲深い神が自分にお授け下さった人生の条件の中で義務を果たしているやや退屈な男。二人の顔立ちのいい健康な子供達。こんなごく平凡な家庭が他にあるだろうか。せんさく好きな人達の注意をひくようなものが、彼等にあるとは思えない。

その後に起こったすべてのことをじっとふり返ってみると、私の頭が鈍いために、チャールズ・ストリックランドの中に少なくとも並の人間とはちがうものを何か見ぬくことができなかったのではなかろうかと自問してみた。或はそうかもしれない。その頃から今までの年月の間に、人間というものがかなりわかったつもりだが、それにしても仮に初めてストリックランド家の人達と会った時、既に今のように経験を積んでいたとしても、彼等をちがったように判断したとは思えない。しかし人間とは測り難いものということを学んだ今ならば、あの年の秋の初めにロンドンへ帰った時私の耳に達したニュースを聞いても、あれほど驚きはしなかったろう。

帰ってから丸一日もたたぬうちに、ジャーミン通りでローズ・ウォーターフォードに出会った。

「とてもほがらかでいきいきしていますね。何かあったんですか?」と私がきいた。

女史はほほえんだ。その目は私にはなじみの、腹に一もつありそうな輝きをうかべていた。ということは、女史が一人の友人について何かスキャンダルを耳にしたので、女流作家としての全本能が活発に働いている証拠だった。

「チャールズ・ストリックランドにはお会いになったんだわね?」

女史の顔のみならず、からだ全体から、敏捷《びんしょう》な感じを受けた。私はうなずいた。さてはあの哀れな男、株式取引所で除名処分にされたのかな、それともバスにでもひかれたのかな、と思った。

「おそろしいことじゃない? あの人ったら、奥さんを棄てて逃げたのよ」

ウォーターフォード女史はジャーミン通りの道ばたではこの話題について長々と話すわけにはいかないと感じたにちがいない。だから、芸術家らしく、事実だけをむき出しに私に叩《たた》きつけて、こまかいことは知らないと言い渡した。しかしそんなとるにたらない事情のために、話の細部を話さないとは、女史はそんな人ではない筈《はず》だ。だが、女史は頑固に言い張った。

「本当に何も知らないわよ」私が落ち着きを失ってあれこれ浴びせた質問に対して、女史はそう答えてから、両肩をひょいとすぼめるとこうつけ足した。「なんでもどこか中央《シティー》の方の喫茶店で、若い娘《こ》が一人やめたらしいわよ」

女史は私にちらっと微笑を投げると、歯医者に行く約束があると言い張って、さっそうと歩み去った。私は悲しむより興味をそそられた。その頃の私には人生体験といってもじかに味わうのがわずかしかなかったから、小説の中で読んだのと同じような事件が知人の間で起こるのに出くわして興奮をおぼえた。年月を経た今では、知人の間でそういうたぐいの事件が起こってもなれっこになってしまったが。しかし私は興味をそそられると同時に、いささか度肝をぬかれた。ストリックランドはたしか四十の筈だ、その年齢《とし》になって、男が恋愛事件に首をつっ込むとは、胸くそ悪い話だと私は思った。ごく若い頃にありがちの横柄な考え方で、私は男が恋愛しても馬鹿げて見えないのは、最高、三十五をもって限度としていた。このニュースはまた私個人にとってもちょっと困りものだった。というのは、田舎からストリックランド夫人に宛てて手紙を出した中に、ロンドンへ帰ることを知らせると同時に、おことわりがなければ、しかじかの日に伺って御一緒にお茶をいただきたいと書き添えておいた。その日が今日なのだ。しかもストリックランド夫人からは何とも言って来ない。私に会いたいのだろうか、会いたくないのだろうか？　ちょうど心が乱れている時だったので、私の手紙のことは忘れてしまったということも十分考えられる。おそらく行かない方が利口だろう。或《あるい》はこうも考えられる、夫人はこの事件を人に知られたくないかもしれない、そうであれば、この奇妙なニュースが私の耳にも届いていることをにおわすのは、無考えも甚しいかもしれない。善良な婦人の感情を傷つけはしないだろうかという怖れと、邪魔になりはしないだろうかという怖れとの板ばさみになっていた。夫人は苦しんでいるにちがいない、助けてあげようにもあげられない苦痛を見るにはしのびない。しかし心の中では、夫人がこの事件をどんなふうに受けとっているか見たいという気持ちがなくもなかった。私は心を決めかねていた。

最後に浮かんだ考えは、何事もなかったかのように訪問して、お目にかかりたいが御都合はいかがですかと女中を通じてきかせることだった。こうすれば、いやなら私を追い返す機会を与えることになる。しかし前以《まえも》って用意しておいた文句を女中に告げた時、全くどぎまぎしてしまって、暗い廊下で返事を待つ間、ありったけの勇気をふるい起こしてかろうじて逃げ出さずにすんだくらいだ。女中が戻ってきた。私が興奮していたせいか、女中のそぶりがいかにも家庭内の悲劇を知りつくしているというように受けとれた。

「どうぞこちらへ」と女中が言った。

そのあとについて客間へ入った。日よけが一部閉まっていたので、室内は暗く、ストリックランド夫人は光を背にして坐《すわ》っていた。義兄のマックアンドルー大佐が煖炉《だんろ》の前で、燃えてもいない火に背中をかざして立っていた。私には、自分の登場が実に場ちがいな感じがした。私の訪問は彼等にとって不意討ちだったにちがいない、そして、ストリックランド夫人が私を中に通したのも、約束の日を延期するのを忘れていたため、しかたがないというところだったのだろう。大佐は邪魔者が入って腹を立てていたらしい。

「何ってお邪魔じゃなかったんでしょうか」私は何げないふうを装って言った。

「いいえ、お待ちしていましたのよ。今すぐアンがお茶を持ってきますわ」

暗い部屋の中でさえ、ストリックランド夫人の顔が涙ですっかりはれぼったくなっているのがいやおうなしに目に入った。夫人の皮膚はふだんでもあまりいい色つやをしていたためしがないが、今日は土色をしていた。

「義兄《あに》を覚えていらっしゃいますでしょう？　宅の晩餐会《ばんさんかい》の時にお会いになりましたわね、休暇の始まるちょっと前に」

大佐と私は握手をした。あまりにどぎまぎしてしまって、何を話していいのかわからなかったが、ストリックランド夫人が加勢をしてくれた。夫人は私が夏の間何をしていたかとたずねた。この加勢を得たおかげで、お茶が運ばれる迄《まで》の間、何とか話をつないでゆけた。大佐はウイスキー・ソーダを注文した。

「あんたも飲んだ方がいいよ、エイミー」

と大佐が言った。

「いいえ、お茶にしますわ」

これが、何か厄介な事が起こっていることをにおわす最初の徴候だった。私はそしらぬふりをして、何とかしてストリックランド夫人を話にひっぱりこもうとした。大佐は相かわらず煖炉の前につっ立ったまま、一言も口をきかない。早々に退散したいが、いつ頃ならおかしくないかと思案していた。それにしても、何故ストリックランド夫人は私を中へ入れたんだろう。花も飾っていないし、夏の間しまってあったいろいろな置物も元通りになっていない。いつもはあんなに親しみのあった部屋なのに、今は何となくさむざむとして堅くるしい感じがする。まるで壁一枚へだてた向こうでは誰かの死体が横たわっているような奇妙な感じを覚えた。

「たばこを召し上がりますか?」とストリックランド夫人がきいた。

夫人は見廻《みまわ》してたばこ入れをさがしたが、見当たらなかった。

「ないようですわ」

いきなり夫人はわっとばかりに泣きくずれて、部屋からかけ出していった。

私はぎくっとした。たばこは大抵夫が持ってきてくれたから、たばこが見当たらないということでいやでも夫のことが思い出されたのだろう。なれっこになっていた、ささやかな楽しみのかずかずが今はもうないのだという新たな考えがこみ上げてきて、急に耐えられなくなったのだろう。今までの生活はすっかり崩れ去ったのだと気づいたのだ。もうこれ以上社交上の仮面をかぶり続けるわけにはゆかない。

「おいとました方がよさそうですね」と大佐に言うと、私は立ち上がった。

「お聞きになったでしょうな、あのならず者めがエイミーを見棄てたことを」大佐はいきなり吐き出すように大声で言った。

私はためらった。

「人の噂なんていい加減なものですからね。何か具合の悪いことが起こったらしいとは、それとなく聞かされましたが」

「きやつは駆け落ちしおった。女と一緒にパリへ逃げたんだ。エイミーを一文なしのまま見棄てて」

「どうもお気の毒なことです」他に言うべき文句も浮かばなかったので、私はそう言った。

大佐はウイスキーをがぶりと飲み下した。大佐は背が高く、やせぎすの五十男で、垂れ下がった口髭《くちひげ》と灰色の髪、薄青い眼と意志の弱そうな口許《くちもと》をしている。そういえばこの前会った時も私は、大佐が間の抜けた顔をした男で、軍隊をやめるまでの十年間一週に三度ポロをやり続けたことを自慢していたのを覚えている。

「おそらくストリックランドの奥さまは、今のところ私にお会いになりたくないにちがいありません」と私は言った。「奥さまにお伝えいただけましょうか、私が大変お気の毒に思っていることを？　何か私にできることがありましたら、よろこんでさせていただきます」

大佐は私の言うことなど気にもとめなかった。

「いったいエイミーはどうなるんだろう？　それに、子供のことだってある。かすみでも喰《く》って生きてけってのか？　十七年も」

「十七年がどうしたんです？」

「結婚していたんだ」大佐はがなりたてた。「いつも虫が好かんかった。そりゃあいつはわしの義弟だった。わしもできるかぎりのことはした。あんたはあいつを紳士だと思いますか？　エイミーはあんな奴と結婚すべきじゃなかったんだ」

「もうぜんぜんとりかえしがつかないんでしょうか」

「エイミーのとるべき途《みち》は一つしかない。それはきやつを離婚することだ。あんたが来られた時わしがエイミーに言っていたのも、そのことだったんです。『離婚申請の火ぶたをきりなさい、エイミー。あんた自身のためにも、子供等のためにもそうするのがあんたの義務じゃ』とわしは言いました。きやつもわしに姿を見られんようにするこったな。見たが最後、息の根がとまらんばかりに打ちすえてくれるわ」

マックアンドルー大佐にとっちゃ、そいつはちとむずかしいんじゃないかな、ストリックランドはなかなか屈強そうな男に見えたぞ、私にはどうもそんなふうに思えてならなかったが、私は何も言わなかった。憤怒《ふんぬ》にもゆる正義漢が直接罪人に懲罰の手を下すだけの腕力を備えていないということは、いつの場合でも悲しむべきことである。もう一度帰るきっかけを作ろうと決心した時に、ストリックランド夫人が戻って来た。目の涙を拭《ふ》きとり、鼻には白粉《おしろい》をはたいてあった。

「いきなり泣き出したりしてごめんなさい」と夫人が言った。「よかったわ、帰っておしまいにならなくて」

夫人は腰かけた。私は何と言ったらいいのかまるっきりわからなかった。私には何の関わりもない事柄にふれるのは、何だかきまりが悪かった。その頃の私は、女性がとかく陥りやすい罪悪、つまりよろこんで耳を傾けてくれる人となら誰とでも自分の秘事について話し合いたいというやむにやまれぬ感情が女性にあることを知らなかったからだ。ストリックランド夫人は自分を落ち着かそうと努力している様子だった。

「みなさんはこのことを噂していています？」

夫人の家庭内の不幸を私が逐一知っているときめてかかっているのには、ぎくりとさせられた。

「なにぶん帰ったばかりで。会った人っていえばローズ・ウォーターフォドさんだけなんですから」

ストリックランド夫人は手を叩《たた》いた。

「あの人が言ったとおりを教えて下さいな」そして、私が言い淀《よど》んでいると、なお言い張った。「ぜひとも知りたいんですの」

「人の噂なんていい加減なものですからね。それにあの人の話はあまりあてにならないでしょう？　あなたの御主人があなたを棄てたって言っていましたけど」

「それだけ？」

ローズ・ウォーターフォドが別れぎわに喫茶店の娘のことにふれた文句を、ここに繰り返す気にはなれなかった。私は嘘をついた。

「連れがいるってことは、何も言っていませんでした？」

「いいえ」

「それさえうかがえばいいんです」

私はどうしたらいいのか少しとまどったが、とにかく、今こそ帰るべきだと悟った。私はストリックランド夫人と握手を交わす時、何かお役に立つことができたら大変うれしいのだが、と言った。夫人は淋《さび》しくほほえんだ。

「ありがとうございます。でもどなたが何をして下さっても、どうにもなりませんのよ」

お気の毒にと口に出すのは、どうもきまりが悪くてならなかったので、別れを告げようと大佐の方へ向いた。大佐は私の手を取らなかった。

「わしも帰るところです。ヴィクトリア通りを歩かれるのなら、一緒に行きましょう」

「結構《けっこう》です。じゃまいりましょう」と私は言った。

9

「おそろしいことですな」通りに出るやいなや、大佐はそう言った。

大佐が私と一緒に出てきたのは、既に何時間も義妹《いもうと》と話し合ったことをむしかえすためだったのだな、と気がついた。

「つれの女が誰だか知らないんだが、知っていることは、あのならず者がパリへ行きおったことです」と大佐は言った。

「あの御夫婦は実にうまく行っているとばかり思っていました」

「うまく行っていたんですよ。現に、ちょうどあんたが入ってこられる前でしたが、エイミーは言っとりました、結婚している間、ただの一度も言い争ったことはないそうです。エイミーの人柄は御存じでしょう。この世にあんないい女はいませんよ」

このように内緒話を押しつけられたからには、二、三の質問をしたって悪くはあるまい。

「じゃあ、奥さんは何も気づいていらっしゃらなかったってわけですか？」

「何も。きやつはエイミーと子供といっしょに、ノーフォークで八月を過ごしました。いつもとちっとも変わった様子はありませんでした。わしら、妻とわしは、二、三日そこへ行って、わしはあれ達とゴルフをやりました。きやつは九月になるとロンドンへ戻って、相棒が代わりに休暇へ出られるようにしてやりました。エイミーは引き続き田舎におりました。あれ達は六週間の契約で家を借りていましたが、期限がきれる頃、エイミーはしかじかの日にロンドンへ帰ると夫へ手紙を出しました。きやつの返事はパリから来ました。今後エイミーとは一緒に暮らさない決心をした、と言うのです」

「で、その言い訳は何でした？」

「それがあんた、言い訳なんか何も書いちゃいません。わしはその手紙を見ました。せいぜい十行くらいのもんでしたよ」

「しかし、そいつはずいぶん妙ですね」

ちょうどその時、私達は通りを横切るところだったので、行き交う車のために話を続けるわけにはゆかなくなった。マックアンドルー大佐が話してくれたことはとうていありそうもないことのように思えた。そこで私はこう疑ってみた、ストリックランド夫人自身に何かわけがあって、事実の一部分を大佐にかくしているのではなかろうかと。十七年も夫婦生活を続ければ、夫婦の仲がすべてしっくり行っていないらしいと妻に感づかせないではおかないような出来事も起こらずに、妻を見棄てることはありえないことだ。大佐は私に追いついた。

「勿論《もちろん》、きやつに言い訳などありっこありません、女と駆け落ちしたってくらいがおちでしょう。そんなことは言わずとも、そのうちエイミー自身で発見できると思っていたんでしょう。そういう奴ですよ、あいつは」

「奥さんはどうするおつもりなんですか？」

「さよう、まず第一にすべきことは、証拠をつかむことです。わしは自分でパリへ乗り込むつもりです」

「あの人の仕事の方はどうなっていますか？」

「そこですよ、きやつは実に抜け目がないんだ。ここ一年間、手控えていたんです」

「パートナーの人に職を去ることを話したんでしょうか？」

「一っ言も」

マックアンドルー大佐はこと商売に関しては、ごく上っ面の知識しか持っていないし、私ときたらまるで零《ゼロ》だったから、はたしてストリックランドがどういう状態のもとに仕事をやめたのか、よくわからなかった。大佐の話から察するに、置き去りをくった相棒はひどく腹を立て、訴訟を起こすぞといきまいていたらしい。すべてけりがついたあかつきには、四、五百ポンドの欠損になるらしい。

「アパートの家具がエイミーの名義になっているのは運がよかった。とにかく家具だけはエイミーのものになるわけだから」

「じゃあ、さっき奥さんが一文なしになるとおっしゃった時、本気で言っていらしたんですね」

「そうですとも。エイミーの財産は二、三百ポンドと家具です」

「しかし、それじゃ、どうやって暮らしていらっしゃるんでしょう？」

「ぜんぜん見当がつきませんな」

事件はますますこんがらがって来たようだ。大佐は意味もない文句をはさんだり、憤慨したりするので、私に教えてくれるより、私を混乱させてしまった。運のいいことに、大佐は陸海軍購売組合の売店の時計を見ると、クラブでカードをする約束のあったことを思い出し、私を残してセント・ジェイムズ公園を横切って行った。

10

一日か二日たって、ストリックランド夫人から、今晩お食事のあとでおいで頂けましょうかとの書きつけが届いた。行ってみると、夫人はひとりきりだった。きびしいまでにかざり気のない黒い服は、夫に去られた身であることをにおわしていた。夫人が悲しみを隠して、演じなければならない役柄に夫人なりにふさわしいと考えるような服装をすることができるとは、うぶな私はほとほと感服してしまった。

「私がしていただきたいことは何でもして下さるっておっしゃいましたわね」と夫人が言った。

「その通りです」

「パリへ行って、チャーリーに会って下さいます？」

「私が？」

私はあっけにとられた。彼とは一度しか会っていないのに。いったい夫人は私に何をしてもらいたいんだろう。

「フレッドはぜひ自分が行くと申しますの」フレッドとはマックアンドルー大佐のことだ。「でもあの人はその任じゃありませんわ。事態を悪化させるだけですもの。他にどなたにお願いしたらいいのでしょう」

夫人の声は少しふるえていたので、ためらうだけでも自分がひどい人間に思えた。

「でも御主人には二言三言しか話してないんですよ。私のことなんか御存じないでしょう。おそらく一言のもとに、とっとと帰れ、と言われるのがおちですよ」

「言われたってかまいませんでしょ」

とストリックランド夫人はほほえんだ。

「で、私にしてほしいとおっしゃるのは、いったいどういうことなんですか？」

夫人はその問いにじかに答えなかった。

「チャーリーがあなたを知らないのは、むしろ好都合だと思いますの。だってね、フレッドのことは本当に好きだったためしがないんですの、馬鹿だと思っていましたもの。チャーリーは軍人を理解できませんでした。フレッドのことですから、きっとカンカンに怒って、喧嘩《けんか》になってしまうでしょう、そうすれば事態はよくなるどころか悪くなってしまいますわ。もしあなたが私のために来たのだとおっしゃれば、チャーリーだってあなたの話を聞かないわけにはいかないでしょう」

「私はまだお知り合いになってから日が浅いんです」と私は答えた。「このような問題と取っ組むには、細大もらさず承知していなければ誰にだって無理ですよ。かといって、自分と関わりのないことを詮索《せんさく》したくはありませんしね。何故奥さんが御自分で会いにいらっしゃらないんですか？」

「あの人は独りじゃありませんのよ」

私は口をつぐんだ。チャールズ・ストリックランドを訪問して、名刺を通じている自分の姿が浮かんだ。彼が部屋に入ってくる、私の名刺を二本の指でつまみながら。

「わざわざおたずねいただいたのは、何のためでしょうな？」

「奥さまのことで、お邪魔にあがりました」

「なるほど。あなたがもう少し年をとっておられたら、他人のことにくちばしを入れない方が有利だと悟られること間違いなしですな。ごめんどうながら、ちょっと頭を左の方へ向けて下さい、戸が見えるでしょう。では、失礼します」

威厳をうしなわずに退場するのはむずかしいにちがいない。ストリックランド夫人がごたごたをさばいてしまうまで、ロンドンに帰ってこなけりゃよかった、とつくづく思った。ちらと夫人の方を見た。考え込んでいるらしい。やがて目をあげて私を見、深いため息をつくと、ほほえんだ。

「何もかもあまりに思いがけないことで」と夫人が言った。「私達は十七年間夫婦でした。チャーリーが誰かにうつつをぬかすような人だとは夢にも思ったことはありませんでしたわ。いつも夫婦仲はしっくりいっていましたもの。それは勿論、私が興味を持っているものであの人には興味のないものは沢山ありましたけれど」

「もう誰だかわかりましたか、その――」――何と言ったらいいのかわからなかった――「その人は？　御主人が一緒に逃げたって人は？」

「わかりませんの。誰にも見当がつかないらしいんです。ずいぶん不思議なことだわ。大抵は、男の人が誰かと恋におちたら、二人が一緒にいるところを見かけるものでしょ、昼食をしているところとか何か。そしてその女の友達が妻のところに来て告げ口をするのが普通ですわね。私は誰からも忠告をうけなかったわ、ぜんぜん。ですから、あの人の手紙はまるで雷が落ちたようなものでした。あの人はしんから幸福なのだとばかり思っていましたもの」

夫人は声をたてて泣きはじめた。かわいそうに、私は夫人が気の毒でたまらなかった。しかし、すぐに夫人は気をとり直した。

「ばかな真似をしたって始まりませんわ」涙を拭《ふ》きながら、夫人はそう言った。「どうするのが一番いいかを決めなくてはなりません」

夫人は言葉をついだ、どちらかというと思いつくがままといった調子で、ごく最近のことを話すかと思えば二人の最初の出会いや結婚について話す。しかし程なく私の頭の中で彼等夫婦の生活の絵巻物がかなり首尾一貫して形作られてきた。今までの私の推測もまんざら不正確ではなかったようだ。ストリックランド夫人はインド勤務の文官の娘で、父は隠退すると田舎の奥深くに腰を落ち着けた。しかし毎年八月には家族を連れてイーストボーンへ転地するのが習慣だった。そしてその地で、夫人が二十の時、チャールズ・ストリックランドに会ったのだ。彼は二十三だった。二人は一緒にテニスをしたり、肩をならべて海辺の道を歩いたり、二人で黒人楽団に耳を傾けたりした。そして、彼が結婚を申し込む一週間前に、既に申し込みを受ける決心を固めていた。二人はロンドンに住んだ、最初はハムステッドに、そしてやがて彼が金持ちになるにつれて、都心に。夫婦の間に二人の子供が生まれた。

「主人はいつも子供達をとてもかわいがっているように見えました。たとえ私には愛想《あいそ》をつかしても、子供まで平気で棄てられるとは思えません。何もかもあまりに信じられないことばかりですわ。今でもまだ、本当だとはとても信じられないくらいです」

遂に夫人は彼の書いた手紙を私に見せてくれた。私は見たくてたまらなかったのだが、見せて下さいとはとても言い出せないでいたのだ。

拝啓

アパートの中はすべてきちんとしてあります。お前のいいつけをアンに伝えておいたから、お前と子供達が帰った時には、夕食の用意ができている筈《はず》です。その時私はアパートにはいない。お前と離れて暮らす決心をしました。朝になったらパリへ行きます。むこうへ着いてからこの手紙を出します。私は帰ってこない。この決心は不動のものです。

敬具

チャールズ・ストリックランド

「言い訳をするでもなし、『すまない』でもないんですもの。冷たいとお思いになりません？」

「こういう事情の手紙としてはずいぶん変わっていますね」と私は答えた。

「言い訳は一つしかありませんわ、それは、あの人が正気じゃないってことです。チャールズを思いのままに動かすことができるその女が誰なのかはわかりませんけれど、その人はチャールズを別人にしてしまいました。二人の仲は長いこと続いていたにちがいありません」

「どうしてそうお考えになるんですか？」

「そのことはフレッドが発見しましたの。主人は一週に三晩か四晩、ブリッジをしにクラブへ行くと言っていました。フレッドはそのクラブの会員のお一人を知っていましたので、主人のブリッジ熱は相当なものだとかいったようなことを言ったらしいのです。するとその方はびっくりなさって、トランプ室で主人の姿を見かけたことさえないとおっしゃるんですって。今になればはっきりとわかりますわ、主人はクラブにいるものと私が思っていた時は、実はその女と一緒にいたんです」

ちょっとの間私は黙っていた。それから、子供のことが頭に浮かんだ。

「ロバートに説明なさるのはさぞ骨が折れたでしょうね」と言った。

「あら、二人のどちらにも一っ言も言っていませんわ。だって、私達はあの子達が寄宿学校へ戻る前の日にやっと帰って来たようなわけで、お父さんは仕事のことで呼び出されたと言えるだけの心のゆとりはありました」

あのような急な内緒事を胸にひめて、ほがらかに、さりげなく振る舞い、しかも、子供達を気持ちよく学校へ出すためにぜひしなくてはならないすべてのことに、あれこれと目をくばってやるのは、なかなか容易なことではなかったにちがいない。ストリックランド夫人は又涙声になった。

「あの子達はこれからどうなるのでしょう、かわいそうに。私達はどうやって生きて行くのでしょう?」

夫人は一生懸命に自分をおさえようとして、両手をけいれんのように握りしめたりほぐしたりしていた。実に痛ましかった。

「勿論《もちろん》パリへ行きますよ、私でも何かお役に立つとお考えになるのなら。それには、私にどうしてほしいのか、はっきりおっしゃって下さらなくてはいけません」

「あの人に帰ってきてほしいのです」

「マックアンドルー大佐のお話では、離婚を決意されたように伺っていましたが」

「決して離婚はいたしません」と夫人は急にはげしい口調で答えた。「そのことをあの人に伝えて下さい。その女と結婚することは絶対にできません。私もあの人と同様に、あとには引きません。決して離婚はいたしません。子供のことを考えてやらねばなりませんもの」

夫人がこう付け加えたのは、自分の態度の言い訳をするつもりだったのだろうが、私には、夫人のとった態度が母親としての心づかいからというよりもむしろごく自然な嫉妬心《しっとしん》からだと思われた。

「今でも御主人を愛していらっしゃるんですか?」

「わかりませんわ。でも帰って来てほしいんです。もし帰って来てくれるなら、過去のことはすっかり水に流すつもりです。何といっても、十七年も一緒に暮らした仲ですもの。私は心の寛《ひろ》い女です。私が何も知らない限り、あの人が何をしようとかまわなかったんですのに。あの人だって今は女に夢中になっていますけれど、続きっこないってことを悟らなくちゃなりませんわ。今帰ってくれれば、何もかもうまく収まります、そして誰にも気づかれずにすみますわ」

ストリックランド夫人が世間の噂を気にするとは、私はいささか興ざめを覚えた。というのも、その頃の私は、女の生活の中で他人の意見がいかに大きな役割を演じているかを知らなかったからだ。女の最も深刻な感情にすら、不まじめな影が一すじうつるのは、このためである。

ストリックランドが泊まっている場所はわかっていた。相棒がストリックランドの銀行宛にかんかんに怒った手紙を送った中に、居場所を秘密にしていることをなじった。すると、ストリックランドは、皮肉とユーモアをまじえた返事に、相棒がどこへ行けば自分を発見できるか正確な場所を知らせてよこしたのだ。明らかに、ホテルずまいをしているらしかった。

「私はそのホテルのことは知りませんけれど、フレッドがよく知っています。とてもぜいたくなホテルですって」とストリックランド夫人は言った。

夫人は暗い表情で頰を赤らめた。夫が贅《ぜい》をつくした続きの部屋に腰を落ち着け、あちこちの粋《いき》なレストランで夕食をし、昼は競馬に、夕方は芝居にといった暮らしをしている様子を思い描いたのだろう。

「あの年齢《とし》になって、続きっこありませんわ。何といっても、もう四十ですもの。若い人ならまあしようがないでしょうが、あの年配で、しかもそろそろ一人前になろうとしている子供まで居るというのに、おそろしいことです。体だって保《も》ちませんわ」

夫人の胸の中で、怒りと苦悩とが闘っていた。

「あの人に言って下さい。私達の家庭があの人の帰りを待ちわびていると。何一つ以前と変わっているものはないのに、そのくせ、何もかもが変わってしまっている。あの人なしでは、私は生きて行けない。自殺した方がましです。昔のことを話してやって下さい。二人で共に苦労してきたことを全部話してやって下さい。子供達がお父さんのことをたずねたら、何と言いきかせたらいいのでしょう？　あの人の部屋は、あの人が出て行った時のままになっています。あの人の帰りを待っています。私達はみんなあの人の帰りを待っています」

それから夫人は私がどう言うべきかを正確に教えてくれた。ストリックランドが言い出しそうなあらゆる意見に対して念のいった答えを私に授けてくれた。

「私のためにできるだけのことをして下さいますわね?」夫人の言い方は哀れだった。「私がどんな状態におかれているか、あの人に話してやって下さい」

夫人は、私の力の及ぶかぎりあらゆる手段をつかって、ストリックランドの同情心に訴えてほしいのだ。夫人は心ゆくまで泣いていた。私はひどく心を動かされた。ストリックランドの冷たい仕打ちに腹が立った。そこで、彼を連れ帰るため全力を尽くすことを約束した。翌々日パリへ行き、何か収穫がある迄《まで》パリにとどまることに同意した。それから、夜も更けたし、二人とも心労でぐったりしたので、私は別れを告げた。

11

旅行の間、私は自分の使命について一抹の疑惑を抱きながら再び考えてみた。ストリックランド夫人の悲嘆にくれる姿を見ないですむ今になれば、事態をより冷静に考えることができる。夫人の態度に矛盾したものがあるのは、どうも解せない。あの人は非常に不幸せなのだ、ところが私の同情をそそるために自分の不幸せを見せびらかすこともできる。泣いてみせようとあらかじめ考えていたことは明白だ、何故ならハンカチを充分に用意してあったから。夫人の行きとどいた考えには感服するが、ふり返ってみると、どうも夫人の涙がさほど胸を打たなくなるような気がする。はたして夫人は夫を愛するが故に帰ってきてほしいのだろうか、それとも人の噂がこわいからだろうか？　或《あるい》は、夫人の打ちひしがれた心の中で、侮辱をうけた愛の苦痛に、若い私にはけがらわしく思われる傷つけられた虚栄心の苦痛が入りまじっているのではなかろうか、という疑惑に私の心は乱された。その頃の私は人間性がいかに矛盾に富んだものであるかを知らなかった。まじめな人の中にいかに多くのてらいがあるか、けだかい人の中にいかに多くの下卑たものが含まれているか、又、堕落した者の中にいかに多くの善さが含まれているかをまだ知らなかったのだ。しかし私の旅行にはいささか冒険めいたところがある。パリに近づくにつれて私の意気は上がった。私は劇的な観点から自分自身を眺めさえした、そして踏み迷った夫を寛大な妻のもとへ連れ帰る信頼されたる友人の役割が気に入っていた。ストリックランドに会うのは翌日の晩にしようと心に決めた、それというのも時刻は慎重に選ばなくてはならんぞと本能的に感じたからだった。相手の心を深くゆり動かそうというからには、昼食前ではとうてい効きめはなさそうだ。その頃の私自身の頭はたえず愛の問題で一杯だったが、それにしてもお茶もすまないうちから夫婦愛を云々《うんぬん》するなど論外だ。

私のホテルで、チャールズ・ストリックランドの住んでいるホテルのことをたずねてみた。オテル・デ・ベルジュという名だった。しかし管理人はそんな名のホテルは聞いたこともないというのには、いささか驚いた。ストリックランド夫人の話では、リボリ通り裏の大きなぜいたくな所だというふうに聞いていたが。管理人と一緒に案内書で探してみた。そういう名のホテルはモアヌ通りに一つあるきりだった。その地区ときたら流行の先端を行くどころか、上品なところとさえも言えないのだ。私は首を振った。

「そんなところじゃないよ」と私は言った。

管理人は肩をすくめた。その名のホテルはパリにはそこしかない。やはりストリックランドは現住所を隠していたのだな、ふとそのことに思いついた。私の知っているホテルの名を相棒に教えて、おそらくその相棒をかついだのだろう。かんかんに怒った株屋をわざわざパリに来させ、みすぼらしい通りにあるいかがわしい家までむだ足を運ばせることにストリックランドはユーモアを感じるのだろう、何故か私はそんなふうに思えた。それにしても、やはり、行ってたしかめるにこしたことはない。翌日の六時頃、モアヌ通りまで車をやり、曲がり角で降りた。ホテルまで歩いて行き、中に入る前に外観を見たかったからだ。貧乏人相手のちっぽけな店の並んだ通りだった。そしてその中ほどの、行く手の左側に、オテル・デ・ベルジュがあった。私のホテルだって結構つつましいものだったが、しかしこのオテル・デ・ベルジュとくらべれば豪華なホテルということになる。オテル・デ・ベルジュは丈の高い、みすぼらしい建物だった、長年ペンキなど塗っていないにちがいない。そこがあまりにうすぎたない様子なので、両側の家が小ぎれいに見えるほどだった。汚れた窓は全部閉じていた。まさかこんなところでチャールズ・ストリックランドが名誉も義務もなげうったほどの見知らぬ美女と共に罪深き豪華な暮らしをしていようはずがない。私は腹が立った、馬鹿にされたと感じたからだ。そしてすんでのところでたずねもせずに立ち去ろうとした。私が中に入ったのはただ、ストリックランド夫人に向かって、できる限りのことはしました、と言えるためだった。

入り口は店の側面にあった。開けっぱなしになっていて、中に入ってすぐのところに「事務所は二階」と書いてあった。狭い階段を上ると、踊り場のところに詰め所のようなものがあった。ガラスで囲ってあって、中には机が一つと椅子が二脚あった。その外にベンチがある。おそらくこの上で夜警が窮屈な夜を過ごすのであろう。誰もいなかったが、呼び鈴の下に「ボーイ」と書いてあった。呼び鈴を鳴らすと、間もなくボーイが出て来た。うさんくささそうな目とふてくされた顔つきの若者だった。シャツ姿で室内ばきをはいていた。

なんということとなしに私はできるだけさりげない調子で質問した。

「もしやストリックランドさんという方がここに住んではいないでしょうか？」

「三十二号室。七階です」

あまりにびっくりしてしまったので、二の句がつげなかった。

「今、いらっしゃるでしょうか？」

ボーイは事務室内の掲示板を見た。

「鍵《かぎ》は置いてってありません。上ってってごらんなさい」

ついでだ、もう一つ訊《き》いてやれ、という気になった。

「奥さんも御一緒ですか？」

「お一人ですよ」

私が階段を上ってゆくのを、ボーイはうさんくさそうに見送っていた。階段は暗く、風通しが悪かった。胸の悪くなるような、かび臭いにおいがした。階段を三曲がり上ったところで、部屋着姿の髪をもじゃもじゃにした女が戸を開けて、私が通りすぎるのをだまって見つめていた。ようやく七階にたどりついた。そして三十二号室の戸を叩《たた》いた。部屋の中で音がしたと思うと、戸が少し開かれた。チャールズ・ストリックランドが目の前に立っていた。彼は黙っていた。私が誰だかわからないんだな、と思った。

私は名前を告げた。つとめてほがらかな態度をとろうとした。

「覚えていらっしゃらないでしょう。今年の七月、お宅の晩餐《ばんさん》にお招きいただいた者です」

「お入りなさい」彼は快活に言った。「よく来ましたね。お掛けなさい」

私は中に入った。ごくちっぽけな部屋で、フランス人がルイ・フィリップ風と呼んでいるスタイルの家具がぎゅうぎゅうづめにつまっていた。大きな木製のベッドの上には大きく波を打った赤い羽ぶとんが掛けられていたし、大きな洋服だんす、丸テーブル、ごく小さい洗面台、つめ物をして赤い横うね織りの布でおおった椅子が二つ。どれもこれも汚れて、みすぼらしかった。マックアンドルー大佐がいかにも心得顔に描写したような放らつなぜいたくさをにおわすようなものは何一つなかった。ストリックランドが一つの椅子にのせてあった服を床にほうり出したので、私はその椅子に腰かけた。

「どんな御用ですか？」と彼はたずねた。

小さな部屋で見るストリックランドは、私の記憶している彼より更に大きく感じた。古いノーフォーク・ジャケットを着ているし、数日ひげも剃《そ》っていないらしい。最後に会った時彼はかなり小ぎれいにしていたが窮屈そうに見えた。ところが、むさくるしく、櫛《くし》もろくろくあてていない今の方が、全くのびのびとくつろいでいるように見える。私がかねて用意して来た文句を言えば、ストリックランドはいったいどういうふうに受け取るだろうか。

「あなたの奥さんの代わりとして伺いました」

「ちょうど、夕食前の一杯をやりに行こうとしていたところです。一緒にどうです？　アブサンは好きですか？」

「飲むことは飲めますが」

「じゃ、行きましょう」

彼はブラシをかける必要が大いにありそうな山高帽子をかぶった。

「一緒に夕食をやってもいいですな。今度は君がおごってくれる番ですね」

「承知しました。お独りですか？」

この重大なる質問をごく自然に差しはさむことができたのは、我ながら天晴《あっぱ》れと思った。

「ええ、独りですよ。実を言うと、この三日間、誰とも口をきいていない。私のフランス語は完璧《かんぺき》というわけにはゆかないからね」

私は先に立って階段を下りながら、例の喫茶店の娘はいったいどうなってしまったのかなと考えていた。もう喧嘩《けんか》をしたのかな、それとも彼の熱がさめてしまったのかな？　しかし、一かばちかの生活に突入するために一年間着々と準備をすすめていたらしいが、もし本当にそうだとすれば、そんな推察はあたっていそうもない。ストリックランドと私は歩いてクリシー街へ行き、大きなカフェの歩道のテーブルに腰をおろした。

12

その時刻のクリシー街は混んでいた。そして想像力のたくましい人なら、通行人の中にふしだらな情事にふけっている人間が大勢いるのに気がつくだろう。事務員あり、女の売り子あり、オノレ・ド・バルザック（一七九九―一八五〇 フランスの小説家）の小説からぬけ出てきたような老人あり、人間の弱点につけ込んでもうけを得ている商売の男女あり。パリの下層地区の通りには、血を湧かせ、何が起こるかわからんぞという期待に胸をふくらませるような、あふれんばかりの活力がみなぎっている。

「パリはおなじみですか？」と私がきいた。

「いや。新婚旅行で来たが、それ以来一度も」

「今のホテルはいったいどうやってお探しになりました？」

「すすめられたのでね。安いところをと望んだもので」

アブサンが運ばれた。私達はとけかかっている砂糖の上に、型どおりにおごそかな態度で水を加えた。

「伺った理由をすぐ申し上げる方がいいと思ったのですが」私は少しどぎまぎしながら言った。ストリックランドの目がほほえんだ。

「いずれは誰かがやってくるだろうと思っていた。エイミーからは何通も手紙をもらっている」

「じゃ、私が申し上げるべきことはもう大体おわかりですね」

「手紙は読んでいない」

私はたばこに火をつけて、ちょっと時をかせいだ。自分の使命をどう切り出したものか見当がつかなかった。哀れっぽい調子のや、憤慨した調子の文句をとうとうとまくしたてるようにあらかじめ準備しておいたが、クリシー街ではどうも場ちがいのようだ。いきなりストリックランドはくっくっと笑った。

「いやな仕事だね、君にとっちゃ？」

「さあね」と私は答えた。

「じゃ、こうしよう、まず君がこいつをすましちまう。それから二人で大いにたのしもう」

私はためらった。

「奥さんが非常に悲しんでいらっしゃることを考えたことがおありですか？」

「そのうち直るさ」

その答え方の冷淡至極なことといったら、とうてい書きあらわせたものじゃない。私はまごついた。しかし、いかにもさりげないふうを装うとつとめた。牧師のヘンリ伯父さんが親類のものに特別牧師補会に寄付を頼む時の口調を使ってみた。

「率直に申し上げますが、お気になさらないでしょうね？」

彼は首を振って、ほほえんだ。

「奥さんはあなたにこんな仕打ちをされてもしかたがないことをなさいましたか？」

「いや」

「奥さんに何か不満でもありますか？」

「何も」

「では、十七年間も結婚生活をしたあげく、何一つ欠点もない奥さんをこんなふうに棄ててしまうなんて、ふらち千万じゃありませんか？」

「ふらち千万だ」

私はびっくりして相手の顔を見つめた。私の言うことに一々心から賛成するので、私はすっかり先手を打たれた形だった。おかげで私の立場は馬鹿げたものといわない迄《まで》もややこしいものになった。私が心準備をしていた態度は、相手を納得させるように、心を動かすように、勧告するように、いさめるように、さとすように、しかももし必要とあれば相手をののしり、憤然とし、皮肉ってもみようと考えていた。ところが、罪人がいささかもためらわずに自分の罪を告白するに至っては、賢明なる指導者たるものはいったいどうしたらよいのであろう？　私にはこんな経験は初めてだった。だいたい私自身はいつも物事を否定ばかりしている方だったから。

「それで？」とストリックランドがきいた。

私はふんといった調子で口をゆがめてみせた。

「そうですね、御自分でもそう思っていらっしゃるなら、べつに大して言うべきことはなさそうですね」

「ないだろうね」

いっこうにうまく使命を果たしていないと感じて、私は明らかにいらいらしてきた。

「冗談じゃない、一文なしのまま婦人を見棄てるなんてことはできませんよ」

「何故？」

「奥さんはどうやって暮らして行くんです？」

「十七年間、私が養ってきたんだ、今度は自分で養ってみたらいいだろう」

「そんなことできませんよ」

「やらしてみたらいい」

これに対する答は勿論《もちろん》いくらでもあった。婦人の経済上の立場を説いてもよければ、結婚によって当然男が引き受けるべき暗黙にしてしかも公然たる契約について云々《うんぬん》してもよければ、その他にもいろいろの答えようはあった。しかし本当に重要な問題はただ一つだと感じた。

「もう奥さんを愛していらっしゃらないのですか？」

「ぜんぜん」と彼は答えた。

事は当事者全部にとって実に切実な問題なのだが、彼の答えかたには、なんともいえず愉快なあつかましさがあったので、私は笑うまいとして唇をかんだ。こいつの行為はふらち千万なのだぞ、と自分に言いきかせた。自分を奮いたたせて、義憤の念をもやした。

「そんなことってあるものですか、お子さんのことだって考えなくちゃ。お子さん方に何も罪はないでしょう。お子さんから生んでくれとたのんだわけじゃあるまいし。何もかもこんなふうになげやりにするんならお子さん達は路頭に迷いますよ」

「子供達は長い間、何不自由なく育てられた。大部分の子供よりはるかに豊かにね。それに、誰かが世話をみてくれるさ。いざとなりゃ、マックアンドルー家が教育費を出すだろう」

「あなたはお子さん達が可愛くないのですか？　あんなにいいお子さん達なのに。もうお子さん達とは一切かかわりたくないっておっしゃるんですか？」

「小さかった時はけっこう可愛いと思ったが、大きくなった今は、べつに可愛いとも何とも感じないね」

「そんな不人情なことって」

「そうかもしれん」

「ぜんぜん恥ずかしいとは思っていないようですね」

「いないね」

私は別のやり方を試みた。

「誰だって、あなたみたいな下等な奴はいないと思うでしょう」

「思わせとくがいい」

「人から蛆虫《うじむし》のようにきらわれたり、軽蔑《けいべつ》されたりしても、平気ですか」

「平気だね」

彼の短い返事がいかにも馬鹿馬鹿しいという調子だったので、ごくあたり前の私の質問が、まるで間抜けたものになってしまった。一、二分私は考えた。

「仲間に悪く思われていると気づいていながら、のうのうと暮らしてゆけるものでしょうか？　気になり出すことはないと言いきれますか？　誰にだって良心のようなものはあります、そしてそれがおそかれ早かれあなたをあばき立てるでしょう。仮に奥さんが死んだとしたら、後悔の念にさいなまれはしませんか？」

ストリックランドは答えなかった。私はしばらく彼が話しだすのを待った。とうとうしびれをきらして、私の方から沈黙を破った。

「どうお答えになります？」

「君は大間抜けだ、答えはそれだけさ」

「とにかく、あなたに強制的に妻子を養わせることだってできるんですよ」私はいささかむっとしてやり返した。「法律が妻子に何らかの保護を与えると思います」

「法律は石から血をしぼり出せるのかね？　私は一文なしだ。百ポンドぐらいしかない」

ますます私の頭はこんがらがって来た。たしかにあのホテルを見れば、彼が窮迫しているのが察しられる。

「それを使ってしまったらどうなさるおつもりですか？」

「かせぐよ」

彼は冷静そのものだった。目には相変わらず小馬鹿にしたような微笑を浮かべているので、私の言うことは一々何となく間が抜けてみえる。私はしばらく口をつぐみ、次に何と言ったらいいだろうかと考えていた。しかし先に口を利いたのは彼の方だった。

「何故エイミーは再婚しないんだろう？　まだかなり若いし、魅力もまんざらなくもない。良妻であることは私が保証する。エイミーがもし私を離婚したいのなら、必要な根拠をこっちから提供したってかまわない」

さあ今度は私の方がにやりとする番だ。彼はなかなか抜け目がない、しかし彼がねらっているのがこの点であることは明白だ。何か理由《わけ》があって女と駆け落ちした事実を隠している。そして女の居場所をかくすのに細心の注意を払っている。私はきっぱりと答えた。

「奥さんはあなたがどんな手を使おうとも絶対に離婚はしないと言っておられます。奥さんは断固たる決心をしています。離婚の希望はきれいさっぱりと思い切るんですね」

彼はびっくりした様子で私を見つめた。たしかにそれはみせかけの驚きではなかった。唇に浮かんでいた微笑は消え、彼はしんから真面目な態度で話した。

「しかし、君、私はどうだっていいんだよ。離婚されようとされまいと私にとっちゃいたくもかゆくもない」

私は声を立てて笑った。

「さあさあ、冗談はよしましょう、私達をそれほどの間抜けと思っちゃいけませんな。あなたが女と駆け落ちしたことはちゃんと私達の耳にも入っているんですよ」

彼はちょっとぎくりとしたが、次の瞬間、いきなりどっと笑いこけた。彼の笑い声があまりに大きいので、近くに坐《すわ》っていた人達まで振り返り、中にはつりこまれて笑い出す者さえいた。

「何もそんなにおかしかないでしょう」

「あわれな奴さ、エイミーは」彼はにやっと笑った。

次の瞬間、彼の顔はひどくにがにがしい表情に変わった。

「何てさもしい心を持っているんだ、女って奴は！愛か。いつだって色恋なんだ。男が自分を棄てりゃ、他の女を求めたのだとしか考えられないんだ。私が女のためにこんなことをするほどの馬鹿だと思うかね？」

「じゃあ、他の女のために奥さんを棄てたんじゃないっていうんですか？」

「勿論ちがう」

「名誉にかけて誓いますか？」

何故そんなことをきいたのかわからない。実に無邪気なことをしたものだ。

「名誉にかけて誓う」

「では、いったい何のために奥さんを棄てたのです？」

「絵をかきたかったから」

かなり長い間、私はじっと彼を見つめた。私には何のことやらわからなかった。こいつ気がくるっているんじゃないかな、と思った。その頃の私はずっと若かったし、ストリックランドを中年の男とみていたことを思い起こしていただきたい。私はすっかり驚きあきれてしまって、他のことは何もかも忘れてしまった。

「しかしあなたは四十ですよ」

「だからこそ、やり始めるのに絶好の時と思ったのだ」

「絵をかいたことはおありですか？」

「小さい時私はむしろ画家になりたいと思っていた。しかし父は私を実業家にしてしまった。芸術じゃもうからんと言ってね。一年前から少しばかり絵をやり始めてみた。ここ一年間、夜のクラスに出ていたんだ」

「クラブでブリッジをしていらっしゃるものと奥さんが思っていた時、あなたが行っていらしたのはそこなんですか？」

「その通り」

「何故奥さんに言わなかったのです？」

「自分独りの胸にしまっておきたかったから」

「絵はお上手なんですか？」

「いやまだ。しかしそのうちにはね。だからこそここに来たのだ。ロンドンでは欲しいものも得られない。多分ここでなら得られるだろう」

「あなたくらいの年でやり始めて、いったいものになるものでしょうか？　大概の人は十八からかき始めますよ」

「十八の時より今の方が早く上達する」

「何故御自分に才能があるとお思いになったのです？」

ほんのしばらく彼は答えなかった。彼は通りすぎる人の群れにじっと目を注いでいたが、見ているのではないらしかった。彼の返事は返事になっていなかった。

「描《か》かなくちゃならないんだ」

「一か八かずいぶん思い切ったことをしたものですね？」

すると彼は私を見つめた。その目には何か不思議なものがただよっていたので、私はなんとなく落ち着かなくなった。

「君はいくつかね？　二十三？」

その質問は的をはずれているように思えた。私が冒険をおかしたって何も不自然じゃない、しかし彼はもう青春時代を過ぎた男だ、れっきとした地位と妻と二人の子供のある株屋だ。私だったらあたり前かもしれない道でも、彼にとっては馬鹿げている。私は公平でありたいと思った。

「勿論《もちろん》奇蹟《きせき》は起こるかもしれません、そしてあなたが絵の大家になられるかもしれない。

しかしその可能性は百万に一つだということは認めなくちゃなりますまい。最後になって、ぜんぜん物にならなかったと悟る羽目になったんじゃ、がっかりですからね」

「どうしても描《か》かなくちゃならないんだ」と彼は繰返した。

「もし仮にあなたが三流どころより決して出ないとします、そうなると、何もかもなげうった甲斐《かい》があったと思うでしょうか？　結局のところ、他の人生行路なら大してすぐれていなくても差し支えないのです、人並みでありさえすれば充分安穏に暮らしてゆけます。しかし芸術家となるとそうはいきませんよ」

「君は大馬鹿者だ」と彼は言った。

「何故です？　当然のことを言うのが馬鹿だというんなら別ですが」

「どうしても描かなくちゃならないんだと言っているじゃないか。自分だってどうにもならないんだ。水に落ちたらうまく泳ごうと下手に泳ごうと、泳ぎ方なんか問題じゃない。とにかく水から出なくちゃならないんだ、さもなけりゃ溺《おぼ》れてしまうだけだ」

彼の声には真の情熱がこもっていた。私は我知らず感動させられた。ある激しい力が彼の中でもがいているのが感じられるようだった。それは何か非常に強力な激しいものが、いわば彼の意志に反して、彼をとらえて離さないという感じだった。だがどうも解せない。彼は本当に悪魔にでも取りつかれたように見えるし、その悪魔がいきなり彼を豹変《ひょうへん》させ、ずたずたにさいなみそうな気もするが、そのくせ、見たところ普通の人といっこう変わっていない。私が不思議そうにじろじろ見つめていても、彼はどぎまぎする様子もなかった。赤の他人だったら彼のことをどう思うだろうか、古いノーフォーク・ジャケットを着て、ブラシもあてない山高帽子をかぶってそこに腰かけている彼のことを？　ズボンはだぶだぶだし、手はうすぎたない、顔はといえば、カミソリのあたっていない顎《あご》は赤い不精髭《ぶしょうひげ》があるし、目は小さく、鼻は大きく、人を人と思わぬといった様子。無骨で粗野な顔だ。口は大きく、唇は分厚く肉感的だ。私にも見当がつかない、どういう男なのだか。

「奥さんのところへは戻らないんですか？」遂に私は言った。

「絶対に」

「奥さんは、よろこんで起こったことはすべて水に流すし、新しく出発しなおそうと言っておられますよ。一っ言だってあなたをとがめはしないでしょう」

「エイミーなんてくそくらえだ」

「人々があなたのことを極悪非道な奴と思ってもかまわないんですね？　妻子が物乞《ものご》いをする羽目になっても、かまわないんですね？」

「ぜんぜん」

私は次の言葉をより強く響かすために、一瞬口をつぐんだ。そして、できるだけゆっくりと言った。

「あなたみたいな、下劣きわまる人はみたこともない」

「さあ、それだけ言ってしまえば胸がせいせいしたろう、夕食をやりに行こう」

13

この申し出は断った方が妥当だったかもしれない。その時私は本当に憤慨していたのだから、それをはっきりと示すべきだったかもしれない。そして、そのようなけしからん人物と食事を共にすることを断固として断ったと報告することができれば、マックアンドルー大佐は少なくとも私のことをよく思ったことだろう。しかし、どうせうまくやり了《おお》せないだろうという心配から、私はいつも道徳家ぶった態度をとるのをためらった。しかもこの場合は私の感情を吐露したところでストリックランドにはまるで効きめがないのはわかりきっているのだから、なおさら口に出すのは気まずかった。アスファルトの道に水を撒《ま》いて、その労力の報いとして必ず百合《ゆり》が生えると信念を持って期待することのできる者は、詩人あるいは聖人だけである。

私が酒代を払った。そして私達は安い食堂へ出掛けた。混み合ってにぎやかなところだったが、そこでたのしく夕飯を食べた。私は若いから食欲が旺盛《おうせい》だったたし、彼は彼で良心が麻痺《まひ》しているからやはり食欲旺盛だった。その後で居酒屋へ行ってコーヒーと酒を飲んだ。

私がパリにやってきた目的について、言うべきことはもう言いつくした。更にその話題を押しすすめないのは、ある意味ではストリックランド夫人を裏切っているような気もしないではなかったが、ストリックランドの無関心さと争うわけにはゆかなかった。変わらぬ熱意をもって同じ事を三度繰り返すには、女性的な気性がなければできぬことだ。ストリックランドの心の状態をできる限り摑《つか》んでおけば役に立つだろう、私は気休めにそう考えた。しかもそれの方が遥かに興味があった。しかし生やさしい仕事ではない。というのは、ストリックランドは能弁ではなかったからだ。彼は心で思っていることを口で表現するのがむずかしそうだった。まるで彼の心は言葉を媒介として働いているのではないかのようだった。だから、彼の陳腐な文句や、俗語や、あいまいで不完全な身振りから、彼の心が言わんとしていることを察する他はなかった。しかし、別に大したことは言わなくても、相手を退屈させないだけのものが彼の個性にひそんでいた。多分それは誠実さなのだろう。彼は今初めて見るパリに大して気を引かれていないようだった(夫人同伴の時の訪問は数に入れないとして)、そして彼にとっては物珍しいはずの眺めを見ても、いっこうに驚いた様子もなかった。私なんかは何度となくパリに来ているが、いまだに興奮でぞくぞくする。パリの通りを歩けば必ず、冒険の縁を歩く想いがしたものだ。ストリックランドは平然としている。今になって、その時のことを振り返ってみて思うのだが、ストリックランドは心の中のある幻影に心を奪われていたため、他の物は目に入らなかったのではなかろうか。

その晩、ちょっとした事がもち上がった、他愛《たあい》ないといえば、まあ他愛ない事だが。その居酒屋には商売女が大勢居た。男達と一緒に腰かけている者もあれば、女だけのもいた。間もなく、そのうちの一人が私達を見つめているのに気がついた。ストリックランドと目が合うと女はにこっと笑った。ストリックランドの方は女を見てはいなかったらしい。しばらくして女は出ていったが又すぐに引き返してきて、私達のテーブルのわきを通る時、何か飲み物をおごって下さらない、と丁寧に頼んだ。女は腰を下ろした。私は女としゃべりはじめた。しかし女の関心がストリックランドにあることはたしかだった。あの男はフランス語はせいぜい二つくらいしか知らないと説明してやった。女は彼に話しかけた、半ば身振りで、半ばかたことのフランス語で。どうしたわけか、女はかたことのフランス語の方が彼にわかりやすいと思ったらしい。英語の言い廻《まわ》しも六つぐらいは知っていた。自国語でしか表現できないことは私に通訳させた、そして彼が何と返事をしたかとしつこく聞きたがった。ストリックランドは上機嫌だったし、いささか面白がってもいたが、無関心であることは明白だった。

「ものにしましたね」と私は笑った。

「べつにうれしかないね」

私が彼の立場だったら、もっと気まずかったろうし、あれほど平然とはしていなかったろう。女はにこやかな目もと、実に魅力のある口もとをしていた。若い子だった。ストリックランドのどこにそれほどひかれたんだろうと私は不思議に思った。女は欲望を隠そうともしなかった。そしてそれを通訳してくれと私にせがんだ。

「連れて帰ってくれ、と言っていますよ」

「誰も連れてゆかん」と彼は答えた。

私は彼の返事をなるべく感じよく言い直してやった。そのような申し出を断るなんて少し野暮《やぼ》な気がしたので、金がないため断わったのだと説明してやった。

「でも、私はあの人が好きなの。お金なんかいらないとあの人に言ってちょうだい」と女は言った。

そのことを伝えると、ストリックランドはいらだたしげに肩をすぼめた。

「くそくらえ、と言ってくれ」と彼は言った。

その態度で何と答えたかはっきりとわかったのだろう、女はぐいと頭を反らした。おそらく化粧の下で顔を赤らめていたのだろう。女は立ち上がった。

「失礼な人ね」と言った。

女は居酒屋から出ていった。私は少々気を悪くした。

「べつに女を侮辱しなくたっていいでしょう。むしろあの女は好意を示したわけなんだからね」

「ああいうたぐいのことには、胸がむかつくんだ」と彼は荒々しく言った。

私はしげしげと彼の顔を見つめた。その顔にはしんから不愉快がっている様子が浮かんでいた。そのくせその顔は粗野で肉感的な男の顔なのだ。きっとさっきの女はこの顔にひそむ一種の残忍性にひかれたのだろう。

「その気なら、ロンドンでだって女を手に入れることくらいできたさ。ここに来たのは、そんなことのためじゃないんだ」

14

英国への帰途、私はストリックランドのことをずいぶん考えた。彼の妻に報告しなければならないことを順序立てようとした。なんとも不満足な報告だった、これではストリックランド夫人が満足する筈《はず》がない。私自身すら満足していないのだから。それにしてもどうもストリックランドって奴はわけがわからない。いったい彼の動機は何なのだろう？私が彼に、画家になろうという考えをまず起こさせた動機は何かときいた時、彼は答えられなかった、あるいは言いたくなかったのかもしれない。私にはさっぱりわけがわからなかった。私はこんなふうに思いこもうとしてみた、はじめはもやもやしていた反撥《はんぱつ》の気持ちが、彼のにぶい心の中で次第次第に熟して来たのだと。しかし、この考えをぶちこわすものは、彼が単調な生活をじれている様子をいっこうに見せなかったといううれっきとした事実だ。あまりの退屈に我慢できなくなって、ただひたすら、わずらわしい束縛を断ち切らんがために画家になる決心をしたというのなら、話はよくわかるし、又平凡でもある。しかし平凡ということこそ、彼とはまるで縁のないことだと私は感じるのだ。遂に、ロマンティックな私のこと故、一つの解釈を考え出した、こじつけであることはわかっているが、とにかく納得がゆく解釈はそれをおいて他にはない。その解釈というのはこうだ――彼の魂の中に、深く根ざした創作本能のようなものがなかっただろうか？　その本能は生活の様々な環境によって目立たなかっただけで、実は容赦なく育っていたのだ、ちょうど生きている組織の中で癌が育つように、そして遂には彼全体を捉《とら》えて、いやおうなしに行動に移させた。ちょうど郭公《カッコウ》が他の鳥の巣に卵を生みつけ、その雛《ひな》が孵《かえ》ると、乳兄弟の小鳥を押しのけ、遂には自分をかくまってくれていた巣までこわしてしまうのに似ている。

しかし、創作本能がこんな退屈な株屋に取りついて、おそらくは彼の身の破滅と、彼の扶養家族の不幸とを招く結果になろうとは、なんとも不思議なことである。しかし不思議といえば、神の御意《みこころ》が権力も富もある人々の心をとらえ、頑固なほど休みなくその人達を追いまわし、遂には征服された人々がこの世のよろこびも女への愛情もすべてなげうって、苦労多い修道院の禁欲生活へ入ってゆくのも、不思議なことである。発心《ほっしん》はさまざまな形をとって訪れ、さまざまな方法によって達成する。ある人には、大激流によって石がこっぱみじんになるような大変動が要るだろうし、又ある人には、たえずしたたり落ちる一滴の水によって次第に石が摩滅するように、徐々にやってくるだろう。ストリックランドには、狂信者のもつ直情と、使徒のもつ激しさがあった。

しかし私は実際家だから、ストリックランドに取りついている情熱が果たして正当なものであるか否かは、彼の作品を見なければわからないと思った。彼がロンドンで通っていた夜学で、学友達が彼の絵をどう思っていたかとたずねた時、彼は苦笑して答えた。

「冗談だとでも思っていたらしいよ」

「パリでも、どこかのアトリエにもう行きはじめているんですか?」

「うん。今朝奴《やっこ》さんが廻って来てね——教師のことさ、おれの絵を見ると、眉《まゆ》をひょいと持ち上げただけで、行っちまったよ」

ストリックランドはくっくっと笑った。意気をくじかれた様子はない。仲間の意見なんか気にしていないのだ。

彼と付き合っていて私を一番まごつかせるのも正にこの点なのだ。他人がどう思おうと平気だ、などとうそぶく人々は、大抵自分自身をあざむいているものだ。大概その意味は、誰もおれの風変わりな行動なんかわかりっこないという確信のもとに、好き勝手なことをするというくらいのことで、まあせいぜいのところで、隣人の賛成を受けているので意を強うして、大衆の意見に逆らった行動をしても平気というだけのことなのだ。世間の目の前で因襲に逆らったことをするのも、その因襲に逆らった行動こそ自分の仲間うちでは因襲であるという時には、やりにくいことではない。その際そういう行動をとることは途方もないうぬぼれを感じさせるものだ。身の危険という不便をこうむることなしに自分には勇気があると自己満悦することができるのだから。しかし、人々の賛成を得たいという欲望は、おそらく文明人の最も根強い本能であろう。風俗紊乱《びんらん》のかどで社会から攻撃をうけた新しがりの女ほどす早く、世間体という隠れ家へ急ぐ者はあるまい。だから私は、仲間がどう思おうとへっちゃらさなどという人を信じない。それは「盲《めくら》蛇に怖《お》じず」の手合いだ。彼等の言う意味は、小さなあやまちに対する非難なんかこわくないさというだけのことなのだ、それもそのはず、そのあやまちは誰も気がつきっこないと確信しているのだから。

　しかしここに、真から人の思惑を気にしない男がいる。だからこの男には因襲も押さえる手がかりがない。ちょうど体じゅうに油をぬっているレスラーのようなもので、つかもうとしても手がかりがない。だからこの男は自由でいられる。しかしこれは反則である。私はストリックランドにこう言ったのを覚えている、

「いいですか、もし誰もかれもがあんたのように行動したら、世の中は無事に収まりゃしませんよ」

「そんなくだらんことがあるものか。誰もおれみたいな行動をとりたいと思っちゃいない

さ。大抵の奴はあたり前のことをするのに、満足しきっているんだ」

又、一度は皮肉ることも試みた。

「あなたは明らかに、この格言を信じておられぬらしい――『すべての行動が宇宙の法則と一致するように行動せよ』」

「聞いたことがないが、とにかく、くだらんたわごとさ」

「へえ、これはカント（一七二四―一八〇四、ドイツの哲学者）の言った言葉ですよ」

「同じことさ、くだらんたわごとだ」

　こういう男には又、良心に訴えるという手も効きめは望めない。鏡もなしに物を映そうとするようなものだ。良心というものは、社会が存続するために作り上げた規則を、個人個人が守るように管理しているものであると私は解している。我々皆の心の中にでんとかまえて、我々が社会の法則を破らぬように見張っている巡査だ。自我の中央の要塞《ようさい》に坐《すわ》りこんでいるスパイだ。人間が仲間の賛成をもとめる欲望が非常に強く、仲間の非難をひどく怖れるあまり、自ら敵を門内に引き入れておくのだ。その敵は人間を見張り、自分の主人（社会）のためを思って、その人間の心の中に、民衆から離れようとする欲望が少しでも芽生えれば、それを踏みつぶしてしまおうと、たえず目を光らしている。自分個人の利益より社会の利益の方を重んずるようにしむける。それは個人を全体に結びつける非常に強いきずなである。そして人間は、自分個人の利益より大切であると自分自身を納得させた社会の利益に屈従し、自らを工事監督（良心）の奴隷としてしまう。工事監督を名誉席に就かせる。そして遂には、肩口に打ちおろされる王侯の杖《つえ》にじゃれつく宮廷人のように、自分の良心の敏感さを自慢するようにもなる。そうなると、良心の権力を認めない人間に対して、身にこたえるだけの強い言葉を浴びせることができなくなるのだ、何故なら、今や社会の一員となっているこの男は、そのような人間に対しては、自分が全く無力であることを、ひしひしと感じるからだ。

ストリックランドが、彼の行為が当然ひきおこすであろうところの世の非難に対して、しんから無頓着《むとんちゃく》であるのを知った時、私は殆《ほとん》ど人間とは思えない姿かたちの怪物でも見るように、空おそろしくなって尻《しり》ごみした。

私が別れの挨拶《あいさつ》をした時、最後に彼は私にこう言った——

「エイミーにおれの後を追って来ても無駄だと言ってくれ給え。とにかく、おれはホテルを取り替えるから、見つけようたって見つからない」

「私の受けた印象では、奥さんはあなたと別れて、いい厄介払いをしたってとこですな」

「そうなんだよ、君、ぜひそこんところをあれに納得させてくれ給え。しかし女なんて、実に頭が鈍いからねえ」

15

ロンドンへ帰り着くと、私を待ちかまえていたものは、夕食後できるだけ早くストリックランド夫人の家へ来て下さるようにとのたっての依頼だった。行ってみると、夫人はマックアンドルー大佐夫妻と一緒だった。ストリックランド夫人のお姉さんは夫人とどこか似ているが、夫人よりしなびていた。そしていかにもやり手に見える。まるで英帝国は彼女の意のままとでもいうふうだった。これはこの大佐夫人のみならず高官の夫人連によく見られる。上流社会に属しているという自覚から生まれるものである。大佐夫人の物腰はきびきびしていて、その立派な礼儀作法には、軍人にあらざれば人間にあらずという確信が殆どむき出しにあらわれていた。しかし近衛《このえ》連隊の連中のことは毛嫌いしていた、うぬぼれ屋だと思っているのだ。そしてめったに人を訪問しないその夫人連のことは、口にするさえ耐えられないというふうだった。大佐夫人のガウンは野暮なくせに金目のものだった。

　ストリックランド夫人は明らかに神経質になっていた。

「さあ、ニュースを聞かせて下さいな」と言った。

「御主人にはお目にかかりました。どうやら御主人は帰るまいときっぱり心をおきめになったようです」私はしばらく間《ま》をおいた。「絵をかきたいんだそうです」

「何ですって？」ストリックランド夫人は仰天して叫んだ。

「御主人がそういったことに御熱心なのを、一度もお気づきになりませんでしたか？」

「途方もない大馬鹿者になりおったに相違ない」と大佐は大声をあげた。

ストリックランド夫人はちょっと眉を寄せた。数々の思い出をさぐっていたのだ。

「そういえば、結婚する前、よく絵の具箱を持ってぶらぶら歩き廻《まわ》っていましたわ。でもあんな下手な絵ってありゃしません。私達はよくからかってやりましたの。あの人はああいったことにはまるっきり才能がありませんでしたわ」

「勿論《もちろん》言い訳にすぎませんよ」と大佐夫人が言った。

ストリックランド夫人はしばらくの間じっと考え込んでいた。私の報告がさっぱり合点がゆかないらしいことは一目で明らかだった。客間も今はいくらかきちんと整えられていた。夫人の主婦としての本能が心の乱れを克服したのだろう。あの突然の出来事の起こったあとで、私が初めて訪問した時のような、長い間貸家になっている家具つきの家のようなさむざむしい感じは、今の客間にはもうなかった。しかしパリでストリックランドと会った今となっては、彼をこのような環境に置いて考えてみることはむずかしいことだった。この人達だって、何か調和しないものが彼にあったことぐらい気づいただろうに。

「でも芸術家になりたいというのなら、何故そう言わなかったんでしょう？」遂にストリックランド夫人はそうたずねた。「私くらいそういう——そういうたちの熱望に対して同情的な人はなかったでしょうに」

大佐夫人はきっと唇を引きしめた。大佐夫人は妹が芸術の道に励む者をひいきするのを前から快からず思っていたようだ。大佐夫人はいつもあざけるような調子で「ぶんくわ(文化)」を語る。

ストリックランド夫人は言葉をついだ。

「なんといっても、あの人にもし才能でもあれば、まず私がその才能を力づけてあげるのが当然です。犠牲になることはかまわなかったんですのに。株屋と結婚するより、画家と結婚した方がどんなによかったかしれませんわ。子供のことさえなければ、私は何だってかまやしません。チェルシーのみすぼらしいアトリエでも、このアパートと同じように幸せでいられますわ」

「まあ、あんたったら、いい加減になさいよ」と大佐夫人が叫んだ。「まさかこんなでたらめなことを一言だって信じてるんじゃないでしょうね」

「しかし私は本当だと思います」と私はおだやかに口を差しはさんだ。

大佐夫人は愛想よく、しかし軽蔑《けいべつ》をこめて私を見た。

「男の人が四十にもなって、仕事をなげうち、妻子を棄てて画家になるからには、必ずそこに女がいるはずです。きっとあの人はあなたの——芸術上の友達の誰かと知り合って、その女にうつつをぬかしたにちがいありません」

ストリックランド夫人の青白い両頰にいきなりぽっと紅がさした。

「どんな人ですの？」

私はちょっと言い淀《よど》んだ。私は爆弾を投下しようとしているのだ。

「女なんていません」

マックアンドルー大佐とその妻は信用できないといわんばかりの声をあげた。ストリックランド夫人はとび上がった。

「女を一度も見なかったとおっしゃるの？」

「見ようにも女なんていないのです。御主人は全く一人ぽっちです」

「そんなばかなことって」と大佐夫人が叫んだ。

「これだから、わしが行かなきゃらちがあかんと思っていたんだ」と大佐が言った。「わしならあっという間に女をさがしてみせたさ」

「ほんとうにいらっしゃればよかったですよ」私もいくらか辛辣《しんらつ》にやり返した。「そうすれば、あなたの御推察がどれもこれも的はずれだったことを御自身でたしかめられたでしょう。しゃれたホテルにも住んではいません。小さな一室で全くむさくるしい生活をしています。もしや家庭をすてたにせよ、それは華やかな生活をするためではありません。金さえ、殆ど持っていないくらいです」

「じゃ、何か私達の知らないことでも仕出かして、警察の目をさけて身をひそめてでもいるんでしょうか？」

この思いつきは三人全部の胸に一抹の希望を抱かせた、しかし私はそんなことにかまっちゃいられない。

「もしそうなら、自分の居場所をパートナーに知らせるようなへまはまずしなかったでしょうね」私は辛辣にやり返した。「とにかく、一つのことだけは絶対に確信しています、誰とも駆け落ちなぞしたのではないってことです。そんなことは最もあの人の考えから遠いことなのです」

しばらく皆は黙っていた、その間、三人は私の言ったことを考えていた。

「では、もしあなたのおっしゃることが本当だとすれば、私が考えていたほど事態は悪くはないってことになりますわ」遂に大佐夫人がそう口をきいた。

ストリックランド夫人は姉をちらっと見たが、何も言わなかった。夫人の顔は今は真っ青で、美しい額は不機嫌そうにかげっていた。夫人の顔の表情の意味が私にはつかめなかった。大佐夫人は言い続けた――

「もしただの気まぐれなら、そのうち直りますわ」

「エイミー、あんたが行ったらどうだね？」と大佐は思い切って言ってみた。「一年くらいパリで一緒に暮らして悪いってことはないだろう。子供のことはわし達がみて上げるから。きっとあいつはくさくさしちまったんだろう。いずれおそかれ早かれ、ロンドンへ帰って来られる状態に完全に立ち直るさ。帰ってきても、別に不都合なことにはなっとらんだろう」

「私ならそうはしないわ」と大佐夫人が言った。「私ならあの人が十分に好き勝手なことができるように綱をゆるめてやります。そうすれば、そのうち尻尾《しっぽ》を巻いておとなしく帰って来ますよ。そして又元の鞘《さや》に居心地よく納まりますわ」大佐夫人は妹の方を冷ややかに見た。「きっとあんたは夫の操縦があまりうまくない時があるんだわ。男の人って風変わりなんだから、操縦術を学ばなくちゃだめよ」

大佐夫人もやはり女性共通の意見を抱いていた、つまり、男は横暴であって、自分を慕う女を見棄てる、しかし棄てられるのは女にも大いに責任がある、というのだ。「心は、理性《レゾン》の知らない理由《レゾン》を持っているものである」

ストリックランド夫人は私達を一人ずつ順にゆっくりと眺めまわした。

「あの人は決して帰って来ませんわ」と言った。

「そんなこと、今聞いたばかりのことを思い返してごらんなさい。あの人は楽な生活になれていたし、誰かに身のまわりの世話をしてもらうのになれていたのよ。みすぼらしいホテルのみすぼらしい部屋にあきあきするのにどれ程の時がかかると思うの？　おまけにお金だって持っていないんですもの。帰らないじゃいられませんよ」

「どこかの女と駆け落ちしたと思っていた間は、チャンスがあると思っていました。そういうことはけっして成功しないと信じていましたから。三月とたたないうちに死ぬほど女にあきあきしてしまったでしょう。でも恋愛のために出て行ったのでないとすれば、もう終わりですわ」

「なんだかずいぶんややこしいもんだな」大佐は、自分の職業の伝統とはおよそ縁のない性質に対して感じる軽蔑を、洗いざらいその言葉にこめて言った。「そんなことを信じるんじゃない。あいつは帰って来るさ、そして家内の言うように、ちとばかり、したい三昧《ざんまい》させてみるのも決して悪くはなかろう」

「でも私、あの人に帰ってきて欲しくないんです」と夫人は言った。

「エイミーったら！」

ストリックランド夫人にとりついていたのは怒りだったのだ、顔が青ざめていたのは、冷ややかな、突然わき上がった激怒のための青白さだったのだ。夫人は今、口早に、小きざみに喘《あえ》ぎながらしゃべった。

「もしあの人が誰かに死ぬほど恋いこがれて、その女と駆け落ちしたというのなら、許すことができたでしょう。ありそうなことだと思うでしょう。本気であの人を責めたりしなかったでしょう。女にひきずられたんだと思うでしょう。男の人はとても弱いし、女の人はとてもずうずうしいんですもの。でもこんどの場合はちがいます。あの人が憎い。こうなっては絶対に許せません」

マックアンドルー大佐夫妻は異口同音に夫人に話しかけはじめた。夫妻ともびっくりしてしまったのだ。夫人に、あんたは気が狂っていると言った。わけがわからないとも言った。ストリックランド夫人は必死な面持ちで私をふり向いた。

「あなたは？　おわかりにならない？」と叫んだ。

「さあ、どうですか。奥さんのおっしゃる意味は、女のために奥さんをすてたのなら許せるが、志のためにすてたのでは許せないというんでしょう？　相手が女ならかなうけれど、相手が志ではとうていかなわないと思っていらっしゃるんでしょ？」

ストリックランド夫人が私に向けた表情には大して親しげな色は浮かんでいなかったが何とも答えなかった。きっと私の言ったことは急所をついていたのだろう。夫人は低い震えた声で言葉をついだ。

「私が今あの人を憎いと思うほど、人をはげしく憎むことができようとは思ってもみませんでしたわ。あのね、私こんなふうに考えて自分を慰めていましたの、この状態がどれほど長く続いたにせよ、あの人は最後には私を求めるだろうって。臨終《いまわ》の際にはきっと私に来てくれと言ってくるでしょうし、私もよろこんで行ってあげようと思っていました。そうすれば母親のように看病もしてあげるし、臨終《いまわ》の際には、かまわないのよ、いつもあなたを愛していたのよ、と言って、何もかも許してあげたでしょう」

私はいつもいささか面喰《めんくら》うのだが、女が自分の愛する者の臨終《いまわ》の床で健気《けなげ》な行いをしたがるその熱意たるや大したものである。時には、自分が映える場面を演ずる機会を遅らすというわけで、相手の長生きをよろこばないんじゃないかとさえ思えることがある。

「でも今は――今となってはもうおしまいです。あの人に対しては、まるで赤の他人に対するように無関心ですわ。みじめで、貧乏で、餓《う》えて、一人の友達もなしに死ねばいいわ。何かいまわしい病にでもかかればいいわ。もうあの人とは一切縁を切ります」

この際、ストリックランドの提案したことを言っておいてもいいだろうと思った。

「もし奥さんが御主人を離婚したいとお思いでしたら、離婚を成立させるのに必要なことをよろこんで何でもすると、御主人は言っていらっしゃいますが」

「どうして私があの人に自由なぞ与えましょう？」

「御主人はべつに自由にさせてほしかないと思います。御主人はただそうした方が奥さんに都合がよかろうと思われただけです」

ストリックランド夫人はいらだたしげに肩をすくめた。私は夫人にいささか失望を覚えたようだ。その頃の私は今よりも、人間とは首尾一貫しているものと思っていたので、このような感じのいい人がこれほどはげしい復讐《ふくしゅう》の念を抱くのを見て悲しんだ。一人の人間を形成している属性がいかに種々雑多であるかに気がついていなかったのだ。今の私なら、くだらなさと偉大さ、悪意と思いやり、憎しみと愛が同じ一人の人間の心の中に肩を並べているのを発見することができるなどということは、百も承知している。何か私の言えることで、今のストリックランド夫人を苦しめている痛烈な屈辱感を和らげるものはないかと考えた。ものは試し、とにかくやってみよう。

「でも、御主人のおとりになった行動は、御主人ばかりの責任ともいえないと思うんです。御主人は正気じゃないようです。私には御主人が何か強力なものにとりつかれて、その力が自らの目的のために御主人を動かしているように思えるのです、そしてその力に支配されている限り、御主人は蜘蛛《くも》の巣にかかった蠅のように手も足も出ない。まるで誰かが御主人に呪いでもかけたようなんです。人間の中に個性が入り込んで、今迄《まで》の個性を追い出してしまうというような不思議な話を時々聞きますが、あれを思い出しますね。魂は肉体の中で不安定な状態にあって、神秘的な変貌《へんぼう》も可能なのです。昔の人達だったら、さしずめ、チャールズ・ストリックランドに悪魔がとりついたというところでしょうな」

大佐夫人は膝《ひざ》の上のガウンをのばした、すると金の腕環《うでわ》が手首に落ちてきた。

「どれもずいぶんこじつけみたいですわね」と辛辣《しんらつ》に言った。「そりゃエイミーにも、自分の夫はこんな人と、ちとばかりきめ込みすぎたところがあったかもしれないわ。エイミーが自分のことばかりかまいすぎてなければ、何か変だと気づかなかったわけはないと思うの。うちの主人がもし一年かそれ以上もの間、何かをたくらんでいたら、必ず私はそのたくらみをかなり見通せたと思うわ」

大佐はあらぬ方をじっと見ていた。さも自分には後ろぐらいことは何もないという顔つきだった。

「でもそれだからといって、チャールズ・ストリックランドが血も涙もない獣《けだもの》であることには変わりありません」大佐夫人はきっと私の方を見た。「あの人が何故妻を棄てたか私にはわかります――極端な利己主義からです、その他の何物でもありません」

「たしかに簡にして要を得た説明です」と私は言った。しかし内心、何ら説明になっていないと思った。疲れたからといって、私が帰ろうと立ち上がった時、ストリックランド夫人は私を引き止めようとする素振りすら見せなかった。

16

その後の様子を見ると、ストリックランド夫人はなかなかしっかり者だということがわかる。夫人は内心いかに苦しんでいようが、表面には出さなかった。世間の人というものは、不幸せの話にはじきにあきてしまうもので、愁嘆場はよろこんで避けたがるものだということを、ちゃんと見抜いていた。外出する時はいつも――夫人の不運に対する同情から、夫人の友人達はしきりと夫人をもてなしたがった――夫人は完璧《かんぺき》な態度をとった。勇気があった、但しあまり目立たない程度に。ほがらかでもあった、但しずうずうしくない程度に。そして自分の心配事について話し合うよりも、他人の心配事に耳を傾ける方に熱心な様子だった。夫のことを話す時はいつも同情をこめて話した。夫に対する夫人の態度には私も最初のうち戸惑った。ある日夫人は私にこう言った——

「あのね、チャールズが独りだっておっしゃいましたけど、あれは間ちがっていらしたのよ。誰ってことは申し上げられませんけど、いろんな筋から伺ったお話によりますと、主人は独りで英国を離れたのではないってことがわかりましたの」

「そうだとすれば、御主人は足取りを隠す大名人ですな」

夫人は目をそらし、かすかに頰を染めた。

「私のいう意味は、もしどなたかがそのことについてお話しになった時、主人が誰かと駆け落ちしたとおっしゃっても、否定なさらないでいただきたいんですの」

「勿論《もちろん》否定しませんとも」

夫人はまるでそんなことはさして重大とも思っていないとでもいうような調子で話題を変えた。間もなく奇妙な噂が夫人の友人間に伝わっているのを発見した。噂によると、チャールズ・ストリックランドは、英国で上演したバレェの中で見初めたフランス人の踊り子にうつつをぬかし、その踊り子と手に手を取ってパリへ行った、というのである。いったいどうしてそんな噂が立ったのかわからなかったが、実に不思議なことに、その噂がもとで、ストリックランド夫人に対して同情がうんと集まり、又同時に、少なからず夫人の信望が高まったことだ。夫人がやろうと決心した職業にも、これがなかなか役立った。マックアンドルー大佐が、夫人は一文なしになると言った時まんざら誇張していたわけでもなかったのだ。夫人はできるだけ早く生活費をかせがなくてはならなかった。夫人は大勢の作家と付き合っているから、それを活《い》かそうと決心した。そして時を移さず速記とタイプを習い始めた。教育があるおかげで、並以上に有能なタイピストになれそうだし、事情が事情なので夫人の依頼は相手の心に強く訴えた。友人達は仕事を持って行ってあげると約束したし、更に自分の友人全部に夫人を推薦する労までとってくれた。

マックアンドルー大佐夫妻は子供がない上に裕福だったから、子供達の面倒をみることにした。だからストリックランド夫人は自分一人を養えばいいことになった。夫人は今迄の部屋を貸し、家具を売り払った。ウエストミンスターの小ぢんまりした二間続きの部屋に落ち着き、新たに世間と直面することになった。夫人は実に有能だったから、この冒険もきっと成功するだろうと思われた。

17

それから五年ほどして、私はしばらくパリで暮らすことにきめた。ロンドンにいて私はくさくさして来た。毎日毎日殆《ほとん》ど同じことをくり返すのにあきてしまった。友人達は無事平穏に彼等の道を歩んでいる、もう私をびっくりさせるような種は持ち合わせていない。彼等に会えば、何と言い出すか殆ど見通せる、彼等の色事だって陳腐きわまる。我々は終点から終点迄きまった軌道を走る市街電車のようなものだ。短い区間だから、乗っている乗客の数を殆ど正確に数えることもできる。人生があまりにも快適に整然としていすぎる。私は急に空おそろしくなった。私の小さなアパートを引き払い、わずかの家財道具も売り払って、新規まき直しで行こうと決心した。

発《た》つ前にストリックランド夫人をたずねた。夫人とはしばらく会っていなかったが、夫人は変わった。前より老けて、やせて、しわがふえたというだけでなく、性格も変わったように思われた。夫人の商売は成功だった、今ではチャーンセリー通《レイン》りに事務所を持ち、自分自身は殆どタイプを打たずに、雇っている四人の娘の仕事を直している。夫人はこの仕事にいくらか優雅さを添えようと思いつき、青と赤のインクをふんだんに使い、ちょっと綾絹《あやぎぬ》のように見える、いろんな薄色の厚紙で写しを製本した。おかげで、こぎれいで正確であるという評判を得た。夫人は着々と金をもうけていた。しかし夫人は、自分で生活費をかせぐのはいくらか品のないことだという考えから今もってぬけきれないでいるので、自分は生まれながらのレディーであるということを相手に思い出させようとするきらいがある。夫人の社会的地位が下がっていないことを相手に納得させるようなえらい知人の名前を、つい会話の中に折りこまずにはいられない。自分の勇気と商売上手についてはいくらか恥じているが、明日の夜は南《サウス》ケンジントンにいるある勅選弁護士の邸《やしき》の晩餐《ばんさん》によばれていますのよ、などという時はうれしそうだ。又、息子はケンブリッジ大学で学んでいると相手に告げることができるのが自慢そうだ。そして、小さく笑い声さえたてながら、最近社交界へデビューしたばかりの娘にダンスのお誘いが殺到していますのよ、と言った。

私はどうやらずいぶん馬鹿なことを言ってしまったらしい——

「お嬢さんも奥さんと同じお仕事をなさるのですか？」とたずねた。

「とんでもありません、娘にそんなことはさせられませんわ」とストリックランド夫人が答えた。「娘はとても美しいんですもの。きっといい結婚をしますでしょう」

「奥さんの手助けになると思っていましたが」

「舞台に立てばいいのにと言って下さる方々もいらっしゃいますけれど、でも勿論そんなことに賛成できませんわ。有力な劇作家は全部存じ上げていますから、明日にでも娘が役につくようにしてやれますけれど、でも娘にはいろんなたちの人々と付き合わせたくありませんの」

ストリックランド夫人の排他的な考えにはいくらか寒けを覚えた。

「御主人の噂はお聞きになりますか？」

「いいえ、ちっとも。案外死んでいるのかもしれませんわね」

「パリで偶然お会いするかもしれません。様子をおしらせしましょうか？」

夫人はちょっとためらった。

「もし本当に困っているようでしたら、少し助けて上げるつもりです。あなたのところへいくらかお金をお送りしますから、あの人が要る時に少しずつ渡してやって下さい」

「それは御親切に」と私は言った。

しかし、その申し出を促したものは親切心ではないのだ、私にはわかっていた。苦労は性格を気高くするというが、あれはうそだ。幸福が性格を気高くすることは時々あるが、苦労は大抵の場合、人間をけちに、執念深くさせるものである。

18

事実私はパリに来て二週間にもならないうちにストリックランドに会った。

私はパリに到着するとすぐにダム通りの、とある家の六階に小さな貸間を見つけ、住むに充分なだけの家具を古物商で二百フラン出して求めた。管理人と話し合って、朝コーヒーを作ってもらい、部屋を清潔にしてもらうよう取りきめた。それから、ダーク・ストルーヴという友人に会いに行った。

ダーク・ストルーヴのような類《たぐい》の男は、相手の性格次第で、あざ笑いを伴うか、又は当惑を覚えて肩をすくめるかせずには思い浮かべることのできない男なのだ。自然の神は彼を道化者に作り給《たも》うた。彼は画家である。しかし実にへぼ画家で、私はローマで彼に会ったのだが、今でも彼の絵を覚えている。彼はごくありきたりなものに対してしんから情熱を抱いていた。芸術愛で胸を高鳴らせながら、彼はスペイン広場《ピアッツァ・デイ・スパーニア》でベルニーニ（一五九八―一六八〇、イタリアの彫刻家、建築家）の階段をぶらつくモデルを描いた。モデル達が一見してあまりにも絵画的でありすぎることなど物ともしない。そして彼のアトリエにぎっしり詰まったカンヴァスには、口髭《くちひげ》をはやし、大きな目の、先のとがった帽子をかぶっている百姓達や、似つかわしいぼろをまとったいたずら小僧達や、派手なペティコートをはいた女共が描かれていた。これらの人物が、教会の階段にいこっているのもあれば、雲一つない空を背景にして、いと杉の木立の中でのんびり過ごしているのもあり、ルネッサンス風な泉のほとりで恋をしているのもあれば、牛車と並んでカンパーニャ（ローマ付近の広広とした平野）をぶらぶらと横切っているのもあった。それ等の絵は丹念に描かれ、丹念に塗られていた。写真でさえ敵《かな》わないほど正確だった。ヴィラ・メディチ（一五四〇年に建てられた別荘で、一六〇〇年にメディチ家の所有物となり、一八〇一年にフランス美術院が此処に移された）にいた画家の一人が、彼のことを「チョコレート箱の巨匠」と称した。彼の絵を見ると、モネやマネや、その他の印象派の画家など存在しなかったのではないかと思わせるほどだった。

「僕は巨匠ぶるつもりはない」とストルーヴは言った。「僕はミケランジェロではない、うん、だが僕にも取り柄はあるさ。僕の絵は売れる。いろんな種類の人達の家庭にロマンスをもたらす。知ってるかい、僕の絵を買うのはオランダ人ばかりじゃないんだぜ、ノルウェー人も、スウェーデン人もデンマーク人も買う。買うのは大概商人か金持ちの貿易商だ。そういう国の冬がどんなものだか、それは想像以上だよ、実に長くて、暗くて、寒いんだ。彼等はイタリアってとこは僕の絵のようなところだと思っていたいのさ。そう思い込んでいるんだよ。僕もここへ来るまでは、イタリアってとこはそういうところだと思っていたものな」

おそらくこの幻影が、いつまでも彼の心に残り、彼の目をくらませ、おかげで彼は真実の姿を見ることができなくなっているのだろう。そして残酷な現実にはおかまいなしに、ロマンティックな山賊や、絵画的な廃墟《はいきょ》を心の目で見続けているのだ。彼の描くものは理想像である、貧弱な、平凡な、店《たな》ざらしの理想像かもしれない、しかし理想像であることには変わりない。そしてそれが彼の性格にくっきりとした魅力を添えているのだった。

このことを感じているので、ダーク・ストルーヴは私にとって、他の人が思っているようにただ単にからかいの対象とはならなかった。彼の仲間の画家達は、彼の絵を大っぴらにけなしていたが、彼はかなりの金をかせいでいた。そこで仲間達は彼のふところをあてにするのに少しもためらわなかった。ストルーヴは気前がよかった。貧乏画家連は金に困っているんだと言えばすぐ単純に信用するといってはストルーヴのことを馬鹿にして笑っておきながら、ずうずうしくも金を借りるのだった。ストルーヴは非常に情にもろかった。しかし彼の感情はあまりにも簡単に燃え上がるので、何となく馬鹿馬鹿しいところがあった。だから人々は彼の親切は受けても、それに対して感謝の念というものは湧かないのだ。彼から金をとることは子供から物を盗《と》るようなものだ、そしてあまりの間抜けさ加減に軽《けい》蔑《べつ》したくもなるのだ。きっとすりなんかも、自分の指の器用さを自慢しながらも半面、化粧箱の中に宝石を全部入れたまま車に置き忘れるような不注意な女に対して、腹立たしいような気がするにちがいないと思う。自然の神はストルーヴをあざけりの的にし給うたが、そのあざけりに対して無感覚にはして下さらなかった。彼を肴《さかな》にしてたえず悪ふざけや冗談が横行したが、ストルーヴは身もだえして苦しんだ。そのくせ、まるでわざとしているかのように、冗談の矢面に立つのを止めなかった。たえず傷ついていながら、あまりにも人が良いので、悪意を抱くということができない。まむしは彼を刺すだろう、しかし彼は経験によって悟るというたちではない。痛みがとれればすぐ又胸の中にやさしく置いてやるのだ。彼の一生はどたばた道化芝居の調子で書かれた悲劇である。私は彼のことを笑わなかったから、私には感謝していた。そして同情して聞く私の耳に、悩みのかずかずを綿々と聞かせることがよくあった。その悩みの一番かなしむべき点は、その悩みが不様なことだった。だから哀れっぽい悩みであればあるほど、笑いたくなってしまうのだ。

しかし、画家としてはそれほどへぼであるが、芸術に対しては実に繊細な感受性を持っていた。だから彼と一緒に絵画展へ行くのは得難いよろこびだった。彼の情熱はまじめだったし、批判は痛烈だった。彼は一方に偏しない。十六、七世紀の大画家の絵の真のよさもわかれば、近代画家にも共感を持っている。すばやく天分を発見するし、賞讃をおしまない。この男みたいに判断の確かな男を知らない。しかも彼は大概の画家より立派な教育を受けていたので、大概の画家のように同類の芸術に対して無知であることはなかった。音楽や文学の趣味が、絵画に対する理解に深さと変化を加えていた。私のような若い男にとって、彼の忠告と指導はまたとない貴いものだった。

私はローマを発つと、彼と文通をはじめた。そして二月置きぐらいに、彼から風変わりな英語で書いた長い手紙をもらった。それを読むと、口角泡をとばさんばかりの熱のこもった身ぶり入りの話しっぷりが目の前に浮かんだ。私がパリへ行く少し前に、彼はイギリス婦人と結婚し、今はモンマルトルのアトリエに落ち着いている。彼とはもう四年も会っていないし、細君に会うのは今度がはじめてだった。

19

私はパリに来たことをストルーヴには黙っていた。私が彼のアトリエのベルを鳴らすと、彼自身ドアを開けたが、一瞬私が誰だかわからないようだった。次の瞬間には、びっくりして、うれしそうな叫び声をあげると、私を中に引っぱり込んだ。これほど熱心に歓迎されるのは気持ちのいいものだ。彼の妻はストーヴのそばに腰かけて縫い物をしていたが、私が中に入ると立ち上がった。彼は私を紹介した。
「覚えていないかい？」と妻に言った。「この人のことは何度も話したろう？」そして私に向かって、「来るってことを何故知らせてくれなかったんだい？　来てからどのくらいになるの？　どのくらい居るつもり？　何故一時間早く来なかったんだい、一緒に夕めしが食べられたのに」

私を質問攻めにした。私を椅子に坐《すわ》らせると、クッションかなんかのように私を叩《たた》き、葉巻や菓子やブドウ酒をぜひにとすすめた。私を放っておけないのだ。ウイスキーが手許《てもと》にないといってはひどくしょげるし、私のためにコーヒーを作りたがるし、何か私のためにしてやれるものはないかと頭をふりしぼる、そして顔を輝かせ、声をたてて笑い、あまりのうれしさに体じゅうから汗を噴き出していた。

「ちっとも変わらないね」と私は彼を見ながらほほえんだ。

私の記憶に残っている通りの、間の抜けた恰好《かっこう》をしていた。でぶでちびで短い足をしている、年はまだ若かった——三十は越えていないはずだ——しかし若禿《わかはげ》だった。顔はまん丸で実によい血色をしている。白い肌に、赤い頬に、赤い唇をしていた。目は青く、やはり丸かった。大きな金縁の眼鏡をかけ、眉毛《まゆげ》はあまりにも色が薄いので見えないほどだ。彼を見ていると、ルーベンス（一五七七—一六四〇、フランドルの画家）の絵に出てくる愉快な肥《ふと》っちょの商人達を思い出す。

しばらくパリに滞在するつもりで、アパートを借りたと言うと、何故知らせなかったのかとひどく私をとがめた。自分がアパートを探してやったのに、家具を貸してやったのに――君は本当に家具を買うなんてむだ使いをしたのかい？――それに、引っ越しの手伝いもしてやったのに。彼は私のために自分を役立てる機会を与えてくれなかったのは友達甲斐《がい》がないと、しんからそう思いこんでいるのだった。その間、ストルーヴ夫人は静かに坐って、靴下のつづくりをし、一言も喋《しゃべ》らない。しかし夫がしゃべっているのを、終始しとやかな微笑を唇に浮かべつつ聞いていた。

「ほーらね、僕は結婚してるだろう」いきなり彼は言った。「僕の妻をどう思う？」

彼は妻の方を見て顔を輝かせ、眼鏡を鼻柱の上に持ち上げた。汗のために終始ずり落ちるのだ。

「一体どう答えさせようっていうんだい？」と私は笑った。

「本当よ、ダークったら」夫人もほほえみながら口を入れた。

「だが、すてきな女だろ？ いいかい、君、ぐずぐずするんじゃないよ、できる限り早く結婚するんだ。僕は世の中で一番の幸せ者だ。あそこに坐っている妻を見ろよ。絵になるじゃないか？ シャルダン（一六九九―一七七九、フランス画家）風だ、ええ？ 世界中の最も美しい女という女は全部見たけれど、ダーク・ストルーヴ夫人ほどの美女にはまだお目にかからないね」

「ダーク、黙らないんなら、私いってしまいますよ」

「かわいいお前《モン・プティ・シュ》」とダークが言った。

夫人はダークの口調にこもっている熱愛に戸惑って、少し頬を染めた。彼から来た手紙には、妻を熱愛していると書いてあったが、なるほど彼は一刻も妻から目を離せそうもなかった。夫人の方は果たして彼を愛しているのかどうかわからない。かわいそうな道化師、ダークは人の愛情をそそるような対象ではない、しかし夫人の目にうかんでいる微笑はやさしかった。それに表面は控え目だが、中に非常に深い愛情をひそめているのかもしれない。夫人はダークの恋わずらいの妄想に映るほど魅惑的な女ではないが、地味な美しさがあった。背は高い方で、飾りっけのない仕立てのよい灰色のドレスは、夫人の姿体の美しさを隠さなかった。衣裳屋《いしよう》よりも彫刻家の方に強く訴えそうな姿体だった。茶色でふさふさとした髪は、あっさりと結ってある。顔は非常に白く、目鼻立ちは人目をひくほどではないが整っていた。静かな灰色の目をしている。もう少しというところで美人になりそこなっている。美人になりそこねたのなら、可愛いかというと、そうでもない。しかしストルーヴがシャルダン風だといったのはまんざら理由のないことではなかった。夫人を見ていると不思議と、あの偉大な画家が不滅の生命を与えた、例の屋内帽をかぶりエプロンをつけた感じのいい主婦を思い出す。家事にも精神的意義を与えるかのように、家事という儀式をとりおこないながら、なべかまの間でまめまめしく、しかも落ち着いて立ち働いている彼女の姿を想像することができた。頭のいい女だとも思わないし、人をおもしろがらすなどということもまずなかろう。しかしその落ち着いたひたむきな態度の中に、何か私の興味をそそるものがあった。控え目な態度には神秘さがなくもなかった。何故ダーク・ストルーヴなんかと結婚したのだろうかと思った。イギリス人ではあるが、どういう女なのか正確にはつかめなかった、どういう社会層の出身か、どういう生い立ちか、又、結婚前どういう生活をしていたのかも明らかでない。ごく口数が少ないが、話す時は快い声で話すし、態度は自然だった。

今仕事をやっているのかと、私はストルーヴにたずねた。

「やっているかだって？　今迄《まで》にない好調さだよ」

私達はアトリエに腰かけていた。彼は画架にのせてある描《か》きかけの絵の方へ手を振った。私は少しぎくりとした。彼の今描いている絵は、イタリア人の百姓の一群が、カンパーニャ特有の衣裳を着て、ローマの教会の石段にいこっているものだった。

「これが今描いている絵なのかい？」と私はきいた。

「うん。ローマにいる時と同様、ここでもモデルには不自由しない」

「とても美しい絵じゃありません？」とストルーヴ夫人が言った。

「僕の愚妻は、僕のことを偉大なる芸術家だと思っているのさ」と彼が言った。

彼は言い訳がましく声を立てて笑ったが、内心の喜びは隠せなかった。彼はしばらく絵を眺めていた。他人の仕事に対してはあれほど正確であり因襲的でない彼の批評眼も、自分自身に対しては、信じられないほどの陳腐な凡俗なもので満足してしまうとは実に不思議だ。

「もっと他のもお目にかけたら？」と夫人が言った。

「見せようか？」

あれほど友人連からひやかされ馬鹿にされて苦しみながらも、人にほめられることが好きで、他愛なく自己満足してしまう彼は、いつも自分の絵を人に見せずにはいられなかった。おはじきをして遊んでいる二人のちぢれっ毛のイタリアの男の子の絵を持ち出してきた。

「可愛いじゃありません？」とストルーヴ夫人が言った。

それからもっと他の絵も見せてくれた。結局彼は、パリに来ても、ローマで何年も描き続けてきたのと全く同様の、陳腐な、あまりにも見えすいて絵画的なものを描いていたのだ。どれもこれもうそであり、いい加減であり、まやかしである。そのくせこのダーク・ストルーヴほど、正直でまじめで率直な人間はいないのだ。誰がこの矛盾を解くことができよう？

どうしてそんなことをきこうという気になったのかわからないが――

「ねえ、ひょっとすると君はチャールズ・ストリックランドっていう画家に出会ったことがないかな？」

「まさか君はあの男を知っているんじゃないだろうね？」とストルーヴは声をあげた。

「けだものだわ」と彼の妻が言った。

ストルーヴは笑った。

「かわいいお前《マ・ポーブル・シェリー》」彼は妻のところへ行って、両手にキスした。「家内はあの男が嫌いなんだ。君がストリックランドを知っているとはねえ！」

「あの人の無作法には我慢ができませんわ」とストルーヴ夫人が言った。

ダークは笑い続けながら、私の方に向いて説明した。

「というのはね、いつかあの男に、僕の絵を見に来てくれとここに招《よ》んだことがあるんだ。すると、奴《やっこ》さん、やって来たよ、そこで僕は手持ちのを全部見せた」ストルーヴは気まり悪そうに一瞬ためらった。何故彼は意に染まない話など言い始めたのだろう、話の結着を言うのが気まずそうだった。「あの男は僕の――僕の絵を見たが、何とも言わなかった。批評は全部見てからにしようと控えているのだと僕は思った。そして最後に僕が、『さあ、これで全部だ』と言うと、彼がなんと言ったと思う、『君に二十フラン借りようと思ってきたんだ』とさ」

「おまけにダークったら、本当に二十フラン渡しましたのよ」彼の妻は腹立たしげに言った。

「僕はあんまりあっけにとられちまって。断るのはいやだったしな。あの男は金をポケットにつっこむと、ただちょいとうなずいて、『ありがとう』というと、出ていっちまった」

ダーク・ストルーヴはこの話をしながらそのまんまるい間の抜けた顔に、いかにもあっけにとられた表情を浮かべたので、笑いを押さえるのはなかなかむずかしかった。

「僕の絵はなってないとでもいうんならべつに気にはしないさ。だがあの男は一っ言も言わないんだ——一っ言も」

「それなのにあなたったら、いつもこのお話をなさりたがるのね、ダーク」と彼の妻が言った。

ストリックランドのダークに対する残酷な仕打ちを憤慨するよりも、このオランダ人（ダーク・ストルーヴ）の間の抜けた恰好《かっこう》を面白がる方が先に立ってしまうとは、何とも気の毒なことだった。

「二度とあんな人には会いたくありませんわ」とストルーヴ夫人が言った。

ストルーヴはほほえんで、両肩をすくめた。彼の機嫌はもう直っていた。

「それにしても、あの男が偉大な芸術家であることには変わりない、実に偉大な芸術家だ」

「ストリックランドが？」と私は叫んだ。「じゃ、僕のいうのと同じ人でありっこないな」

「赤ひげの大男だよ。チャールズ・ストリックランド。イギリス人」

「僕が知っていた頃はひげを生やしていなかったが、しかし生やせば赤ひげだろうな。僕の考えている男はほんの五年前に絵をやりはじめたばかりだ」

「その男だよ。あいつは偉大な芸術家だ」

「まさか」

「僕の目が狂ったことがあったかい？」とダークは私にたずねた。「いいかい、あの男は天才だ。僕は確信している。百年たって、もし仮に君や僕の名が世間に覚えられているとすれば、それは僕等がチャールズ・ストリックランドの知り合いだったからに他ならない」

私は驚いた、と同時に非常に興奮を覚えた。いきなり私の頭に彼との最後の会話が浮かんだ。

「どこへ行けばあの人の絵が見られるだろう？」と私はたずねた。「世間に持てはやされているかい？　どこに住んでいる？」

「いや、世間にはかえりみられていない。一つとして絵は売れていないと思う。あの男のことを他の人に話せば、みんな笑いとばすだけだ。だが僕にはわかる、あいつは偉大な芸術家だ。そんなことを言えば、マネ（一八三二―一八八三、フランス画家、印象派の開拓者）のことだって世間の奴らは笑っていたじゃないか。コロー（一七九六―一八七五、フランスの風景画家）は一つも絵が売れなかったじゃないか。どこに住んでいるのか知らないが、君を連れてって会わしてやることはできるよ。あの男は毎晩七時にはクリシー街のカフェに行く。もし行きたけりゃ、明日そこへ行ってみよう」

「向こうじゃはたして僕に会いたいかどうかわからないが。僕に会えば、忘れてしまいたい頃のことを思い出さすことになるかもしれないからね。だが、いずれにしても僕は行くよ。彼の絵を見るチャンスはあるだろうか？」

「彼からは望めないね。彼は何一つ見せてくれない。僕の知っているちっぽけな画商で、彼の絵を一つ二つ持っているのがある。だが、僕と一緒でなけりゃ行っちゃだめだよ、君にはあの絵がわかりっこない。僕が行って君に見せてやらなくちゃだめだ」

「ダーク、いい加減になさいな」とストルーヴ夫人は言った。「あんな仕打ちをされたのに、よくもまあ、あの男の絵についてそんなことが言えるわね」夫人は私の方を向いた、「オランダの方達が主人の絵を買いにここにいらっしゃった時、主人ってば、ストリックランドの絵をぜひお買いなさいってあの方達をとき伏せようとしましたのよ。どうしてもあの男の絵をここへ持って来て見せてあげるといってききませんの」

「で、奥さんは彼の絵をどうお思いになりました？」私はほほえみながらそう訊《き》いた。

「ひどいものですわ」

「ああ、お前、お前にはわからないんだよ」

「でも、オランダのお客さま方もあなたのことをとても怒っていらしたわ。あなたが一杯かついだんだとお思いになったのよ」

ダーク・ストルーヴは眼鏡をはずして、ふいた。紅潮した顔は興奮に輝いていた。

「美というものは、この世で一番貴いものなんだよ、それが、ぶらっと通りすがった者が何気なく拾い上げる海辺の石ころのように、そこらにころがっているなどとどうして思えるんだね？　美というものは、芸術家が混沌《こんとん》としたこの世の中から、自分の魂の苦しみでもって作り上げたあるすばらしい、不思議なものなんだ。そして芸術家がその美を作り上げた時、すべての人にわかるようにはできていない。その美がわかるためには芸術家の冒険のあとを自ら辿《たど》ってみなくてはならない。それは芸術家がみんなに歌ってきかせる音楽なのだ、自分自身の心の中で、再びその唄《うた》を聞くためには、知識と豊かな感受性と想像力が要るのだ」

「じゃ、私があなたの絵をいつも美しいと思ったのは何故でしょう？　最初一目見た時から、すばらしいと思いましたわ」

ストルーヴの唇が少しふるえた。

「お前はもう寝ておいで。僕は友達と少し歩いて来る、それから帰ってくるからね」

20

ダーク・ストルーヴは翌日の晩私を迎えに来て、ストリックランドが一番居そうなカフェに連れて行くと承諾してくれた。そのカフェというのが、私がストリックランドに会いにパリへやって来た時二人でアブサンを飲んだ店と同じだとわかったのは愉快だった。相変わらずだということは、彼が物ぐさなたちだからで、実に彼らしいと思った。

「ほら、あそこにいる」私達がカフェに着くと、ストルーヴがそう言った。

十月だというのに、その晩は暖かで、歩道へ出したテーブルはこんでいた。私は一わたり眺めまわしたが、ストリックランドは見えなかった。

「ほら。あそこの隅っこだ。チェスをやっている」

チェスの盤の上に身をかがめている男に気がついたが、大きなフェルトの帽子と赤ひげしか見えない。私達はテーブルの間を縫って、その男のところへ行った。

「ストリックランド」

彼は目をあげた。

「よお、ふとっちょ。何の用だい？」

「君の昔なじみを連れてきたよ」

ストリックランドは私をちらっと見たが、どうやら私が何者だかわからないらしかった。すると又、さっきのようにチェス盤にじっと目を注いだ。

「かけろよ、そして静かにしていてくれ」とストリックランドは言った。

一駒動かすとたちまちゲームに熱中し出した。かわいそうにストルーヴは困ったような顔で私を見た。しかし私はそんなささいなことにはまごつかない。飲みものを注文すると、ストリックランドが終わるまで静かに待った。思いのままに彼を観察できるもってこいの機会だ。なるほどこれじゃ、彼だとわかりっこない。まず第一に、もじゃもじゃの伸ばし放題の赤ひげは顔を殆《ほとん》どおおっていたし、髪は長かった。しかし何よりもびっくりするほど変わった点は、骨と皮ばかりのやせようだ。そのために、偉大な鼻はなおさら傲慢《ごうまん》につき出してきたし、頬骨が目立ってきたし、目も前より大きくなったように見える。こめかみは方々深く凹んでいる。身体は死人の体のようだ。五年前に着ていた見覚えのある服を依然として着ている。破れ、汚れ、すり切れ、しかもだぶだぶに彼の体にぶら下がっている、まるで別の人のために作った服のように見える。ふと手を見ると、きたなくて、爪は伸び放題、骨と筋ばかりの、大きな頑丈な手だ。しかしこんなに形のよい手であることは忘れていた。彼がそこに坐《すわ》って、ゲームに注意を釘《くぎ》づけにしている様子から、私は異常な印象を受けた——それは偉大な力を思わせた。そして何故かわからないが、彼のやせこけた体つきが不思議とその印象を更に強めていた。

間もなく、駒を一つ動かすと、彼は後ろにもたれて、妙に気のないような様子で相手の方をじっと見た。相手というのは、ふとった髭《ひげ》のあるフランス人で、ゲームの局面を読んでいたが、やがていきなり陽気に何やらわめくと、もどかしそうな仕草をしながら、駒を集め、箱の中にほうりこんだ。思う存分ストリックランドをののしるとボーイを呼んで、飲み代を払って、立ち去った。ストルーヴはテーブルに椅子を近づけた。

「さあこれで話せるね」とストルーヴは言った。

ストリックランドはストルーヴにじっと目を注いだ。その目の中には意地の悪そうな表情があった。きっとストリックランドは何かあざけりの言葉を探していたのだろうが、何も思いつかないので、やむなく黙りこんでいたのだろう。

「君の昔なじみを連れてきたよ」ストルーヴはいきいきと顔を輝かせて、そう繰り返した。ストリックランドはものの一分近くも、じっと考え深そうに私を眺めていた。私は何も言わなかった。

「一度も会ったことのない人だ」と彼は言った。

何故そんなことを言ったのかわからない、何故なら、私はたしかに彼の目の中に私が何者であるかわかったらしい動きを見てとったからだ。数年前の私とはちがって、このくらいのことでまごつきはしない。

「先日奥さんにお会いしました」と私は言った。「奥さんの最近の様子をきっとお聞きになりたいと思いましてね」

ストリックランドは短く声を立てて笑った。彼の目はきらきら光った。

「一晩一緒に愉快にやったっけ。あれはどのくらい前のことだったかなあ?」と彼が言った。

「五年前」

彼はアブサンをもう一杯注文した。ストルーヴはよく廻《まわ》る舌で、私と会ったいきさつや、お互いにストリックランドを知っていることを発見したきっかけなどを説明した。ストリックランドは、はたして聞いているのかどうかわからなかった。考えこんだ様子で私の方を一、二度ちらと眺めたが、殆どは自分自身の思いにふけっているらしかった。そんなふうだから、ストルーヴのおしゃべりがなかったら、会話は難航したにちがいない。半時間たつとオランダ人は、時計を眺めて、もう行かなくちゃ、と言った。一緒に行くかと、私にたずねた。私は、独りになれば、ストリックランドから何か引き出せるかもしれないと考えて、後に残ると答えた。

肥《ふと》った男が立ち去ると、私は言った。

「ダーク・ストルーヴはあなたのことを偉大な芸術家だと思っていますよ」

「そんなくだらんこと、どうだってかまやしない」

「あなたの絵を見せてくれますか?」

「何故見せなきゃならんのだね?」

「一つくらい買いたいって気になるかもしれない」

「こっちは売りたいって気にならんかもしれん」

「暮らしむきはいいんですか?」と私はほほえみながらたずねた。彼はくっくっと笑った。

「そう見えるかね?」

「半ば餓《が》死《し》状態に見える」

「半ば餓死状態なんだ」

「じゃあいらっしゃい、ちょっとした夕めしを一緒にやりましょう」

「何故招待してくれるんだね？」

「気の毒に思ったからじゃありませんよ」と冷ややかに答えた。「実のところ、あなたが飢え死にしようがしまいが、私はへとも思っちゃいません」

彼の目は又いきいきと輝いた。

「じゃあ、行こう」と彼は立ち上がりながら言った。「飯らしい飯がくいたい」

21

ストリックランドに、好みのレストランへ案内させたが、私は途中で新聞を買っておいた。料理を注文すると、サン・ガルミエ酒の瓶にその新聞をたてかけ、読み始めた。私達は黙って食べた。彼が時々私の方を見ているのは感じていたが、知らん顔をしていた。彼の方から話し出さずにはいられないように仕向けるつもりだった。

「新聞に何かあるのかい？」私達の沈黙の食事が終わりに近づいた時、ストリックランドはそう言った。

彼の口調には、いささかうんざりした調子がこもっているようだった。

「いつも芝居の批評欄を読むのが好きなんでね」と私がいった。

私は新聞をたたむと、私の横に置いた。

「夕食はうまかったよ」と彼が言った。

「コーヒーもここで飲んではどうです？」

「結構」

私達は葉巻に火をつけた。私は黙って葉巻をくゆらしていた。時々彼が面白そうにかすかなほほえみを目に浮かべながら、私をじっと見ているのに気がついていた。私は辛抱強く待った。

「最後に会って以来、どうしていた？」遂に彼はそうたずねた。

私には大して話すようなことはなかった。ただ仕事をうんとやっただけで目新しいことは殆どなかった。あれこれの方面を試み、書物や人間についての知識も徐々に修得したというだけだ。ストリックランド自身の行動については一切質問しないように気をつけた。彼のことなんかぜんぜん興味がないというふうを装った。そして遂にその報いがあった。彼は自分のことを話し出した。しかし表現力の貧しい彼のことだから、それまでにやってきたことのほんのヒントを与えてくれただけだった。そこで私は自分の想像力を働かして隙間をうめなくてはならなかった。これほど興味を感じている人間の性格について、ヒントしか得られないとは実にじれったい話だ。まるで不完全な写本を判読しているようなものだった。私の受けた印象では、ありとあらゆる種類の困難とはげしくぶつかってきた生活らしかった。しかし、殆どの人なら耐えられないようなことでも、彼はいっこうに平気でいられたらしい。ストリックランドが大抵のイギリス人とちがっている点は、安楽ということにまるで無関心なことである。彼は年じゅうみすぼらしい一つの部屋に暮らしていても退屈しない。美しい物が周囲になくても痛痒《つうよう》を感じない。私がはじめて訪問した時に彼が居た部屋の壁紙が、いかに薄汚いものであるか、おそらく彼は一度も気がつかなかったのだろうと思う。安楽椅子に腰かけたいとも思わない、事実彼は台所用の椅子の方が気楽だった。旺盛《おうせい》な食欲で食う、しかし食う物には無関心である。彼にとっては、空腹の苦しみをやわらげるためにがつがつとつめ込む食物にすぎないのだ。そして食物が何もないとなれば、なしでも結構やってゆけたらしい。六か月もの間、一日に一本のパンと牛乳一瓶でしのいだということだ。彼は肉感的な男だ、そのくせ、肉感的な事には無関心である。窮乏してもつらいとは思わない。完全に精神生活をしている彼の態度には、人に強い感銘を与えるものがあった。

ロンドンから来る時に持っていた小金を使い果たした時も、彼はいっこうにあわてなかった。絵は一つも売れない、第一売ろうともしなかったのだろう。彼は少しばかりの金をもうけるための手段を探しはじめた。彼は、パリの夜の生活を見たがるロンドンっ子のガイドをつとめていた頃のことを、にやにや笑いながら語った。これは彼の冷笑的な気質にはぴったりの職業だった。あれやこれやしているうちに、パリの更にいかがわしい地域を広く知るようになった。法律で禁じられているものを見たがるイギリス人——酔っぱらいの方が具合がいいが——をあさってマドレーヌの広小路を長時間ふらついていた時のことも話してくれた。運のいい時は、まとまった金になるが、見すぼらしい服装をしているので遂に観光客をこわがらせてしまって、安心して彼に案内をまかすような冒険好きな人を探すことができなくなってしまった。次に偶然見つけた仕事というのは、イギリスの医療関係に広く配布された新薬の広告文を翻訳することだった。ストライキの間は、家のペンキ塗りにやとわれもした。

その間ずっと絵の仕事も怠らなかった。しかしすぐにアトリエ通いにあきて、まったく独力で絵の勉強をはじめた。幸いカンヴァスも絵の具も買えないほど困りもしなかった。事実彼にとっては他の物は何一ついらないくらいだった。私にわかった限りでは、彼は非常に苦労して描いた。彼は他人から助けてもらうことをいやがるたちなので、独力で技術上の問題を解決するのにかなりの時間を浪費した。先輩達は既にその技術を次々と達成していた。彼は何かを目標としてねらっているのだが、私にはその目標がわからない。おそらく彼自身にも殆《ほとん》どわかっていないのだろう。この時私は、何かに取りつかれた男という印象を更に強く受けた。全く正気のようには見えない。彼が絵を見せたがらないのは、本当に自分の絵に興味を持っていないからではないかと思う。彼は夢の中で暮らしている。現実は彼にとって無意味である。彼は心の眼で見たものを得ようと努力するあまり他のすべてを忘れて、その強烈な個性の全力を傾けてカンヴァスに打ち込んでいるという感じを受けた。そして、それが終わると、終わるといってもおそらく絵を描《か》き終わえるわけではないと思う、彼はどの絵も完成させることはめったになかったらしい——彼を燃え立たせていた情熱が終わりを告げると、もうぜんぜんほったらかしにしてしまう。自分のやり上げたものに満足したためしがない。彼の心に取りついた幻影に比べれば、そんなものは取るに足らないものに思えたのだ。

「何故展覧会に出品しないんです？」と私がきいた。「人々があなたの作品をどう思うか知りたいんじゃないかと思っていましたが」

「そうかい？」

彼はこの短い言葉の中に、何とも言いようのない軽蔑《けいべつ》を思いきりこめて言った。

「名声が欲しくはありませんか？　大抵の芸術家が無関心ではいられなかったものですよ」

「子供だね。個人の意見すら何とも思っちゃいないくせに、どうして大衆の意見なんか尊重できるんだい？」

「そう理屈通りにゆく人間ばかりとは限りませんからね」と私は笑った。

「名声を作るのは誰だ？　批評家、作家、株屋、女だ」

「見ず知らずの人達があなたの描いた作品から深遠な強烈な感動を受けることを考えたら、ちょっといい気分がしやしませんか？　誰だって権力を好みます。人々の魂を動かして、哀れを感じさせたり怖れを抱かせたりする。権力の発揮のし方として、これほどすばらしいものはないでしょう」

「メロドラマだね」

「じゃ、うまく描くかまずく描くかを気にするのは何故です？」

「気にしないね。見たものを描きたい、ただそれだけだね」

「もし仮に僕が人も住まない島にいて、自分の書いたものは自分以外の誰の目にも絶対にふれないという場合、はたして書けるかどうかあやしいな」

ストリックランドは長い間黙っていたが、その目は不思議な光をたたえていた。まるで彼の魂を恍惚境《こうこつきょう》にまで燃え立たせる何ものかを見たようだった。

「時々考えるんだ、広い大洋にぽつんと忘れられた島。そこなら、どこか人目につかない谷間で、見知らぬ木にかこまれて、静寂の中で暮らせるだろう。そこでなら、おれの望んでいるものが見出《みいだ》せるような気がする」

彼はそっくりこの通りに自分の考えを述べたわけではない。形容詞の代わりに身振りを使うし、言い淀《よど》む。彼の言わんとするところを私の言葉で書き直したのだ。

「過去五年間をふり返って、それだけの価値があったと思いますか？」

彼は私を見た、私の言う意味がわからないらしかった。私は説明した。

「あなたは居心地のよい家庭と世間並みに幸福な人生を棄てた。あなたはかなり裕福だった。パリではずっとみじめな思いをしてきたようだ。もしもう一度やり直すとしたら、同じことをやりますか？」

「むろん」

「あなたはまだ奥さんのことも子供さん達のことも何一つ質問していないんですよ。あの人達のことを考えることがありますか？」

「ない」

「そんなそっけない言い方は止めてほしいな。家族の人達をさんざ不幸にしておいて、一瞬も後悔しないんですか？」

彼の唇は微笑に変わった、そして彼は首を振った。

「あなただって昔のことを思い出さずにはいられない時もたまにはあるでしょう。昔のことといっても七、八年前のことじゃなく、もっと昔のこと、初めて奥さんと会い、愛し、結婚した頃のことを。奥さんをはじめて腕に抱いた時のよろこびを思い出しませんか？」

「昔のことは考えない。大切なのは永遠なる現在だ」

私は一瞬間、この答えをかみしめてみた。あいまいな言い方かもしれない、しかし、なんとなく彼の言わんとするものがつかめたように思えた。

「あなたは今、幸せですか？」と私がきいた。

「幸せだ」

私は黙った。私は考え込んで彼の顔をじっと見た。私にじっと見つめられても彼は平然と受けていたが、やがて冷笑するように目をきらきらと輝かせた。

「私のやり方に不賛成のようだね？」

「とんでもない」即座に私は答えた。「大蛇を相手に不賛成を唱えたってしようがありませんよ。それどころか、精神作用に興味がありますね」

「君が僕に感じているのは職業上の興味だけなんだね」

「それだけです」

「おれに不賛成を唱えないところだけはいいが、それにしても、君は見下げ果てた奴だな」

「おそらくだからこそ、あなたは僕に気安さを感じるんでしょう」と私もやり返した。

彼は冷ややかな微笑を浮かべたが何も言わなかった。彼の微笑はどう描写したらいいのか、そのやり方がわかるといいのだが。魅力のある微笑かどうかは私には何とも言えないが、その微笑は彼の顔を輝かせ、ふだんは陰鬱《いんうつ》な彼の顔つきを変え、まんざら根性曲がりでもない悪意の表情を与える。ゆっくりと動く微笑で、目にはじまり、時には終わりも目のことがある。非常に肉感的で、残酷でもなければ親切でもない、どっちかといえば好色のサテュロス（ギリシャ神話の、バッカスの従者で半人半獣の森の神の一人。酒と女が大好物）の冷酷な歓喜を想わせる。彼の微笑に暗示を得て、私は彼にこう訊《き》いた――

「パリに来てから恋愛はしなかったんですか？」

「そういうくだらんことに費やす時間はなかった。恋愛と芸術と両立できる程、人生は長くないからね」

「見たところ世捨て人のようじゃない」

「そういったことにはすべてへどが出そうになる」

「人間の本能って厄介なしろものでしょう？」と私が言った。

「何故おれのことをくすくす笑うんだい？」

「そりゃ、あなたの言うことを信じないからさ」

「じゃ君は大馬鹿だ」

私はちょっと黙った。そしてさぐるように彼を見た。

「僕をだまそうとして何の益がある？」と私は言った。

「なんのことだい？」

私はほほえんだ。

「じゃ言おう。おそらく数か月の間はそういう問題は君の頭に浮かぶことはなかったろう。

そしてそういったこととは永遠に縁を切ったと自分自身を納得することができただろう。君は自由をよろこんだ。そして遂に自分の魂を自分の物だと言えるようになったと感じる。頭を星の中につっ込んで歩いているような気がする。ところがそのうち、突如として、もうこれ以上我慢がならなくなってしまう。そして今までずっと足を泥沼につっ込んで歩いていたのだと気がつく。そしてその泥沼の中にころげ廻《まわ》りたいと思う。するとある女を見つける、無教養な下卑た下劣な女、セックスのおぞましさをどぎつく身につけたけだもののような女。そして君はその女の上に野生の動物のようにとびかかる。荒れ狂ったように酔いしれる」

彼はまじろぎもせず私を凝視していた。私はその目をじっと見返した。私は非常にゆっくりとしゃべった。

「妙に思えるかもしれんが言おう。それが済むと、君はこの上もなく澄み切った感じがする。肉体から離脱した精神だけのような気がする。霊的な気がする。そしてまるで手ざわりのあるもののように美をつかむことができるような気がする。そして、そよ風とも、あるいは新緑の木とも、あるいは玉虫色の川とも、霊的な親しい交わりを感じる。神になったような気がする。そういう気持ちを僕に説明してくれないか?」

彼は私が言い終わるまで私の目をくい入るように見入っていたが、やがて目をそらした。彼の顔には不思議な表情があった。人間が拷問のために死ぬ時は、きっとあんな表情をするのにちがいないと思った。彼は何も言わなかった。私達の会話もこれまでだ、と私は悟った。

22

私はパリに腰を据えて、戯曲を書き始めた。非常に規則正しい生活をした。午前中働き、午後はリュクサンブール公園あたりで息ぬきをしたり、ぶらぶらと大通りを歩いたりした。ルーヴル美術館で長時間すごすこともあった。ここは美術館の中で最も親しみのある、そして黙想にはもってこいの場所だ。又時には、絶対に買うつもりのない古本の頁をめくりながら、セーヌ河岸でぼんやりと過ごすこともある。一頁ずつところどころ読みかじって、このように漫然と知るだけで充分な作家と大勢知り合いになった。夕方は友達に会いに行った。ストルーヴ家にはよく立ち寄った。そして彼等の気のおけない食事の仲間入りをすることも時々あった。ダーク・ストルーヴはイタリア料理の腕が自慢だったが、実のところ、彼の作るスパゲッティは絵よりずっとましだった。彼がトマトの汁気がたっぷりかかったスパゲッティの大皿を運んで来る時は、正に王侯向きの晩餐《ばんさん》であった。そして私達は自家製のうまいパンと赤ブドウ酒一瓶と共にスパゲッティ料理を食う。ブランシュ・ストルーヴとは親しみを増した。多分、私がイギリス人だし、ブランシュはイギリス人の知り合いが少なかったので、私と会うのをよろこんだのだろう。彼女は感じがよく、飾りけがない、しかも相変わらずいつも黙りがちだった。そして、何故かしらないが、何か隠しているなという印象を受けた。しかし、多分それは口数の多い率直な夫との対照で誇張されただけのことで、生まれつき控え目なたちなのだろう。ダークの方は何一つ隠しごとをしない。彼はごく個人的なことを話す時も、まるっきり人前をはばからない。時には妻にバツの悪い思いをさせることすらあった。ブランシュが赤面したのを一度だけ見たことがある。それはダークが下剤をかけた話を私に聞かすといってきかず、いささか微に入り細にわたって説明した時だ。ダークは大まじめで自分の不運をかこつので、とうとう私は笑い出してしまった、これがなおさらストルーヴ夫人をいら立てたらしい。

「あなたは馬鹿なまねをして物笑いの種になるのがお好きなようね」と彼女が言った。

妻が怒っているのを見て、彼のまるい目はなおまん丸くなり、困惑したように眉《まゆ》をよせた。

「お前、気を悪くしたのかい？　もう二度と飲まないよ。あれはただおれが胆汁症だからさ。坐《すわ》りがちの生活だし、運動も充分していないからね。三日間もおれは……」

「いい加減にお黙りなさい」彼女はいら立って目に涙さえ浮かべて夫をさえぎった。

ダークは顔を伏せ、叱られた子供のように唇をとがらせた。私が取りなしてくれはしまいかと、すがるような目つきで私の方を見たが、私の方は笑いをおさえることができず、体をゆすって笑いこけていた。

ある日、私達は画商の店へ行った。この店ならストリックランドの絵を少なくとも二つか三つ私に見せられるだろう、とストルーヴは思っていた。ところが店へ入るとストリックランド自身が絵を持ち去ってしまったとのことだった。画商に聞いても理由はわからない。

「だからといって別に気を悪くしているわけじゃありませんよ。もともとあの絵をおあずかりしたのはストルーヴさんのためを思えばこそでして。まあ、できれば売りましょうと申し上げましたが、しかしですねえ――」画商は肩をすくめた。「私は若い人達に興味は持っていますよ、ですがねえ、ストルーヴさん、あなた御自身だってあの絵に天分があるとはお思いになりますまい」

「誓っていうが、現在絵を描いているものの中で、あの男ほど天分があるとおれが確信しているものはない。おれの言うことは本当だぞ、君はいい物をみすみす手離した。いつかあの絵は今君の店にあるものを全部ひっくるめたよりも高い値になるんだ。モネのことを考えてごらん、百フランでも誰一人買い手がなかったんだぜ。ところが今じゃいくらする？」

「そりゃその通りです。しかしあの頃はモネぐらいの力量の画家で、絵の売れないのは百人ぐらいいましたよ。そしてその人達の絵は今もって一文の価値もありません。誰にもわかりゃしませんよ。真価だけで成功するものでしょうか？　そんなもんじゃございませんよ。おまけに、そのあなたのお友達とやらの真価のほども、先にならんとなんともいえませんしな。ストルーヴさんくらいのものですよ、あの人の真価を主張なさるのは」

「じゃあ、君はどういうふうにして真価を認めるんだ？」ダークは怒りで顔を真っ赤にしてきいた。

「一つしか手はありませんな——成功いかんによります」

「俗物が！」とダークは叫んだ。

「でも昔の偉大な芸術家をお考えなさい——ラファエロ、ミケランジェロ、アングル、ドラクロア——この人達はみんな成功していますよ」

「さあ帰ろう」とストルーヴは私に言った。「さもないと、おれはこの男を殺しかねない」

23

私はわりにしげしげとストリックランドに会った。そして時々二人でチェスをした。彼はお天気屋だった。口もきかず、ぼんやりと、他人などには目もくれずに坐っている時があるかと思えば、上機嫌で、独特のためらいがちなしゃべり方で話す時もある。気のきいたことは言ったためしがないが、残酷な皮肉の味を持っていて、かなりの効果をあげていた。しかも彼は心で思っていることをいつもずばりと言ってのける。他人の感情など何とも思っていない、相手を傷つけては面白がっていた。彼はたえずダーク・ストルーヴをひどく怒らせるので、ダークは、二度と口を利くものかと言って飛び出す。ところがストリックランドにはこのでぶのオランダ人をわれにもあらずひきつける根強い力があって、ダークはとんまな犬のように尻尾《しっぽ》を振り振り戻ってくる、挨拶《あいさつ》がわりに、あのこわい毒舌の一撃をもらうだけだと百も承知していながら。

　ストリックランドが何故私などに我慢して付き合っているのか、わからない。私達の関係は奇妙なものだった。ある日、彼は五十フラン貸してくれと私に言った。

「とんでもないこった」と私は答えた。

「何故?」

「面白くもないからね」

「おそろしく困っているんだぜ」

「知ったことかい」

「おれが餓死しても平気なのか?」

「何故気にしなくちゃならんのかね?」と私は逆にねじ込んだ。

一、二分の間、彼はもじゃもじゃの髭《ひげ》を引っぱりながら私を見つめていた。私は彼の顔を見て笑った。

「なにがおかしいんだ？」彼は目にちらっと怒りをこめて言った。

「君が単純だからさ。君は義理とか恩義を一切認めないんだろう。君に世話になって恩義を感じているものも一人もいないんだぜ」

「もしおれが家賃が払えないために部屋から追い立てをくって、首をくって死んだとすれば、君は寝ざめが悪かろうが？」

「いっこうに」

彼はくっくっと笑った。

「ほらを吹いてるな。もしおれが本当に死んだら、居たたまれないくらい後悔するくせに」

「物はためし、やってみるがいい」と私はやり返した。

彼の目の中で微笑がちらついた。彼はだまってアブサンをかきまぜていた。

「チェスをしようか？」と私がきいた。

「やってもいいね」

私達は駒を並べた。チェス盤の準備が整うと、彼は満足そうにじっと盤を見た。自分の駒が全部配置につき戦闘準備が完了したのを見るのはある種の満足を覚えるものだ。

「僕が金を貸すだろうと本当に考えたのかい？」と私がたずねた。

「べつに断る理由もないだろうからね」

「君は案外だな」

「何故？」

「君も心の中ではセンチメンタルなんだとわかってがっかりしたよ。あんなに率直に僕の同情をそそるようなことを言わない方がずっと君らしくていいな」

「君があの手にのったらおれは軽蔑《けいべつ》しただろうよ」と彼が答えた。

「それなら話せる」と私は笑い声を立てた。

私達はチェスをやり始めた。二人ともゲームに熱中してしまった。ゲームが終わったとき私がきいた。

「ねえ、君が困っているというんなら、僕に君の絵を見せろよ。気に入ったのがあれば買うから」

「くそくらえだ」と彼が答えた。

彼は立ち上がって、出て行こうとしたが、私が呼びとめた。

「君はまだアブサンの払いがすんじゃいないよ」と私は笑いながら言った。

彼は私をののしり、金をほうり出すと、立ち去った。

その後数日彼に会わなかったが、ある晩カフェで腰かけて新聞を読んでいると、彼がやって来て、私の横に腰をおろした。

「結局首はくくらなかったじゃないか」と私が言った。

「うん。絵を頼まれたんでね。隠退した鉛管工の肖像を二百フランで描いているんだ」*

「どういうきっかけで?」

「行きつけのパン屋のおかみが推薦してくれたのさ。その男は、自分を描いてくれる画家を探しているとかねがねおかみに言っていたんだ。おれはあのおかみに二十フラン借りがあるし」

「どんな男なんだ?」

「見事なものさ。羊肉の足みたいな大きな赤ら顔で、右の頰には巨大なあざがあり、そこから長い毛が生えている」

ストリックランドは上機嫌だった。ダーク・ストルーヴがやって来て、私達のテーブルにつくと、残忍なひやかしを浴びせた。彼は気の毒なオランダ人が一番傷つきやすい場所を発見するのに、まさかと思うような技倆《ぎりょう》を示した。ストリックランドは鋭い皮肉の両刃《もろば》を使わずに、悪口の棍棒《こんぼう》を使った。それが、何のきっかけもなく不意に振り下ろされるので、ストルーヴは虚をつかれて、防御《ぼうぎょ》のすべもなかった。ストルーヴの恰好《かっこう》はちょうど不意をくらった羊があてもなくあっちこっちに逃げまどう姿を想わせた。ストルーヴはびっ

*原注　この絵はもと、リールの裕福な工場主が所有していたものだが、工場主はドイツ軍の進撃の際、リールから逃げたので、今では、ストックホルムの国立美術館に陳列されている。スウェーデン人というのは、どさくさまぎれにうまい事をする天才である。

くり仰天し、あっけにとられた。遂に目から涙がこぼれ落ちた。しかも一番いけないのは、いかにストリックランドを憎み、その場の光景が見ていられぬものであっても、笑わずにはいられないことだった。ダーク・ストルーヴは、最も深刻な感情すら滑稽《こっけい》に見える、不幸な人間の一人だ。

しかし、何といっても、パリで暮らしたあの年の冬を思い返してみると、一番気持ちのいい思い出はやはりダーク・ストルーヴの思い出だった。彼の小さな家庭には何か非常に魅力があった。ダークとその妻が織りなす一幅の絵は、あれこれと想像をめぐらすに気持ちよく、又ダークが妻に捧《ささ》げる一すじの愛情には、しっとりした美しさがあった。彼は相変わらず滑稽だったが、その一途《いちず》な情熱は相手の同情心をそそらずにはおかない。ブランシュが夫に対してどういう感情を抱いているか察することができた。そして彼女の愛情が実にこまやかなのはうれしいことだった。もしブランシュにいくらかでもユーモアのセンスがあったなら、夫が自分を台座の上にのせて、実に敬虔《けいけん》な偶像崇拝の念で自分を崇《あが》めているのを面白がったにちがいない。そして笑いながらも、内心うれしく思い、心を動かされたにちがいない。彼は忠実な恋人だった。たとえブランシュが年をとって、ふくよかさを失い、色白の美貌《びぼう》を失ったとしても、彼にとってブランシュはきっといつまでも変わらないだろう。彼にとってブランシュは常に世界一の美女なのだ。夫妻の規則正しい生活には快い気品があった。夫妻はアトリエと寝室と小さな台所しか持っていなかった。家事は一切、ストルーヴ夫人自身が切り廻《まわ》していた。ダークが下手くそな絵を書いている間、ブランシュは買い物に行き、昼食の料理をし、縫い物をし、一日中働きものの蟻のように忙しく動いている。そして夕方はアトリエに腰かけて、又縫い物をする。傍でダークが音楽を奏でるが、おそらくブランシュにはとうてい理解できなかったにちがいない。ダークの演奏はうまかったが、いつも必要以上に感情をこめすぎる、そして彼の真っ正直な、センチメンタルな、みなぎるばかりの豊かな魂の全部を、その演奏に注ぎこむのだった。

彼等夫婦の生活は、それなりに一つの牧歌であり、独得の美しさを備えていた。ダーク・ストルーヴに関するすべてのものにまつわる滑稽じみたところが、分解することのできない不協和音のように、その牧歌に奇妙な旋律を添えていた。しかしどういうわけか、その旋律のために、牧歌はより現代風に、より人間味を帯びるのだった。ちょうど深刻な場面に投じられた素朴な冗談のように、その旋律は、美しいものすべてに共通の、あの胸をしめつけるような感動を、むしろ高めていたのだ。

24

クリスマスの少し前にダーク・ストルーヴがやって来て、クリスマスを彼の家で一緒に過ごそうと誘った。彼はクリスマスに関して実に彼らしい感傷を抱いていて、クリスマスらしいお祝いをして友達と共に過ごしたがった。ストルーヴも私もストリックランドには二、三週間会っていなかった——私は私で、パリに少しの間滞在する友人との付き合いで忙しかったし、ストルーヴはストルーヴでストリックランドとふだんより激しい喧嘩《けんか》をした後なので、もう今輪際彼とは付き合わぬと決心していたからだった。ストリックランドにはもう我慢がならない、二度とあんな奴と口をきくものかと誓っていた。しかしクリスマスという時期が彼をほろりと優しい気持ちにさせていたので、ストリックランドがクリスマスの日を独りぼっちで過ごすのかと思うとたまらなかった。彼は自分の感情をストリックランドにあてはめて、友人同士が仲良くすべきこの時期に、孤独な画家を見棄てて、独りぼっちで憂鬱《ゆううつ》に過ごさせるのにしのびなかった。ストルーヴは自分のアトリエにクリスマス・ツリーを飾った。おそらくストリックランドと私が行けば、その祝いの枝に他愛ない贈り物がぶらさがっていることだろう。しかしストルーヴはストリックランドとの再会を恥ずかしがっていた。あんなひどい侮辱をそうやすやすと免《ゆる》してしまうのも少しいましかったのだろう。そこで、仲直りすることにきっぱりと心を決めたから、和解の席に私にも立ち会ってもらいたいというのだった。

ストルーヴと私は一緒にクリシー街を歩いて行ったが、ストリックランドはカフェには居なかった。外に腰かけるには寒すぎたので、中に入って革のベンチに席を占めた。中は暑く、むっとして、あたりは煙で灰色になっていた。ストリックランドは来なかったが、間もなくストリックランドと時々チェスをやるフランス人の画家が入ってきた。私はその画家とふとしたことから知り合いになっていたので、彼は私達のテーブルに来て腰をおろした。ストリックランドに会ったかとストルーヴがたずねた。

「病気ですよ」と彼が言った。「知らなかったんですか？」

「ひどいんですか？」

「とてもひどいそうですよ」

ストルーヴの顔は青くなった。

「なぜおれに手紙でそう言わなかったんだろう。あいつと喧嘩するなんて、おれは何て間抜けなんだ！　すぐ行ってやらなくちゃ。誰も世話をする人がない筈《はず》だ。どこに住んでるんです？」

「さっぱりわからないんです」とフランス人が言った。

三人のうち誰一人として彼の居場所を知っているものがないとわかると、ストルーヴはますます悲しんだ。

「死ぬかもしれない、そして誰一人としてそのことを知らないんだろう。おそろしいことだ。そんなことを思うと居ても立ってもいられない。今すぐにあいつを見つけ出さなくちゃ」

パリ中をあてどなく探しまわるなんて馬鹿げているということを、私はストルーヴに納得させようとした。まず何か計画を立てなくてはならない。

「うん、だけど、こうしている間にもあいつは死にかけているかもしれない。そしておれ達が行った時は、もう手おくれになっているかもしれないんだぜ」

「静かに腰かけて、考えようじゃないか」と私はいら立たしく言った。

私が知っている彼の住所はオテル・デ・ベルジュだけだ、しかしストリックランドはとっくにそこを立ち去っている。ホテルの者はストリックランドをまるっきり覚えちゃいまい。彼は居所を秘密にしておくという奇妙な考えを持っているから、立ちのく時、行き先を言いおいてゆくようなことはまずあるまい。おまけに、五年以上も昔のことだ。彼はあまり遠くへ移ってはいないにちがいない。あのホテルに居た時と同じカフェに今でも通っているところを見ると、そのカフェが一番便利な所にあるからにちがいない。ふとその時私の頭に浮かんだことは、彼が行きつけのパン屋を通して肖像画を描く契約がとれたということだった。そのパン屋に行けば彼の居所がわかるかもしれない、と思いついた。案内書を持ってこさせ、パン屋を探した。すぐ近くにパン屋が五つあった。こうなっては、その五つ全部にあたってみるしかない。ストルーヴはいやいや私について来た。彼自身の計画はクリシー街から四方に伸びている大通りをあちこち駆けめぐって、一軒ごとにストリックランドが住んでいるかとたずねることだった。結局、私の平凡な計略が功を奏した。何故なら、二軒目にたずねたパン屋で、カウンターの後ろの女がストリックランドを知っているかと言ったからだ。どこに住んでいるかはっきりとは言えないが、向かいの三軒のうちのどれかだと教えてくれた。私達は運がついていた、まず最初に入った家の管理人が、ストリックランドなら一番上の階にいると言った。

「あの人は病気のようですね」とストルーヴが言った。

「そうかもしれませんな」管理人は気のなさそうな返事をした。「とにかく、ここ数日顔を見ません」

ストルーヴは私より先に階段をかけ上った、そして私が最高階についた時、ストルーヴは、ノックに応《こた》えて戸をあけたシャツ姿の職人に話しかけているところだった。職人は別の戸を指さした。たしかあの部屋にいる人は画家ですよ、もう一週間も顔を見ませんがね、と言った。ストルーヴは今にも戸をノックしようと身構えたが、私の方を振り向いて、たよりなさそうな身振りをした。彼が恐怖にとりつかれているのがわかった。

「死んでいたらどうする?」

「あいつに限って大丈夫さ」と私が言った。

私がノックした。返事がない。取っ手を廻してみると、戸には錠が下りていなかった。私は中に入った。ストルーヴも私のあとからついて来た。部屋は真っ暗だった。天井が傾斜している屋根裏部屋だということしかわからない。闇より少しましという程度のかすかな明りが天窓から洩《も》れていた。

「ストリックランド」と私が呼んだ。

返事がない。実際どうも薄気味が悪い。私のすぐ後ろに立っているストルーヴはがたがた震えているようだった。一瞬、私はマッチの火をつけるのをためらった。部屋の隅にベッドがかすかに見えた。火をつけると、そのベッドの上に横たわる死体をてらし出すんじゃないだろうか。

「マッチを持ってないのか、間抜け者」

暗がりからストリックランドの耳ざわりな声が聞こえたので、私はぎくっとした。

ストルーヴは大声をあげた、

「ああ、よかった、死んじまったかと思ってたよ」

私はマッチをすって、ろうそくを探した。私は小さなアパートをすばやく一瞥《いちべつ》した、半ば部屋で半ばアトリエになっていて、その中にはベッドと、画面を壁に向けたカンヴァスが数個、画架とテーブルと椅子が一つずつあるだけだった。床にはじゅうたんも敷いてない。炉もない。テーブルの上には、絵の具、パレットナイフ、その他いろんなものがごたごた置いてあるが、その中にろうそくの残片もあった。ストルーヴは感動のあまりつぶれた声を出しながら、ストリックランドのそばに行った。

「おお、かわいそうに、一体どうしたんだい？　君が病気だなんて、ちっとも知らなかった。なぜ知らせてくれなかったんだい？　君のためならどんなことでもしたのに、そのくらいのことわかってるじゃないか。おれの言ったことを気にしてたのかい？　本気で言ったんじゃないよ。僕が悪かった。腹を立てるなんて、おれは間抜けだったよ」

「くそくらえ」とストリックランドが言った。

「さあ、ききわけをよくしてくれよ。君を楽にさせてくれ。君の世話をする人は誰もいないのかい？」

ストルーヴはむさくるしい屋根裏部屋を当惑したように見廻《みまわ》した。布団をきちんと掛けてやろうとした。ストリックランドの方は苦しそうな息づかいをしながら、怒ったようにむっつり押し黙っていた。そして私に憤然とした一瞥をくれた。私は彼を見ながら、身じろぎもしないでつっ立っていた。

「もしおれのために何かしたいってのなら、ミルクを買ってきてくれ」ストリックランドが遂にそう言った。「二日間出られなかったんだ」

ベッドの横にミルクを入れていたらしい空っぽの瓶があり、一枚の新聞紙の中にパンくずが少し散らかっていた。

「何を食べていたんだい？」と私がきいた。

「何も」

「どのくらいの間？」ストルーヴは叫んだ。「じゃあ二日間ってもの飲まず食わずだったのかい？　なんておそろしいことだ」

「水は飲んだ」

彼の目は一瞬、手をのばせば届くところに置いてある大きな缶に注がれていた。

「今すぐ行ってくる」とストルーヴが言った。「何か食いたいものはないかい?」

体温計とブドウを少しとパンを買って来たらどうだと私が言った。ストルーヴは自分が役に立つのがうれしくて、がたがた音を立てて階段を下りていった。

「なんて間抜けだ」とストリックランドがつぶやいた。

私は彼の脈をとった。早く弱く打っていた。一つ二つ質問したが、彼は返事をしようとしなかった。更にしつこく訊《き》くと、いら立たしそうに顔を壁の方に向けてしまった。こうなっては黙って待っている他はない。十分ほどでストルーヴが喘《あえ》ぎながら帰ってきた。私が提案したものの他に、ろうそくと肉汁とアルコールランプを買って来た。彼は実際の役に立つ愛すべき人物だ。そしてすぐさまパンの牛乳がゆを作りにかかった。私はストリックランドの熱を計った。四十度あった。明らかに彼は重態だった。

25

間もなく私達はストリックランドの部屋を出た。ダークは家に夕食をしに帰るところだった。私は医者を探して、ストリックランドのところへ連れて行き診察してもらおうと申し出た。私達が大通りへ出ると、むっとするような屋根裏部屋にいたあとだけにすがすがしかった。ところがその時、ストルーヴはぜひ真っ直ぐアトリエに来てくれと私に懇願した。何か心に期するところがあるらしいが、言いたがらない。とにかく私について来てもらうことが絶対に必要なのだと言い張った。どうせ今のところは医者を連れていったところで、私達がした以上のことはできっこないと思われたので、彼の申し出を承知した。家に着いてみると、ブランシュ・ストルーヴは夕食のためにテーブルを整えていた。ダークは妻に近づき、両手を取った。

「ねえ、お前にしてもらいたいことがあるんだけど」と彼が言った。

ブランシュは彼女の魅力の一つである落ち着いたにこやかさで夫を見た。ダークの赤ら顔は汗で光っていた。滑稽《こっけい》じみた興奮が表情に出ていた。しかし彼の丸い驚いたような両眼には必死な光がこもっていた。

「ストリックランドが重態なんだ。死ぬかもしれない。汚らしい屋根裏部屋でたった一人でいるんだ、看病する者が一人もいない。あいつをこの家に連れて来るのをゆるしてもらいたいんだよ」

ブランシュは両手をすばやく引っこめた。彼女がこれほどすばやい動作をしたのを見たことがなかった。そして頰を紅潮させた。

「とんでもない」

「ああ、お前、断らないでおくれ。あんなところにほったらかしにしておくなんて我慢ができないんだよ。あいつのことを考えたら、一睡もできそうにない」

「あなたが看病なさるぶんには何も反対しませんわ」

ブランシュの声は冷ややかでよそよそしかった。

「でも、あいつは死んじまうよ」

「かまわないじゃありませんか」

ストルーヴは小さく息をのんだ。顔を拭《ぬぐ》った。私の方へ振り向いて助けをもとめたが、私は何と言ったらいいのかわからなかった。

「あいつは偉大な芸術家なんだ」

「それがどうだっていうんです？　私はあの人が憎い」

「おお、私の恋人、私の大切なお前、まさか本気じゃあるまい。どうかお願いだから、あいつをここへ連れてこさせておくれ。あいつを安楽にしてやれるし、きっと助けてもやれるだろう。何もお前に迷惑はかけさせないよ。おれが何でもやるから。アトリエの中にベッドをしつらえてやろう。犬みたいにのたれ死にはさせられないよ。そんなの不人情だよ」

「何故病院に入れることはできませんの？」

「病院だって！　あいつは今愛情のこもった看護の手が必要なんだよ。実にこまやかな機転を利かして世話してやらなくちゃならないんだよ」

驚いたことに、ブランシュは大そう心を動かされたようだった。引き続きテーブルを整えていたが、彼女の両手は震えていた。

「あなたったら、本当に歯がゆいのね。もしあなたが病気になったとしたら、あなたを助けるためにあの人が指一本でも動かすと思っていらっしゃるの？」

「だが、そんなことはどうでもいいじゃないか。おれにはお前という者がいて看病してくれるだろう。あいつの助けなんか要らないよ。それに、おれの場合はちがうんだ、おれは偉くも何ともないからな」

「あなたには野良犬くらいの意地しかないのね。地面にねそべって、どうぞ踏んで下さいって人々に頼んでいるんだわ」

ストルーヴは小さく笑い声を立てた。妻の態度の原因がつかめたと思ったのだ。

「かわいそうなお前、お前はあいつがここへ来ておれの絵を見た日のことを考えているんだろ。あいつがおれの絵をへぼだと思ったところで、かまわないじゃないか？　あいつに絵を見せるなんておれが馬鹿だったのさ。多分、おれの絵は大してうまかないんだろうよ」

ダークは悲しげにアトリエを見廻した。画架には描きかけの絵がのっていた、微笑をうかべたイタリア農夫が、黒い目の娘の頭の上に、一房のぶどうをかざしている絵だった。

「たとえ絵は気にいらなくても礼儀は正しくすべきだわ。何もあなたを侮辱しなくたっていいでしょ。あなたを軽蔑《けいべつ》していることを隠そうともしなかったわ。それなのにあなたったらあの人の手をなめるのね。ええ、私はあの人を憎みます」

「かわいいお前、あいつは天才なんだよ。まさかお前だって、おれが天才だなどとは思っちゃいないだろう。そりゃおれだって自分に天分がありゃいいとは思うさ。だが天分のあるなしは、おれは一目見りゃわかる、そしておれは心から尊敬する。世の中で一番すばらしいものなんだ。天分はそれを持っている者にとっては大きな重荷なんだ。そういう人達には非常に寛大に、非常に辛棒強くしてやらなくちゃならない」

私は二人から離れて立っていた。内輪もめを目前にしていささかどぎまぎしていた。そして何故ストルーヴはあんなにも私について来てもらいたがったんだろうと考えた。ブランシュは今にも涙がこぼれそうだった。

「だがあいつが天才だからっていう理由だけじゃないんだよ、あいつをここに連れて来てもいいかときいているのはあいつが人間だからでもある、しかも病気で貧乏なんだ」

「決してあの人を私の家には入れません——決して」

ストルーヴは私の方へ向いた。

「生死にかかわる問題だと教えてやってくれよ。あんなひどい穴ぐらに放っとくなんてことはできんと」

「お宅でならストリックランドの看病はずっとやりやすいことは言う迄《まで》もありません」と私が言った。「しかし、勿論《もちろん》大変不便でもあります。誰かが昼も夜もストリックランドに付いていてやらなくちゃならんと思いますね」

「ねえお前、ちょっとした面倒を避けるなんてお前らしくないよ」

「もしあの人がここへ来るなら、私が出ます」とストルーヴ夫人が激しく言った。

「わからんね。お前はあんなに善良なやさしい女なのに」

「もうお願いですから、私を放っといて頂戴《ちょうだい》。おかげで私は気が狂いそうよ」

その時遂に涙がこぼれた。ブランシュは椅子にどっと腰を下ろすと、両手で顔をおおった。肩はけいれんしているように震えている。即座にダークは妻のわきに跪《ひざまず》いて、両腕で妻を抱き、キスしたり、ありとあらゆる愛称で妻を呼び、ダーク自身の頬にも涙が流れ落ちた。間もなくブランシュは気を取り直し、涙を拭いた。

「放っといて頂戴」とブランシュが言ったが、まんざら不親切な言い方ではなかった。それから私の方へ向くと、ほほえもうと努めながら言った、「私のことをどうお思いになるでしょうね?」

ストルーヴは途方にくれたように妻を見ながら言い淀《よど》んでいた。眉《まゆ》をぐっと寄せ、赤い口をとがらしていた。彼の様子は、奇妙なことにあわてきったモルモットを想い起こさせた。

「じゃあ、駄目なんだね、お前？」遂に彼はそう言った。

ブランシュは物憂そうな身振りをした。疲れ果ててしまったのだ。

「アトリエはあなたのものです。何もかもあなたの持ち物です。あなたがあの人をここへ連れて来たいとおっしゃるなら、私にどうしてそれを妨げることができましょう」

ダークの丸顔にパッと微笑が閃《ひら》めいた。

「じゃあ承知してくれるのかい？承知してくれると思ってたよ。おお、大切なお前」

突然ブランシュは元気を奮い立たせた。やつれ果てた目で夫を見た。両手を心臓の上でしっかと握りしめ、まるで心臓の鼓動がはげしくて、耐えられないとでもいうようだった。

「おお、ダーク、あなたと会ってから、私はただの一度もあなたにおねだりしたことはありませんね」

「お前のためならおれは何だってしてやるよ」

「どうぞお願いですから、ストリックランドをここへ来させないで下さい。他の人なら誰でもかまいません。泥棒だっていいわ、酔っぱらいだって、通りにうろついている浮浪者でもいいわ。そうしたら私、よろこんでその人達のためにできる限りのことをして上げますわ、必ず。でもお願いです、ストリックランドだけは連れてこないで下さい」

「だけど何故さ？」

「あの人がこわいんです。何故だかわかりませんけれど、あの人にはどこかおそろしいところがあります。きっとあの人は私達に大きな害を加えるでしょう。私にはわかります、直感でわかります。もしあなたがあの人を連れて来たら、悪い結果になるだけです」

「だが、ずいぶん理屈に合わん話だな！」

「いいえ、そうじゃないわ。きっと私の言う通りになります。何かとてもおそろしいことが私達の上に起こるでしょう」

「おれ達がよい行いをした報いにかい？」

ブランシュは喘《あえ》いでいる。顔には説明しがたい恐怖が浮かんでいる。いったい何を考えているのだろう。きっと何か得体の知れない恐怖にとりつかれたために自制力をすっかり奪われてしまったのだろう。大抵の時はあんなに落ち着いているのに、それに引きかえ今の興奮ぶりはあきれるほどだった。ストルーヴはしばらくの間、あっけにとられて妻を見ていた。

「お前はおれの妻だ、世の中の誰よりも大切だよ。お前が心から承知してくれるんでなければ誰もこの家には来させない」

ブランシュは一瞬目を閉じた、気を失うんじゃないかと私は思った。私は少しブランシュにいら立たしさを覚えた。こんな神経症《ニューロティック》な女とは思わなかった。と、又ストルーヴの声がした。その声は沈黙を破って奇妙に響いた。

「お前だって昔ずいぶん困って苦しんでいる時に、援助の手を差しのべてもらったことがあるだろう？　そういうことがどんなに有り難いかわかるね。チャンスがあれば今度は他の誰かによい行いをしてあげたいとは思わないかい？」

ストルーヴの言葉はごくありきたりのものだったし、私にはむしろあまり勧告めいたところがあるので、ほほえましく思えたほどだ。ところがその言葉がブランシュ・ストルーヴにもたらした効果に私は唖然《あぜん》とした。ブランシュはちょっとぎくりとした。そして夫を長い間じっと見つめていた。ダークは床を見つめたきりだった。何故ダークは恥じているのだろう。ブランシュの頰にかすかに紅がさしたと見るまに、今度は白くなってきた——白いというより、蒼白《そうはく》だった——彼女の体の表面全部から血の気が引いた感じだった。手まで青ざめていた。震えが全身を貫いた。アトリエの沈黙は次第に体をなし、殆《ほとん》ど手でふれることができそうな存在となった。私は戸惑った。

「ストリックランドをここへ連れていらっしゃいな、ダーク。あの人のためにできるだけのことをしますわ」

「おお、大切なお前」ダークはほほえんだ。

ダークは妻を抱きしめようとしたが、ブランシュは避けた。

「よその方がいらっしゃる前で愛情を示したりしないで下さい。自分が道化者に見えていやですもの」とブランシュが言った。

彼女の態度はすっかり正常にもどった。ほんの少し前まであれほど激しく興奮していたとは誰も気づくまい。

26

翌日私達はストリックランドを移した。彼に来るように説きふせるには、断乎《だんこ》たる態度が必要だし、忍耐は更に必要だった。しかし彼は本当に重態だったから、ストルーヴの懇願と私の決意に抵抗しても効きめはなかった。私達は彼に服を着せる間、彼は弱々しく私達に毒づいていた。それから彼を階下に運び、車にのせ、そしてとうとうストルーヴのアトリエに連れて来た。ストリックランドはその頃には疲れ果てていたので、私達がベッドに寝かすにまかせて、一言も言わなかった。彼はそれから六週間寝ついた。一時は、あと数時間の生命と思われるくらいの時もあったが、その危機を脱したのは、ひとえにストルーヴのがんばりのおかげだったと私は確信している。こんなに扱いにくい病人は見たこともない。横暴でぐちっぽいというのではない、いやむしろその逆で、不平は一言もいわず、何も要求しない。まったく黙りこくっているのだが、いろいろ世話を焼かれるのが嫌でならないらしく、加減はどうかとか、何か欲しいものはないかとたずねられると、いつも嘲《あざけ》ったり、あざ笑ったり、毒づいたりする。何て憎たらしい奴だと思った。彼が危機を脱するとすぐに、私はそのことを彼にぶちまけた。

「くそくらえ」と彼は簡潔に答えた。

ダーク・ストルーヴは仕事を一切やめて、やさしく、同情を込めてストリックランドの看護をした。病人を安楽にさせるのが実にうまかった。あの男にこんなことができるとは思ってもみなかったような技巧を使って、医者の処方した薬を飲むように病人を説得した。彼にとってどんなことでも面倒で手に負えないというものはなかった。彼の財産は自分自身と妻の生活を支えるには充分だったが、無駄づかいをするような金はなかった。しかし今ではストリックランドの気まぐれな食欲をそそりそうな、季節はずれの高価な珍味を買うために、湯水のように金をつかった。彼が気転を利かし、しかも辛棒強く病人をなだめすかして、栄養物を摂《と》らせていたことは、いつ迄も忘れることができない。ストリックランドの無礼な態度に腹を立てることは一度もなかった。ただふくれっ面をしているくらいの時は、気づかないふりをしていたし、もしつっかかって来るような時は、ただくっくっと笑っているだけだった。ストリックランドがいくらか回復して、上機嫌でストルーヴを笑い物にしてたのしんでいる時などは、わざと間抜けたことをしては病人のあざけりを誘った。そうしては私の方へちらとうれしそうな目を向けて、病人がいかに元気になったかに気づかせようとした。ストルーヴは気高い奴だ。

しかし、何といっても、一番意外だったのは、ブランシュだった。いざとなると、彼女は有能であるばかりか、献身的な看護婦となった。ストリックランドをアトリエへ連れてきたいという夫の希望に、あれほど激しく反抗したことを思い出させるような素振りはみじんもない。病人のために必要な仕事を自分も手伝うと言い張った。彼女は病人をわずらわすことなくシーツを取りかえられるように、ベッドを工夫した。病人の身体も洗う。私がブランシュの有能ぶりをほめると独特の快いかすかな微笑を浮かべながら、しばらく病院で働いたことがありますから、と言った。ストリックランドを死ぬほど嫌っている素振りは少しも示さない。病人にあまり声をかけないが、病人の要求はすぐにそれと察して満たしてやった。はじめの二週間は夜も誰かが病人につきっきりでいなくてはならなかったが、ブランシュは夫と交替でそれを引受けた。寝台の脇に坐《すわ》って、長い間暗がりの中で、いったいブランシュは何を考えているのだろう。寝台にねているストリックランドの姿はこの世の人とも思えない、やせるだけやせこけ、もじゃもじゃの赤髭《あかひげ》をし、熱っぽく空間をにらみつけている両眼は、病気のためになお大きくなったように見える。そして不自然な輝きがあった。

「ストリックランドは夜中あなたに話しかけることがありますか？」と私は一度たずねたことがある。

「一度も」

「前と同じくらい嫌いですか？」

「もっとですわ、どっちかといえば」

ブランシュは落ち着いた灰色の眼で私を見た。あまりに穏やかな表情なので、私が目撃したような激しい感情を抱き得る女とはとうてい信じ難かった。

「あなたのして上げることに対してストリックランドがお礼を言ったことがありますか？」

「いいえ」とブランシュはほほえんだ。

「不人情な奴だな」

「あんないやらしい人ってありませんわ」

ストルーヴが妻の態度をよろこんだのは言う迄《まで》もない。自分が妻に課した重荷を妻が心から献身的に引き受けてくれたことに対してどんなに感謝の念を示しても足りないくらいだった。しかしブランシュとストリックランドが互いに示す態度にダークはいささか腑《ふ》に落ちぬところがあった。

「ねえ君、あの二人は一緒に何時間もいるのに一っ言もしゃべらないんだぜ」

一度こういうことがあった、それはストリックランドが非常に調子がよくて、あと一日か二日で起き上がれるだろうという時だった。私は皆と一緒にアトリエに腰かけていた。ダークと私は話していた。ストルーヴ夫人は縫い物をしていた。夫人のつづくっているシャツはたしかストリックランドのものだったと思う。ストリックランドは上向きに寝て、黙っていた。私は一度、彼の目がブランシュ・ストルーヴの上にじっとそそがれているのに気がついた。目には奇妙な皮肉な色が浮かんでいた。ブランシュは視線を感じて目をあげた。しばらく二人は互いに見つめ合った。私にはブランシュの表情がよくつかめなかった。目には不思議な困惑の色が浮かんでいた。しかもどうやら――だが何故だろう――驚愕《きようがく》の色らしいものも。やがてすぐストリックランドは目をそらして、漫然と天井を眺めまわしたが、ブランシュの方はなおもストリックランドを凝視し続けた。この時のブランシュの表情は全く謎だった。

それから二、三日して、ストリックランドは床を離れはじめた。正に骨と皮だった。服はかかしに着せたぼろのように体のまわりにだぶついている。もじゃもじゃの髭、長い髪、いつも実物より大きく見える目鼻立ちは、病気のために更に誇張されている。異様な容貌《ようぼう》だ。しかしあまりにも並はずれているので、一概に醜いとは言えない。醜さの中にも堂々たるものがある。彼から受けた印象を適確に言うのはむずかしい。肉体という幕は殆《ほとん》ど透明のようであるが、はっきり表面にあらわれているものは必ずしも精神的なものではない、何故なら彼の顔には途方もなく肉欲的なものがあらわれている。しかし、馬鹿馬鹿しく聞こえるかもしれないが、その肉欲には奇妙に精神的なものが見える。この男にはどこか原始的なところがある。ギリシャ人が半人半獣のサテュロスやファウヌスの姿で擬人化した、あの捉《とら》えどころのない自然の力を、彼も帯びているようだ。大胆にも神と音楽を張り合ったために皮をはがされたあのマルシュアスのことを私は思い浮かべた。ストリックランドは心の中に、聞いたこともない和音《ハーモニー》と、試みたこともない図型《パターン》を抱いているらしい。彼はきっと苦痛と失望のうちに最後をとげるだろう。又しても私は、彼に悪魔がとりついているという感じを受けた。しかしそれは必ずしも邪悪な悪魔であるかどうかはわからない。何故なら、それは正邪の区別もなかった頃から存在した、原始的な力だからである。

ストリックランドはまだ絵を描くほどの体力がなかったから、アトリエに腰かけて、黙念と何やらわからぬ夢想にふけったり、読書をしたりしていた。好んで読む本が又変わっている。時にはマラルメ（一八四二―九八、フランスの詩人）の詩集に夢中になっていることもある。まるで子供が本を読む時のように唇を動かして言葉を辿《たど》る。マラルメの巧妙な韻律や理解し難い辞句から、彼はどのような奇異な感動を受けるのだろうか。又時には、ガボリオー（一八三三―七三、フランスの探偵小説家）の探偵小説に没頭していることもあった。本の選び方にも彼の風変わりな性質の、相容《あいい》れない両面が面白くあらわれていると思うと愉快だった。奇妙なことに、彼の体の弱っている時でさえ、体を楽にしようという考えをまるで持っていないらしい。ストルーヴは体を楽にするのが好きだから、アトリエにはたっぷり詰め物をした肱掛《ひじか》け椅子が二脚と大きなソファーがあった。ストリックランドはそれらに近づこうともしない。べつに禁欲主義をてらっているわけではない。何故ならある日私がアトリエに入って行くと、彼は独りきりだったが、三脚の床几《しょうぎ》に腰かけていた。彼が安楽な椅子に腰かけないのは、好かないからだった。好んで肱掛けのない台所用の椅子に坐った。そんな彼の姿を見ると、時々私はいらいらする。この男みたいに身辺にまったく無頓着《むとんちゃく》な男を、私は見たこともない。

27

二、三週間が過ぎた。ある朝、仕事が一区切りついたので、一日休暇をとろうと思い、ルーヴル博物館へ行った。あちこちぶらつきながら、よく知りつくした絵を見ては、それらによって引きおこされる感動のまにまに、とりとめもなく夢想していた。長い画廊にふらりと入ると、いきなりストルーヴの姿が目に入った。私はほほえんだ。丸々と太っているくせに、何かにとてもびっくりしたような彼の風貌は、いつも微笑を誘わずにはおかない。近づくと彼が妙にうら淋《さび》しそうにしているのに気がついた。悲しみに打ちひしがれているくせに、どこか滑稽《こっけい》でもある。ちょうど服を全部身につけたまま水に落ちた男が、救助されて溺死《できし》をまぬがれたが、まださっきの恐怖からさめやらず、他人の目にはさぞかし自分が道化じみて映るだけだろうと感じているのに似ていた。彼は振り返って私をじっと見た、しかし私だということに気づいていないらしかった。彼の丸い青い目は、眼鏡のうしろで苦しみ悩んでいるようだった。

「ストルーヴ」と私が言った。

彼は少しぎくりとしたが、やがて微笑した。悲しげな微笑だった。

「何故そんななさけない恰好《かっこう》でのらくらしているんだい？」と私は快活に訊《き》いた。

「ずいぶん長いことルーヴルに来てないからね。何か新しいものでもないか見に行こうと思ったんだ」

「しかし君は今週中に一つ描きあげなくちゃならんと言っていたじゃないか」

「ストリックランドがおれのアトリエで描いているんだ」

「それで？」

「おれの方から言い出したことなんだ。ストリックランドはまだ自分の家に帰るほど強くはないから。二人してうちのアトリエで描けるだろうと思ったんだ。この地区じゃ共同でアトリエを使っている奴はいくらでもいる。それも面白かろうと思ったんだ。仕事に疲れた時、話しかける相手がいたら、さぞ愉快だろうっていつも考えていた」

彼は終わりまでゆっくりとしゃべって、一区切り毎にちょっと気まずそうに口をつぐんだ。その間、このべつあの親切な、お人好《よ》しな目でじっと私を見つめていた。その目には涙があふれていた。

「わけがわからんね」と私が言った。

「ストリックランドはアトリエに他人がいると仕事ができないんだ」

「そんな馬鹿な、君のアトリエじゃないか。あいつが仕事ができなくたって構うことはない」

ストルーヴはいかにも哀れっぽく私を見た。唇は震えている。

「何があったんだ?」私は少し鋭くたずねた。

彼はためらって、顔を赤くした。壁にかかっている絵の一つを悲しそうにちらと見た。

「おれに描き続けさせてくれないんだ。外へ出ろって言うんだ」

「なぜ、くそくらえ、っていってやらなかったんだい?」

「おれを閉め出した。あいつと争うなんてことはとてもできなかった。出て行くおれに帽子を投げてよこし、ドアに錠をかけちまった」

私はストリックランドに腹が立ってならなかった。と同時に私自身にも憤慨した、何故ならダーク・ストルーヴの恰好があまりにも滑稽だったので、思わず笑い出しそうになったからだ。

「それにしても奥さんは何と言った?」

「買い物に出かけていた」

「あいつは奥さんを中に入れてやるだろうか?」

「どうだか」

私は当惑して彼を見つめた。彼は先生から小言をくっている生徒のような恰好でつっ立っていた。

「君のためにストリックランドを追い出してやろうか？」と私がきいた。

彼は少しびくっとした。つやつやした顔は真っ赤になった。

「いけない。手を出さないでくれた方がいいんだ」

彼は私にちょっとうなずいてみせると、歩み去った。あきらかに何かわけがあってこの問題にふれたくないらしい。私にはわけがわからなかった。

28

そのわけは一週間後になってはっきりした。夜の十時頃だったが私は独りでレストランで夕食をすませ、小さなアパートに戻って、客間に坐《すわ》り、読書をしていた。耳ざわりなジャリンというベルの音が聞こえたので、廊下へ出て戸を開けた。ストルーヴが目の前に立っていた。

「入ってもいいかい？」ときいた。

上がり口がうす暗いので彼の顔はよく見えなかったが、声の異様な響きに私は驚いた。彼は日頃酒をあまり飲まないことを私は知っていた、知らなければ酔ってるなと思ったことだろう。私は先に立って居間へ行き、彼に椅子をすすめた。

「ああ、居てくれて助かった」と彼が言った。

「どうしたんだい？」彼の意気込んだ言い方に驚いて私は訊いた。

今は彼の顔がよく見える。普段は身ぎれいにしている男なのに、今の服装ときたらめちゃくちゃだ。急にうすぎたない男になり下がったようだ。きっと酔ってるんだな、と思って私はほほえんだ。そのざまはなんだ、とからかってやろうと思っていた矢先だった。

「どこへ行ったらいいのかわからなかったんだ」彼はこらえきれずにぶちまけた。「もっと早く来たんだが、君は居なかった」

「おそい夕めしをやりに行っていたんだ」

私は考えを変えた。彼が一見してわかる程の絶望状態に陥っているのは、酒のせいじゃない。顔はいつもバラ色をしているが、今は妙にまだらになっている。手は震えていた。

「何か起こったのかい？」と私がきいた。

「妻がおれを棄てた」

彼はかろうじてそう言った。小さく息をのむと、涙が丸い両頬をしたたり落ちた。私は何と言ったらいいのかわからなかった。私はすぐこんなふうに考えた、ブランシュは夫のストリックランド熱にとうとう我慢がならなくなったのだろう。そこへもってきてストリックランドの皮肉な態度がますますブランシュの気持ちに油をそそぐことになり、遂に彼を追い出すべきだと言い張ったのだろう。ブランシュは物腰は実に落ち着いているが、かっとなることもあるのを私は知っている。だからもしストルーヴがなおも追い出すのに反対すればブランシュは二度と帰らないと言い捨ててアトリエから飛び出すことは大いにありうる。しかしストルーヴがあまりにも悲しんでいるので、笑うことはできなかった。

「おい君、そう悲しむなよ。そのうち帰ってくるさ。女が興奮して言ったことなんか、あまり本気にするもんじゃない」

「君はわかっていないんだ。あれはストリックランドを愛しているんだ」

「なんだって！」それを聞いて私は啞然《あぜん》とした。しかしその考えが頭の中ではっきりと組み立てられたとたんに、そんな馬鹿なことがあるものかと思った。

「なんでそんな馬鹿なことを考えるんだ？　まさかストリックランドにやきもちを焼いているっていうんじゃないだろうね？」私はもう少しで笑い出すところだった。「奥さんはあいつなんか見るのもいやなんだろ、そんなこと百も承知じゃないか」

「君はわかっていないんだ」彼はうめいた。

「君はヒステリーの大馬鹿だ」私はいささかいらいらして言った。「ウイスキー・ソーダを作ってやろう、気分がよくなるぜ」

　おそらく何かわけがあって――しかも人間というものは自分自身をさいなむためにずいぶん技巧を労するものだ――ダークは妻がストリックランドに好意を寄せていると思い込んだのだろう。そしてへまの天才である彼のことだから、妻の機嫌を大いにそこね、妻は多分彼を怒らせようとして、わざと彼の疑惑を深めるような素振りをしたのだろう、と私は想像した。

「ねえ君、これから君のアトリエに帰ろう」と私は言った。「もし君が馬鹿なまねをしたのなら、君の方から下手《したて》に出てゆかなくちゃならない。君の奥さんは執念深い女性とは見えないぜ」

「アトリエに戻るなんてことはできっこないよ」ダークはぐったりして言った。「二人がいるんだもの。アトリエは二人にやってきた」

「それじゃ奥さんが君を棄てたんじゃなくて、君が奥さんを棄ててきたんじゃないか」

「頼むからそんな言い方はしないでくれ」

まだ彼の言うことは真面目にはとれなかった。彼の話など一瞬たりとも信じなかった。しかし彼は心底から悲しんでいた。

「とにかく君はそのことを僕に話しにやってきたんだから、すっかり話しちまった方がいいだろう」

「今日の午後、おれはもうこれ以上がまんができなくなった。ストリックランドのところへ行って、言ってやった、君ももう大分元気になったんだから君のところへ帰っても大丈夫だろう、僕自身がアトリエを使いたいんだから、ってね」

「ストリックランドくらいのものだ、面と向かって言われるまでわからんやつは。で、あいつ、何って言った？」

「ちょっと笑った。あいつの笑い方を知っているだろう？　面白がっているようじゃなくて、人を馬鹿にしたような笑い方さ。そして、すぐに出て行くと言った。自分の持ち物をまとめだした。あいつが来る時、要りそうな物をおれがあいつの部屋から持って来たのを知っているだろう。あいつはブランシュに包みにするから紙を一枚と縄を少し下さいと言った」

ストルーヴは喘《あえ》ぎながら言葉を途切った。気を失うんじゃないかと私は思った。まさか彼がこんな話をしはじめるとは思いもかけなかった。

「妻は真っ青だった、しかし紙と縄を持ってきた。あいつは何も言わない。包みを作り、口笛を吹いた。妻やおれには目もくれない。目には皮肉な薄笑いが浮かんでいた。おれの心は鉛のようだった。何かいやなことが起こりそうな気がした、言わなければよかったと後悔した。あいつは見廻《みまわ》して帽子を探した、その時、妻が言った。

『私、ストリックランドさんと一緒に行きます。もうこれ以上あなたと一緒には暮らせません』

おれは口をきこうとしたが、言葉が出てこない。ストリックランドは何も言わない。まるで自分には何の関わり合いもないことだといわんばかりに、口笛を吹き続けていた」

ストルーヴは又口をつぐんだ。顔をぬぐった。私はじっとしていた。もはや私も彼の言うことを信じないわけにはゆかない、私は事の意外さに啞然とした。しかし相変わらず私にはどうも合点がゆかなかった。

やがてストルーヴは震え声で次のようなことを語った、涙は両頰を伝って流れていた。彼は妻に近づき、両腕に抱こうとした、ところが妻はさっと身を引いて、さわらないでと言った。彼は自分を棄てないでくれと懇願した。どんなに激しく妻を愛しているかを語り、又今まで惜しみなく降りそそいだ献身の数々を妻に想い出させた。二人の幸せな生活についても語った。彼は怒ってはいなかった。非難もしなかった。

「静かに私を行かせて下さいな、ダーク」遂にブランシュはそう言った。「私がストリックランドを愛しているのがわからないの？ あの人が行くところへ私も行きます」

「しかしストリックランドは絶対にお前を幸せにはしないよ。お前自身のためだ、行かないでくれ。先でどんなひどいことになるかお前はわかっていないんだ」

「あなたのせいよ。あの人がここへ来るように言い張ったのはあなたじゃありませんか」

ダークはストリックランドの方へ向いた。

「ブランシュを哀れと思ってやってくれ」とストリックランドに懇願した。「あれにこんな気狂いじみたことをさせるなんてひどいじゃないか」

「好きなようにさせるさ。べつに来るように仕向けたわけじゃないぜ」とストリックランドが言った。

「私の気持ちはもうきまっています」ブランシュは物憂い声で言った。

ストリックランドの侮辱的な冷静さがストルーヴから最後の自制力を奪ってしまった。怒りで目もくらみそうになったストルーヴは無我夢中でストリックランドに飛びかかった。ストリックランドは不意をつかれて、たじろいだ。しかし病後とはいえストリックランドは非常に強かったので、あっという間に、どうしてそうなったのかよくわからないが、とにかく気がついてみるとストルーヴは床にころがっていた。

「滑稽《こっけい》な奴だ」とストリックランドは言った。

ストルーヴは身を起こした。妻は身動き一つせずに見ていたのだ。妻の前で道化を演じさせられたと思うと、更に屈辱を感じた。取っ組み合っている間に眼鏡がころげ落ちた。ダークにはすぐに見つからなかった。ブランシュは眼鏡を拾い上げると黙って手渡した。この時ダークは不意に自分の不幸せを身にしみて感じた。そして、余計に自分を間抜けに見せるだけだとは知りながら、彼は泣き出した。両手で顔をおおった。他の二人は一言も言わずにダークを見守っていた。彼等は立ったまま、一歩も動かなかった。

「おお、お前」ストルーヴは遂にうめいた。「どうしてこんなひどい仕打ちができるのだね？」

「私自身にもどうにもならないのよ、ダーク」と妻が答えた。

「今までにどの女もこれほど崇拝されたことがないという程、おれはお前を崇拝していた。何かおれのしたことがお前の気にさわることでもあったのなら、何故そう言ってくれなかったんだい、言ってくれりゃ、改めたのに。お前のためならおれはできる限りのことをして来たのに」

ブランシュは答えなかった。取りつく島のない顔つきだった。ダークは自分の言っていることが妻を退屈させているだけだと悟った。ブランシュはコートを羽織り帽子をかぶった。戸の方へ行った、そして今にも出て行こうとした。それを見たストルーヴは急いで妻の方へ行き、その前に跪《ひざまず》いて、妻の両手を取った。もう全く自尊心を棄てていた。

「おお、お前、行かないでおくれ。お前なしじゃ生きてゆけない。自殺するだろう。何かお前の気にさわることでもしたのなら、どうかゆるしておくれ。もう一度やり直すチャンスを与えてくれ。お前を幸せにするように、今までよりもっと一生懸命にやるから」

「お立ちなさい、ダーク。みっともないったらないわ」

ダークはよろよろと立ち上がったが、それでもまだ妻を行かせようとしなかった。

「これからどこへ行くんだ?」ダークはせかせかときいた。「ストリックランドの部屋がどんなところか知らんだろう。あんなところに住めやしないよ。ひどいんだぜ」

「私さえかまわなけりゃ、何もあなたが気になさることはないでしょ」

「あと一分待ってくれ。言わなくちゃならんことがある。とにかく、そのくらいのことはしてくれたっていいだろう」

「話して何の役に立ちます? 私の気持ちはもう決まっています。あなたがどんなことを言おうとも、私の決心を変えるわけにはゆきません」

ダークはごくりと喉《のど》を鳴らし、苦しいほどの胸の鼓動を鎮めるために胸に手を当てた。

「気持ちを変えてくれとは言わないが、一分間おれの言うことを聞いてほしいのだ。これがお前への最後の頼みだよ。断らないでおくれ」

ブランシュはあの考え深そうな、だが今では夫に対して至極冷淡な目で夫をじっと見つめながら、ためらっていた。やがてアトリエの中に戻ると、テーブルにもたれた。

「何のお話？」

ストルーヴは冷静になろうと全力をふりしぼった。

「少し冷静に考えなくちゃいかんよ。霞《かすみ》を喰《く》って生きてゆくわけにはいかんだろう。ストリックランドは一銭も持っちゃいないんだよ」

「わかっています」

「どん底の生活にあえがなくちゃならなくなるんだよ。ストリックランドが全快するのに長くかかったのは何故だかわかっているだろう。半ば餓死しかけていたからなんだよ」

「私があの人のためにお金をかせぎます」

「どうやって？」

「わかりません。何とか方法をさがします」

おそろしい考えがダークの頭を横切った。彼は身震いした。

「お前は気が狂っているにちがいない。いったい何に取りつかれたんだろう？」

ブランシュは肩をすくめた。

「さあ、もう行ってもいいこと？」

「もう一秒待ってくれ」

ダークは物憂そうに自分のアトリエを眺め廻した。彼はこのアトリエが大好きだった。それは妻が居たために明るく和やかな雰囲気を持っていたからだ。彼は一瞬目を閉じた。それから妻を長い間じっと見つめた。まるで妻の姿を心に刻みつけておこうとするかのように。彼は立ち上がると帽子を取った。

「いや、おれが出て行く」

「あなたが？」

ブランシュはあっけにとられた。夫の言っている意味がわからなかった。

「お前があんなひどい、汚い屋根裏に暮らすかと思うとやり切れない。とにかくここはおれの家でもあると同時にお前の家でもあるわけだ。ここでならお前も楽しく暮らせるだろう。少なくとも最悪の貧困だけはまぬがれるわけだ」

彼は金をしまってある引き出しのところへ行って、銀行通帳を数冊取り出した。

「ここにあるうち、半分をお前にあげたい」

彼は通帳をテーブルに置いた。ストリックランドも妻もどちらも黙っていた。

それから彼は別のことを思い出した。

「おれの服を荷造りして、管理人にあずけておいてくれないか？　明日取りにくるから」

彼はほほえもうとした。「さようなら。今迄《まで》お前のおかげでずいぶん幸せだったよ、ありがとう」

彼は部屋から出て行き、戸を閉めた。その後で、おそらくストリックランドは帽子をテーブルの上にほうりなげ、腰をおろして、タバコを吸い始めたことだろう、私には目に見えるような気がした。

29

ストルーヴの話をかみしめながら私はしばらく黙っていた。ストルーヴの意気地なさが腹に据えかねた。すると彼は私が不賛成なのを見てとって、震え声で言った。

「君だって僕と同じくらいよく知っているだろう、ストリックランドの暮らしぶりがどんなものだか。女房にあんな暮らしはさせられない——どんなことがあったって」

「そりゃ君の勝手さ」と私は答えた。

「君ならどうする？」とストルーヴがきいた。

「奥さんはすべての事情を知りつくした上でしたんだ。いくらか不便をしのばなくちゃならんとしたって、勝手にさせときゃいいんじゃないか」

「うん。だがね、そりゃ君があれを愛していないからさ」

「君はまだ愛しているのかい？」

「勿論《もちろん》、前よりもっと深く。ストリックランドなんて女を幸せにするような男じゃない。続きっこないさ。おれは決して女房を見すてんということを、あれにわかってもらいたいんだ」

「それじゃ君は奥さんが戻ってきたら、受け入れるつもりなのか？」

「よろこんで。だって、そうなればあれは今迄よりもっとおれを必要とするわけだろう。あれが独りぼっちで、屈辱を受け、心の痛手を負っている時に、どこへも行き場がないなんておそろしいことだからね」

ストルーヴは少しも腹を立てていないらしい。彼の意気地なさにいささかむかっ腹を立てたのは、私の中にある陳腐な考え方のせいかもしれない。彼は私が心でどう思っているか察しがついたのだろう、彼はこう言った。

「おれが女房を愛したように、女房からも愛されようなんて、とても望めないことだからね。おれは道化者だ。女から愛されるたちの男じゃない。そのことはいつも心得ている。だから女房がストリックランドを愛するようになっても文句は言えない」

「全く君みたいに自惚《うぬぼ》れを知らない男には会ったことがない」と私が言った。

「おれは自分自身よりはるかに女房の方を愛している。愛情に自惚れがまじる時は、本当は自分自身を愛しているからこそなんだと思う。とにかく、男なら、結婚してから誰か他の女と恋に陥ることは始終あることだ、そしてその恋からさめると女房のところへ戻ってくる、そして女房はそれを迎え入れてやる、誰もがごく自然のことだと思っている。何故女の場合はちがわなくちゃならんのだ？」

「理論の上ではたしかにそうだよ」と私はほほえんだ。「しかし大概の男はそんなふうにはできていないからな、ゆるせないのさ」

しかしこうしてストルーヴに話しかけている間、こんどの事件があまりにも突発的なのを不審に思った。ストルーヴがまるで感づかずにいたとは思えない。そういえばブランシュ・ストルーヴの目に異様なものがあったな、きっとあれは、ブランシュが自分の心に芽ばえた感情をぼんやりとながら意識し始め、驚きおそれていたのだろう。

「あの二人の間に何かあると、今日まで疑ったことはないのかい？」と私がたずねた。

ストルーヴはしばらく答えなかった。テーブルの上に鉛筆があったが、彼は無意識で吸い取り紙の上に頭を描いた。

「僕があれこれ質問するのが嫌だったら、どうか言ってくれ給え」と私が言った。

「話す方が気が楽になっていい。ああ、おれの心の中のあの怖ろしい苦痛を君にわかってもらえたらなあ」彼は鉛筆をほうり出した。「その通り、おれは二週間前から知っていた。

ブランシュ自身より先におれの方が知っていた」

「じゃあ何故ストリックランドに荷造りするように仕向けなかったんだい？」

「おれは信じられなかったんだ。そんなことはとてもありそうに見えなかったからね。あれはストリックランドなんか見るのもいやだったんだから。ありそうもないどころか、とうてい信じられないことだ。おれの焼き餅《もち》にすぎんと思った。だって、おれは始終焼いていた。ただそいつを表面に出すまいと努めていただけだ。あれの知っている男全部に対しておれは焼いていた、君に対してもだぜ。おれが愛しているように、女房はおれを愛していないことはわかっていた。そりゃ当然のことだからね、そうだろ？　だが、あれはおれが愛するのを拒まなかった、それだけでもおれは幸せだったのさ。おれはむりに数時間ぶっ続けに外出して、あれ達を二人きりにさせた、おれは疑う資格もないくせに疑う自分を罰してやりたかったんだ。そして、家に帰ると、おれが邪魔者にされているのがわかった——ストリックランドじゃない、あいつはおれなんか居ようと居まいと眼中にないんだから。ブランシュだよ。キスしようとするとあれは身震いした。遂におれにも事態がはっきりした時、どうしたらいいのかわからなかった。もしおれがじたばた騒ぎ立てたら二人に笑われるのがおちだとわかっていた。もしおれが何も言わず、見ないふりをしていれば、すべてがうまく行くと思った。喧嘩《けんか》をせずに、あいつを静かに追い出そうと決心した。ああ、せめてあの頃のおれの苦しみを君にわかってもらえたらなあ」

それからストルーヴは、ストリックランドに出てくれと言った時のことを又話し出した。言い出す時期を慎重に見計らい、申し出がさもさりげなく聞こえるようにした。しかし声の震えをおさえることはできなかった。ほがらかな親しい調子にしたいと希《ねが》っていた言葉の中に、嫉妬《しっと》のにがい味がしのび込んだのを感じた。ストリックランドがまさかその場ですぐ自分の言に従って、即座に出る仕度をし始めようとは思っていなかった。ましてや、自分の妻がストリックランドと一緒に出てゆく決心をしようなどとは。ストルーヴは今になって、言い出さなけりゃよかったと後悔の臍《ほぞ》をかんでいるのだ。妻と別れる苦痛にくらべれば、嫉妬の苦痛の方がまだしもよかったのだ。

「おれはあいつを殺してやりたかった。それなのに、おれはただ道化を演じただけだった」

ストルーヴは長いこと黙っていた後で、彼の本心と思われる事を口に出した。

「おれがじっと待ってさえいれば、事もなく過ぎてしまったのかもしれない。あんなにせっかちにすべきじゃなかったんだ。ああ可哀そうな奴、おれはブランシュをとんでもないところへ追いやってしまった」

私は肩をすくめたが、何も言わなかった。私はブランシュ・ストルーヴにはいささかも同情していなかったが、もし私が彼女のことをどう思っているか、ありのままに話せば、かわいそうなダークを苦しめるだけだ。彼は疲労困憊《こんぱい》してしまって、おしゃべりが止まらなくなっていた。又しても騒動の場面を一言半句洩《も》らさずに繰り返した。前に言わなかったことをふと思いついて言うかと思えば、事実言った事ではなしに、言うべきだったことについて議論する。そのあげく、自分の盲目だったことを嘆いた。こんなことをしちまったと言っては後悔し、あれをしなかったと言っては自らを責めた。夜はますます更け、遂に私まで彼と負けず劣らず疲れ果ててしまった。

「これからどうする？」遂に私が訊《き》いた。

「おれに何ができよう？　あれから何か言ってくるのを待つしかない」

「しばらく旅にでも出たらどうだい？」

「とんでもない、あれがおれを求める時にすぐそばに居てやらなくちゃならん」

さしあたってどうするか、見当もつかない様子だった。何も計画を立てていなかったのだ。寝る方がいいだろうと私が言っても、眠れっこないから、外へ出て、夜が明ける迄通りを歩きたいと言う。彼はとうてい独りきりにしておけない状態だった。私のところで一夜を明かすように説得し、私のベッドに寝かしつけた。私の方は居間に長椅子があるからその上で結構眠れる。彼は既に疲れ果てていたから、私の断乎《だんこ》としたすすめに逆らうことはできなかった。私は、数時間ぐっすりと眠れるだけの催眠薬を彼に与えた。これは私が彼にしてやれる最上のサービスだったと思う。

30

しかし自分用にしつらえたベッドは、不眠の夜を過ごすのにもってこいなほど寝心地が悪かった。そこで私は、不運なオランダ人から聞かされた話をじっくりと考えてみた。ブランシュ・ストルーヴの行動はさほど不思議ではない、何故なら彼女の行動は肉体的魅力の結果にすぎないとわかっていたから。もともと彼女はしんから夫を愛してはいなかったのだろう、私が愛だと思ったものは、愛撫《あいぶ》や安楽に対する女性の反応で、大抵の女性の心中では愛で通っているものにすぎなかったのだ。それはどんな対象に対しても起こりうる受け身の感情だ、蔓《つる》がどの樹の上にものびてゆくように。世間の知恵はそのような感情の強さを知っている。だからこそ、娘に、求められた男と結婚しても大丈夫、必ず愛はあとから生まれて来るよ、とすすめるのだ。それは身の安全に対する満足感や財産を持つ誇り、求められる快感、家庭をもつ喜びなどによって作り上げられた感情であって、女がそれに精神的価値を帰するのは愛すべき虚栄心にすぎないのだ。情熱の前では手も足も出ない感情である。ブランシュ・ストルーヴのストリックランドへの激しい嫌悪の中には、最初から性的魅力の淡いきざしがあったのだろう。だが私ごときものがセックスの神秘的な複雑な謎を解こうなどとはおこがましい。おそらくストルーヴの情熱は、ブランシュのその方面の天性を刺激するだけで、満足はさせなかったのだろう。ブランシュがストリックランドを嫌ったのも、彼の中に、自分の望んでいるものを与えてくれる力があるのを感じたからだろう。夫がストリックランドをアトリエへ連れてきたいと言ったのにブランシュが抗《さから》った時は、しんから本気で抗ったのだと思う。ストリックランドが怖かったのだろう、彼女自身何故だかわからないながら。彼女は先で悪いことが起こると予言したことがあった。奇抜な考え方かもしれないが、ストリックランドに対して感ずる恐怖の念は、彼のために何故かひどく心をかき乱される自分自身に対する恐怖の念が、姿を変えたものではなかろうか。ストリックランドの容貌《ようぼう》は野蛮で武骨である。目は冷淡で、口は官能的だ。大きな強い男だ。野生のままの情熱を思わせる。おそらくブランシュも又、ストリックランドの中に、例の不気味な要素を感じとったのだろう。物質が未《いま》だ大地と初期のつながりを保ち、それ自身の魂を持っているように思われていた大昔にこの世にいた野生動物を私に連想させたのも、その要素に他ならない。もし仮にストリックランドがブランシュの心を動かすとなれば、それは愛か憎のいずれかになるのが必然のなり行きだったのだ。そして、彼女は憎んだ。

それから又私はこんなふうにも想像をめぐらした、毎日毎日病気の男と親しく接しているうちに不思議と心をひかれたのだと。食べさせるために病人の頭を持ち上げると、手にずっしりと重みを感じる。食べさせ終わると、病人の官能的な口や赤い髭《ひげ》を拭《ふ》いてやる。

手足を洗ってやる、それは厚く毛に覆われている、そして手を拭いてやる時、その手は病気で弱っているとはいえ、がっしりとして筋肉質だ。指は長く、芸術家らしい有能な、物を造形する指だ、その指がブランシュの心をかき乱すどのような考えを誘ったのだろうか。病人は身動き一つせずにじーっと眠っている、死んでいるかと思う程に。森の野生の生き物が長い追跡の後で休んでいるようでもある。彼の夢の中にどんな幻想が横切っているのだろう、ブランシュは考える。彼の見ている夢は、妖精《ニンフ》がギリシャの森の中で、好色のサテュロスに追跡されて逃げているところだろうか？　ニンフは足早に死に物狂いで逃げる、しかしサテュロスは一歩々々ニンフに追いつく、遂にサテュロスの熱い息を頬に感じる、それでもニンフは声を立てずに逃げる、サテュロスも声を立てずに追う、そしてとうとうサテュロスにつかまった時、ニンフの心を震わせるものは、果たして恐怖だろうか、それとも恍惚《こうこつ》とした歓喜だろうか？

ブランシュ・ストルーヴは情け容赦のない欲情のとりことなってしまったのだ。おそらくブランシュは相変わらずストリックランドを憎んでいたのだろうが、ストリックランドに飢えていた。そしてそれ迄《まで》自分の生活を形成していたものすべてが、もはやなんの価値もないものになってしまった。それ迄のような、親切で短気、思慮深く又無考え、という複雑な女ではなくなり、狂乱の女メナード（ギリシャ神話の、バッカスの巫女）となり果てた。欲情のかたまりとなったのだ。

しかしこれはごく取りとめのない空想かもしれない。彼女はただ夫にあきて、大した感動もなく好奇の念からストリックランドの許《もと》へ行ったのかもしれない。ストリックランドに対して特別な感情は抱いていなかったが、親近感からか或《あるい》は退屈まぎれにか、彼の求めに屈した、すると、自分の仕掛けた罠《わな》の中で身動きできなくなっている自分に気がついた、というところかもしれない。あの落ち着いた額と、あの冷静な灰色の目の背後に、どのような考えや感情が秘められているのか、私などにはわかろう筈《はず》もない。

しかし、どうせ人間のような計り知れぬ生物に関しては、誰だって何事も確かには知ることはできないというならば、少なくとも有り得そうな説明くらいは、ブランシュ・ストルーヴの行動に付することができる。だが一方、ストリックランドのことはさっぱり合点がゆかない。頭をふりしぼって考えてはみたが、私の抱いている彼の概念とはおよそ正反対の行動は、どうやっても説明がつかなかった。彼が友人の信頼をあれほど無情に裏切るのも、又、他人を不幸に陥れてまで自分の一時の出来心を満足させるのにいささかも躊躇《ちゅうちょ》しないのも、不思議ではなかった。それは彼の性格に含まれているものだからだ。感謝の念などおよそ持ち合わせない男なのだ。同情心もない。我々の大部分のものが共通に持っている感情など彼にはまるで縁がないのだ。そういう感情を抱かないからといって彼を責めるのは、虎に対して獰猛《どうもう》で残忍だと責めるのと同じくらい馬鹿げている。だが私に理解できないのは、その出来心なのだ。

ストリックランドがブランシュ・ストルーヴと恋におちたとは信じられない。彼が人を愛せるとは信じられないからだ。愛とは優しさが主要な部分を占める感情である。しかしストリックランドには、自分自身に対しても他人に対しても優しいところなどまるで無い。愛には気弱さがある、譲ってやりたい気持ち、善いことをしたい、喜びを与えたい熱望がある――無私とまでは行かないにしても、とにかく巧妙に隠した利己心がある。いくらかはにかみも含まれる。こういう特性をストリックランドが持っているなどとはとうてい想像もできない。愛とは没我的なもので、我を忘れしめる。最も目先の利く人達でさえ、百も承知でいながら、自分の恋愛もいつかはさめるだろうということがぴんとこない。幻だとわかっているものを具体化し、しかも幻にすぎないと承知の上でなお、現実よりその方を愛するのだ。愛は男を実際より少しばかり偉くさせる、と同時に少しばかり価値を下げもする。自分自身ではなくなるのだ。もはや一個人ではなくなる、一個の物となる、自我とは縁遠いある目的につかわれる道具となる。愛にはセンチメンタリティが皆無ということは決してない。私の知るすべての男はその弱点を持っているが、およそストリックランドほどセンチメンタルな傾向のない男もない。彼が愛のとりこになるなどとは信じられないことだ。だいたい彼は他からの支配を絶対に受けられない男だ。彼は、自分を常に自分にもわからないものへと駆りたてる不可解な渇望と、自分自身との間にわりこんで来るすべてのものを、自分の心から根こそぎもぎ取ってしまうことのできる男だと私は信じる。

そうするには、苦痛も伴えば、やつれもしよう、血まみれにもなろう。もし私がストリックランドから受けた複雑な印象を今迄にいくらかでも読者の方にお伝えできたならば、こう申し上げても突飛には聞こえないと思う、即ち彼は恋愛をするにはあまりにも偉大であり、又同時にあまりにも小さすぎるのだ。

しかし、各人の情熱の概念はめいめいの特異性に立脚しているのだから、十人十色なわけだ。ストリックランドのような男は彼独得のやり方で人を愛するのだろう。彼の感情を分析しようなどとしたって、むだな話である。

31

翌日、まだ居るようにと私が強く奨《すす》めたが、ストルーヴは帰って行った。私がアトリエに行って荷物を取って来てやろうかと言ったが、どうしても自分で行くと頑張る。ストルーヴとしてはあの二人が自分の荷物をまとめることを忘れていてくれるといいがと思っていたのだろう、そうすればもう一度妻に会う機会がつかめるし、もしかすると自分のところへ戻るように説得する機会もつかめるかもしれない。しかし行ってみると、自分の持ち物が番小屋にちゃんと用意されていたし、管理人の話では、ブランシュは外出してしまったとのことだった。ストルーヴのことだから自分の困っていることを管理人に打ち明けたいという誘惑に打ち克《か》てたとは思えない。事実知人全部に自分の困っていることをしゃべっていた。彼としては同情してもらいたかったのだろうが、結局、物笑いの種にされただけだった。

彼の振る舞いは全く不様だった。何時に妻が買い物に行くか知っているので、ある日、もうこれ以上妻に会わずにはいられなくなり、通りで妻を待ち伏せた。ブランシュは口も利こうとしない。しかし彼はしつこく妻に話しかけた。今まで自分が何か悪いことをしたならすべてあやまる、心からお前を熱愛している、どうか頼むから帰っておくれ、と彼はせき込んでしゃべりたてた。ブランシュは答えようともしない、顔をそむけて足早に歩いた。彼が肥《ふと》った短い足で、妻に追いつこうとちょこまかしている様子が目に見えるようだ。急いだため少し喘《あえ》ぎながら、自分がどんなにみじめかを語り、どうか哀れと思っておくれと頼み、もし免《ゆる》してくれるなら、何でもお前の望み通りにすると約束した。旅行に連れて行こうと申し出た。ストリックランドはじきにお前に飽きるだろうと言った。彼がこのあさましいくだらん場面を全部私に話して聞かせた時、私はむかっ腹を立てたものだ。彼のしたことは常識も欠けていれば、威厳などまるでない。妻から軽蔑《けいべつ》される種は残らずまいたといってよい。愛されても自分は愛していない男に対する女の仕打ちほど、残忍なものはない。そうなるともう女は親切心などぜんぜんなくなる。辛抱気さえなくなる。ただあるものは病的なまでのいら立ちだ。ブランシュ・ストルーヴはいきなり立ち止まった。そうしてあらん限りの力で、夫の顔を引っぱたいた。夫があっけにとられているのをいい幸いに、彼女はその場を逃れ、アトリエへの階段をかけ上がった。ブランシュの口からは遂に一語も洩《も》れなかった。

ストルーヴはこの事を私に話した時、まるで今でも平手打ちの痛みを感じるかのように頬に手をあてた。目にはいたましい苦悩と滑稽《こっけい》じみた驚きとが浮かんでいた。張り倒された生徒といった恰好《かっこう》だった。私は心から彼が気の毒だとは思うが、一方笑いをこらえるのは容易なことではなかった。

次にストルーヴのやり始めたことは、妻が買い物へ行く時いやでも通らなければならない道を歩くことだった。そうして妻が通る時、反対側の曲がり角でよくつっ立っていた。二度と声をかける勇気はなかったが、心の中にある哀訴をあらん限りその丸い目に込めようとした。自分の哀れな姿を見れば妻の心も動くだろうというような考えがあったのだろう。ブランシュは夫の姿を認めたような素振りは露ほども見せなかった。買い物の時間を変えるとか、別の道を通ることすらしなかった。ブランシュの無関心さにはいくらか残忍性があると私は思った。夫に苦痛を与えて喜んでいるのだろう。何故それほど迄に夫を憎むのだろうか。

私はストルーヴにもっと利口に立ち廻《まわ》るようにと頼んだ。彼の意気地のなさには私もうんざりした。

「いつまでこんなことをしてたって何の役にも立ちゃしないよ」と私は言った。「杖《つえ》でブランシュの頭をなぐりつけた方がよっぽど利口だった。そうすれば今みたいに君を軽蔑はしなかっただろう」

しばらく故郷へ帰るようにすすめてみた。オランダのどこか北の方の静かな町のことを、彼はよく私に話してくれたものだ。そこにはまだ彼の両親が暮らしている。両親は貧しかった。父親は大工で、両親はゆるやかに流れる運河のはたで、小綺麗《こぎれい》な古い赤煉瓦《あかれんが》の家に暮らしている。道は広く、人通りがない。二百年も前からその町はさびれていた。しかし家々は往年の地味な威厳をとどめている。商品を遠いインド諸国に送っている豊かな商人達は、その家の中で静かに豊かに暮らしている。古色蒼然《こしょくそうぜん》たる中に、華麗な過去の残り香がまだ漂っている。運河に沿ってそぞろ歩きをすると、ついに広大な緑の畑に出る。そこここに風車があり、黒や白の家畜がのんびりと草を食《は》んでいる。子供時代の思い出の数々をひめたこのような環境の中に居れば、ダーク・ストルーヴも不幸を忘れるだろうと私は思った。しかし彼はどうしても行きたがらない。

「あれがおれを必要とする時にここにいてやらなくちゃならん」と又しても言った。「何かおそろしい事が起こった時、おれがそばに居なかったら大変だからな」

「どんなことが起こると思う?」と私がきいた。

「わからない。だが心配なんだ」

私は肩をすくめた。

これほど苦しんでいるにもかかわらず、ダーク・ストルーヴは滑稽に見えた。やせ衰えでもしたら、人の同情をそそったかもしれない。ところが彼は一向にやせも衰えもしなかった。相変わらずのでぶで、丸々とした赤い頰はよく熟れたリンゴのようにつやつやしている。いたって身ぎれいにしている方で、相変わらず小ざっぱりした黒服と、いつも少し小さすぎる山高帽子を小意気に着こなしている。近頃は腹もいささか出てきた。悲しみは腹にはいっこうに応《こた》えなかったらしい。ますます金持ちの旅商人といった恰好になってきた。人間の外面が、時として、このように殆《ほとん》ど内面と一致しないとは苛《か》酷《こく》なことである。ダーク・ストルーヴはロミオの如き情熱を、トービー・ベルチ卿（シェイクスピアの戯曲『十二夜』に出てくる人物）の如き肉体の中に秘めているのだ。優しい寛大な性質を持っているくせにいつもへまばかりする。美しいものに対する感受性は本格的なくせに、陳腐なものを作る創造力しかない。実にデリケートな感情を持っているが、振る舞いは不様だ。他人の事となると機転を利かすことができるのに、自分の事となるとさっぱり駄目だ。自然の女神もなんと残酷ないたずらをしたものだ。矛盾する要素をこんなにどっさり一緒くたにしておきながら、この男を途方にくれるほど冷淡な世の中に、ただ独り置き去りにして知らん顔とは。

32

ストリックランドには数週間会っていなかった。唾《つば》を吐きかけてやりたいくらいに思っていた。チャンスがあれば、面と向かってそう言ってやりたいところだが、何もその目的のためにわざわざ彼を探し出すこともないと思っていた。私はだいたい義憤を装うことは何によらず尻込《しりご》みするたちだ。義憤ぶることには常に、自己満悦の要素が伴う。だから、ユーモアのセンスを持つ者にとっては、義憤ぶることはどうもばつが悪いのである。私が自分の道化ぶりに無感覚になるためには、相当に激しい情熱が必要だ。ストリックランドには冷笑的な真摯《しんし》さがあるから、彼に対してぶることは何によらずひどく気になる。

しかしある晩、私がクリシー街を通っている時、ストリックランドのよく行く、しかし私は今のところ避けているカフェの前で、ばったり彼と出会ってしまった。ブランシュ・ストルーヴと連れ立っていた。二人はストリックランドのごひいきの隅のテーブルに行くところだった。

「ずっとどこへ居たんだい？　どっかへ行っちまったんだろうと思った」と彼が言った。

彼が親しげにすることは、私が彼とは口をききたくないことを知っている証拠である。彼に対して礼儀正しくすることは無用だ。

「いやどこへも行かなかった」と私は答えた。

「何故ここに来なかったんだい？」

「暇つぶしにもってこいのカフェは、パリでここ一つってわけじゃないからね」

この時ブランシュは手を差しのべて、今晩はといった。彼女がいくらか変わっただろうなどと何故期待していたのだろう。以前よく着ていたのと同じ小ざっぱりとよく似合う灰色の服を着ていたし、アトリエで家の雑事をしているのをよく見かけた頃と同様に、正直な額をしているし、平静な眼をしている。

「来いよ、チェスをやろう」とストリックランドが言った。

どうしたわけかとっさに何の言い訳も思い浮かばなかった。私は仏頂面で二人のあとからストリックランドがいつも坐《すわ》るテーブル迄《まで》ついて行った。彼はチェス盤と駒を注文した。二人ともごくあたり前のようにその場を処しているので、私だけがぎこちなく振る舞うのは馬鹿げていると感じた。ストルーヴ夫人は何を考えているか計りがたい顔つきでゲームを見守っていた。黙っている、そういえば以前だっていつも黙っていた。ブランシュが何を感じているかを解く糸口になる表情でもないかと彼女の口を見たり、隠そうとしても隠しきれない何か閃《ひらめ》きでもないか、落胆や苦痛のヒントでもないかとその目を見つめたり、心に巣くっている感情を洩らす瞬間の皺《しわ》でもないかと額をじろじろ眺めたりした。彼女の顔は何も語らぬ能面だった。手は膝《ひざ》の上にじっと置かれ、一方の手を他の手で握っていた。

聞くところによると彼女は激しい感情の持ち主だし、あれほど献身的に彼女を愛し続けるダークに与えたあの無礼な平手打ちを見れば、彼女がかっとなりやすく、おそろしい残忍性があることもわかる。彼女は安全な夫の庇護《ひご》と、何もかも整った家での快い安楽とを投げすてて、一か八の冒険だと自ら認めないではいられないものへ見返ったのだ。ということは、彼女は冒険への強い好奇心と、その日暮らしをもいとわぬという覚悟があることを示している。その日暮らしの生活では、彼女の得意とする家の中の手入れも、見事な主婦ぶりもいっこうに映えないわけだ。彼女は複雑な性格の女にちがいない。そして落ち着き払った外面とは対照的に劇的なものがある。

私は二人と出会ったことで興奮し、私の想像は忙しく駆けめぐっていたが、その間一方では、やっているゲームに注意を集中しようと努めていた。私は今までのゲームではいつも、全力をあげてストリックランドを負かそうとした。というのは、彼は負かした相手を軽蔑するたちだったからだ。彼が大いに勝ち誇るものだから、ますますもって負けるのがくやしくなる。ところが一方、彼は負けると実に上機嫌な負けっぷりをする。勝ちっぷりの悪い、負けっぷりのいい男だった。人はゲームをしている時が一番はっきりと性格をあらわすと考えている人達は、ストリックランドのこういう面から巧みな推論を引き出すことだろう。

彼が飲み終わると、私は給仕を呼んで飲み代を払い、二人と別れた。結局会っている間何も事は起こらなかった。考える材料を与えるような言葉は一語も洩《も》れなかったし、私がどんな憶測をしようともいずれも正当づけられなかった。まるで雲をつかむようだ。あの二人がどんな暮らしをしているのか見当もつかない。魂だけ体からぬけ出して、アトリエに二人っきりでいるところを見たり、何を話しているのか聞けたりしたら、どんなにいいだろう。ほんの僅《わず》かの手がかりすら得られなかったから、私としては想像を働かせたくも働かせようがなかった。

33

二、三日の後、ダーク・ストルーヴがたずねてきた。

「ブランシュと会ったんだってね」と言った。

「何故わかったんだい?」

「君があの二人と同席しているのを見た人が教えてくれた。何故おれに言ってくれなかったんだ?」

「君を苦しめるだけだと思ったんでね」

「苦しんだってかまわん。あれのことなら、どんなちょっとしたことでも知りたいんだよ、わかっているじゃないか」

彼の方から質問しかけるのを待った。

「どんな様子だった?」と彼がきいた。

「ぜんぜん変わっていない」

「幸せそうだった?」

私は肩をすくめた。

「わかりっこないよ。僕達はカフェにいて、チェスをやっていたんだ、あの人に話しかけるチャンスなんかなかったもの」

「それにしたって、顔を見ればわかるだろう?」

私は頭を振った。ブランシュは言葉によっても、ほのめかすような仕草によっても一切感情をあらわさなかったと繰り返し言う他はなかった。彼女の自制力がいかに強いか、ダークの方が私よりよく知っているはずだ。彼は興奮してぐっと手を握り合わせた。

「ああ、おれはこわいんだ。きっと何かが起こる、何か恐ろしい事が。そのくせおれにはそれをくいとめることができない」

「どんな事が?」と私がきいた。

「わからない」頭を両手でつかみながら、彼はうめいた。「きっと何か恐ろしい破局が来るのがわかるんだ」

ストルーヴはいつでも興奮しやすいたちだったが、今の彼は逆上している、理性は一切失われた。ブランシュ・ストルーヴがストリックランドとの生活に耐えられなくなることは大いにありうるとは思う。しかし、因果応報などという諺《ことわざ》はとんでもない嘘である。人生経験から言うと、人々は当然破滅を招きそうなことを始終し出かしておきながら、愚行の結末の方だけは、うまいぐあいにまぬがれている。もしブランシュがストリックランドと喧嘩《けんか》をすれば、彼の許《もと》を去りさえすればよいのだ。夫の方では、よろこんで宥《ゆる》しもし、忘れもしようと待っているのだから。私はブランシュなんかにそう同情するつもりはなかった。

「それはね、君があれを愛していないからだよ」とストルーヴが言った。

「とにかく、あの人が不幸せだということを証拠だてるものは何もありゃしない。案外あの二人はごく家庭的な夫婦に納まっているのかもしれないぜ」

ストルーヴは悲しげな目つきで私を見た。

「そりゃ君にとっちゃどうでもいいこったろうけど、おれにとっちゃ実に重大なことなんだ。この上なく重大なことなんだ」

私の態度がじれったそうに見えたり、ふまじめに見えたのなら、すまないことをした。

「頼みがあるんだが、してくれるかい？」とストルーヴがきいた。

「よろこんで」

「おれの代わりにブランシュに手紙を書いてくれるかい？」

「何故自分で書けないんだ？」

「何度も何度も書いたよ。だが、返事は期待していなかった。読んじゃくれないだろう」

「君は女の好奇心ってものに重きを置いていないらしいな。読まずにいられると思うのかい？」

「いられるね――おれの手紙なら」

私はすばやく彼を見た。彼は目を伏せた。この答えは妙に屈辱的な感じがした。ブランシュはダークなどまるで眼中にないから、彼の自筆の手紙を見てもいささかも動じないだろうということを彼は気づいているのだ。

「あの人が君のところへ戻るかもしれないと本気で信じているのかい？」と私がきいた。

「もし万が一のことが起こった場合、おれをあてにして大丈夫だってことを知らせたい。そのことを君に書いてもらいたいんだ」

私は一枚の紙を取り出した。

「じゃ具体的にどう書いてほしいんだ？」

私の書いた手紙はこれだ――

ストルーヴの奥様、
ダークに代わりまして次のことをお伝えいたします。いつでもダークに御用のおありの時は、お力添えさせていただければ幸いとのことです。彼は今度のことであなたを悪くなど思っておりません。あなたへの愛は少しも変わりません。ダークに御用の節は左記の住所へおいでいただければ、いつでもおります。

34

ストリックランドとブランシュの関係が悲惨な結末をとげるだろうとは、私もストルーヴに負けないくらい確信していたが、まさかその結果が悲劇の形をとろうとは思わなかった。だが事実はそうだった。息ぐるしい、むし暑い夏が来た。夜になっても、疲れ果てた神経を休めてくれる涼気はまるでなかった。天日で焼けた大通りは、日中降りそそがれた熱のお返しをしているようだった。そして通行人はけだるそうに足をひきずりながら歩いていた。ストリックランドには何週間か会っていなかった。他事にかまけていたので、彼のことも彼に関する事も考えなかった。ダークは役にも立たない繰り言で私をうんざりさせ始めたので、私は彼と会うのを避けていた。明朗な事件ではなし、私はこれ以上首をつっ込む気持ちはなかった。

ある朝、私は仕事をしていた。寝巻き姿のまま腰かけていた。想いは仕事を離れ、よく日の当たるブルターニュの海辺や、すがすがしい海を思い浮かべていた。私の傍には管理人がカフェオレを持って来てくれた空の茶碗《ちゃわん》と、あまり食欲がなくて喰《く》い切れなかったクロワッサンの食べ残しがあった。管理人が隣室で私の風呂《ふろ》の湯を空けているのが聞こえる。私の部屋のベルが鳴った。管理人が戸を開けるのに委《まか》せた。間もなく私が在宅かとたずねているストルーヴの声が聞こえた。私は体を動かさずに、入れよ、と大声で言った。彼はいそいで部屋に入り、私のいるテーブルのところへ来た。

「あれが自殺した」としわがれた声で言った。

「なんだって？」私はぎょっとして叫んだ。

ストルーヴはしゃべっているように唇をぱくぱく動かしたが、声は出てこない。馬鹿みたいにわけのわからぬことをしゃべくった。私の心臓は肋骨《ろっこつ》を割れよとばかり叩《たた》いた。そして何故かわからぬが私は疳癪《かんしゃく》を起こしてしまった。

「おい君、しっかりしろよ、おい。いったい何のことを言っているんだ？」

ストルーヴは両手で絶望的な身振りをしたが、口からはやはり一言も出てこなかった。急に口がきけなくなってしまったのかもしれない。私はいったいどうしたというのだろう、彼の肩をつかむと彼をゆすった。その時のことを振り返ってみると、何と間抜けなことをしたものかと腹立たしい。よく眠れぬ夜が続いたため、自覚している以上に神経が弱っていたのだろう。

「坐《すわ》らせてくれ」遂にストルーヴはそう喘《あえ》いだ。

サン・ガルミエをコップに注ぐと、飲むようにと彼に渡した。まるで子供にしてやるように口にあてがってやった。彼は一口ごくっと飲んだ、そしてワイシャツの胸に少しこぼした。

「誰が自殺したんだ？」

何故訊《き》いたのだろう、彼が誰のことを言っているのか知っていたのに。彼はしっかりしようと努力した。

「昨夜《ゆうべ》、二人は喧嘩したんだ。あいつは出て行ってしまった」

「死んでしまったの？」

「いや、病院へ運ばれていった」

「じゃ、いったい君は何を言ってるんだ？」私はいら立たしげに叫んだ。「何故自殺したなんて言ったんだ？」

「怒るなよ。そんなふうに言うんなら、何も言えやしない」

私は両手をしっかと握りしめて、いら立ちを押さえようとした。ほほえもうとした。

「悪かった。ゆっくりでいいよ。いそぐことはない、そうそう、いい子だ」

眼鏡の奥にある彼の丸い青い目は恐怖で物すごかった。彼のかけている拡大レンズのため、目は歪《ゆが》んで見えた。

「今朝管理人が手紙を持って上がって行ったが、ベルをならしても返事がない。誰かのうめき声が聞こえた。ドアは錠がかかっていなかったので、中に入った。ブランシュがベッドの上に寝ていた。ずっとひどく苦しんでいたんだ。テーブルには蓚酸《しゅうさん》の瓶があった」

ストルーヴは両手で顔をおおい、うめきながら体を前後にゆすった。

「意識はあったの？」

「うん。ああ、あれがどんなに苦しんでいるか君にわかったらなあ！　おれは我慢ができない。おれは我慢ができない」

ストルーヴの声は高まって悲鳴となった。

「冗談じゃない、君は何も我慢することたあない」と私はいら立って叫んだ。「我慢すべきはあの人だ」

「なんでそんなむごいことが言えるんだい！」

「君は何をしたの？」

「管理人達は医者とおれを呼びにやり、警察にも伝えた。おれは前々から管理人に二十フラン渡して何か事が起こったらおれのところへ使いをよこすように言っておいた」

彼は一分ほど口をつぐんだ。これから私に言わなくてはならない事が実に言いにくいことなのだろう。

「おれが行くと、あれはおれに口をきこうともしない。おれを追い出してくれと他の人たちにたのむんだ。すべて宥《ゆる》すよとおれは誓ったが、耳をかそうともしない。壁に頭をぶっつけようとした。医者は、そばに居てはいけないとおれに言った。あれは、『あの人を追い出して！』と言い続けた。おれはそこを出て、アトリエで待っていた。病人用の車が来て、あれを担架にのせると、おれが居ることがあれに知れるとまずいから、台所に行っているようにいわれたよ」

私が着替えている間——というのは、今すぐ一緒に病院へ行ってくれとストルーヴに頼まれたからだ——ストルーヴは妻を個室に入れるように取りはからったと言った、そうすれば少なくとも共同病室の汚らしい雑居は避けられる。行く途々《みちみち》、ストルーヴは何故私に一緒に行ってもらいたいかを説明した。たとえストルーヴにはまだ面会を拒絶しても、私なら会うだろう、というのだ。ストルーヴがブランシュに繰り返し言ってほしいと私に頼んだことは、自分は今でも愛している、何も咎《とが》め立てしない、ただ助けて上げたいと希《ねが》っているだけである、何も要求しないし、体が回復しても自分のところへ戻るように誘わない、ブランシュは完全に自由であるということだった。

病院に着いた。不気味な、暖かみのない建物で、一目見ただけで気が滅入《めい》ってしまう。手続きのために、あっちこっちとたらい廻《まわ》しにされ、果てしなく階段を上り、長い、じゅうたんなしの廊下を通って、やっとこの事件を担当している医者に会えた。と思ったら、患者は重態だから今日は誰とも面会できぬと言い渡された。医者は髭《ひげ》のある男で白衣を着、ぶっきら棒な態度だった。医者は明らかに事件は事件として見るだけで、気づかう身内の者達は邪魔な存在で、断乎《だんこ》たる態度で接するべきだと思っているらしい。しかも、この医者にとって、今度の出来事はごくありふれたもので、ヒステリー女が愛人と争って毒を飲んだというにすぎない、こんなことは年じゅう起こっている。最初はダークがこの惨事をひき起こした男だと思って、不必要につっけんどんに当たった。私がこの男は夫で、妻のあやまちを宥したがっているのだと説明すると、医者はすばやく、さぐるような好奇の目をダークに向けた。その目にはちらと嘲弄《ちょうろう》の影がこもっているように思えた。たしかにこの男は妻にあざむかれた夫という顔をしている。医者はかすかに肩をすくめた。

「今すぐどうってことはありませんがね」と医者は私達の質問に答えて言った。「どのくらい毒を飲んだかわかりませんしね。案外ちょっと胆《きも》をつぶしたくらいですんでしまうかもしれませんよ。女性は恋愛のために自殺をはかることは始終ですが、大概は成功しないようにうまくやっていますよ。大概は愛人に同情か恐怖を起こさせようとする一つのジェスチャーですからね」

医者の口調には冷ややかな軽蔑《けいべつ》がこもっていた。明らかにこの医者にとってブランシュ・ストルーヴは今年度のパリ市における自殺事件の統計リストに加えられる一単位に過ぎないのだ。医者は忙しくて、これ以上我々にかかずらってはいられなかった。翌日のしかじかの時刻に来て、ブランシュの容態《ようだい》が好転していれば、ダークは面会できるかもしれない、と医者は言った。

35

どうやってその日を過ごしたかわからないくらいだ。ストルーヴは独りでいるのに耐えられなかったから、私は彼の気をまぎらわせようとあらゆる努力を払って、疲れ切ってしまった。ルーヴル美物館に連れて行った。彼は絵を見ているふりをしていたが、想いはたえず妻の上に走っているのが、私にはわかった。むりに食事をさせ、昼食後は横になるように説得したが、彼は眠れなかった。二、三日私のアパートに泊まるようにと誘うと、彼は快く承知した。読むようにと本を渡したが、一、二頁読むと本を下へ置いて、悲しそうに空《くう》を見つめた。夕方はトランプで、ありとあらゆるゲームをやった。彼は私の努力を無にしては悪いと思って、さも面白がっているように見せようとした。遂に私は彼に酒をのませた、すると彼は落ち着かない睡《ねむ》りに陥《お》ちた。

私達は再び病院へ行き、看護役の修道女《シスター》に会った。看護婦はブランシュはいく分よくなった様子だと告げてから、夫と面会するかたずねに病室へ入った。ブランシュの寝ている病室から話し合う声が聞こえた。やがて看護婦は戻って、患者は誰と会うことも拒んだと言った。私達は、もしダークと会うことを拒んだのなら、私と会うかどうか聞いてほしいと看護婦に頼んだが、それもブランシュは拒絶した。ダークの唇は震えた。

「むりにはおすすめできません」と看護婦が言った。「とてもお悪いのですから。きっとあと一日か二日したら、お気持ちが変わるかもしれません」

「誰か他に妻が会いたがっている人でもいるでしょうか？」とダークが訊いた。あまりにも小さな声で、殆《ほとん》ど囁《ささや》いているようだった。

「ただ静かにさせておいてほしいだけだとおっしゃっています」

ダークの両手は不思議な動き方をした、まるで彼の体とは何の関係もないかのように、それ自身の独立した動き方をした。

「もし誰か他に会いたい人があったら連れて来て上げると伝えて下さいませんか？　妻さえ幸せになってくれればいいんです」

看護婦は落ち着いたやさしい目でダークを見た、その目はこの世のさまざまな怖ろしいことや苦しみを見て来た。しかし罪けがれのない世界の幻影に満ち満ちているので落ち着きを失わないのだ。

「もう少し気分が落ち着かれた時にお伝えしましょう」

ダークは同情心にあふれるあまり、どうか今すぐそのことを取りついでほしいと頼んだ。

「あれの回復を助けるかもしれません。どうかお願いです、今すぐきいてやって下さい」

かすかに憐《あわれ》みの微笑を洩《も》らすと看護婦は病室へ戻った。看護婦の低い声が聞こえた。すると、聞き覚えのない声がそれに答えた。

「いや、いや、いや」

看護婦は又出て来て、首を振った。

「では、今の声があの人ですか？」と私がたずねた。「声がずいぶん変わって聞こえましたが」

「酸のために声帯が焼けてしまったらしいのです」

ダークは悲しそうに低い叫びを上げた。私は、看護婦さんに話したいことがあるから、先に行って入り口で待っているようにとダークに言った。何を話すのかともきかずにダークは黙って立ち去った。意志の力をすっかり失ってしまったらしい、素直な子供のようだった。

「何故あんなことをしたのか、あなたに洩らしましたか？」と私はたずねた。

「いいえ。口を利こうともしません。仰向《あおむ》けのまま、本当に静かに寝ていらっしゃいます。数時間もの間、身動き一つしないで。でもいつも泣いていらっしゃいます。枕はすっかりぬれてしまって。あまりに弱っていらっしゃるのでハンカチをお使いになれないのです、涙がお顔を伝って流れるままに」

私は急に胸がしめつけられるような想いがした。もしこの場にストリックランドがいたら、殺したかもしれない。看護婦に別れを告げた時、自分の声が震えているのがわかった。ダークは階段のところで私を待っていた。彼は何も見ていないようだった。私が追いついたことも、私が彼の腕にさわる迄《まで》気がつかなかった。私達は黙々と歩いて行った。いったい何が起こってあのあわれな人をあのようなおそろしい手段をとるまでに追いやったのだろうか。私は想像しようとした。ストリックランドは事件を知っているにちがいない、何故なら警察から誰かが彼に会いに行ったはずだ、そうして彼は陳述したに相異ない。彼がどこに居るのかわからない。多分彼がアトリエにしていたみすぼらしい屋根裏部屋に戻ったのだろう。ブランシュが彼に会いたがらないのも奇妙だ。ブランシュが彼を呼びにやらせたがらないのは、彼が来るのを拒むだろうと承知しているからかもしれない。恐怖のあまり生命を断つほどの、いったいどのような無慈悲な深淵《しんえん》をブランシュは覗《のぞ》きこんだというのだろう？

36

それからの一週間は悪夢のようだった。ストルーヴは一日に二度病院へ行って妻の容態をたずねた。妻の方は相変わらず彼と会うことを拒み続けていた。最初のうちは容態が好転しそうだと聞かされてほっとし希望を抱いて帰ってきたが、次には絶望して戻ってきた。医者の怖れていた余病が併発したので、回復は望めないというのだった。看護婦は悲嘆にくれるダークに同情はしたが、慰めになるようなことは殆ど言えなかった。気の毒にあの方は口を利きたがらず、身動き一つせずに横たわり、じっと目をこらして、まるで死に神の到来を見守ってでもいるようです、ということだった。こうなってはもうあと一日もつか二日もつかの問題になってしまった。ある晩おそく、ストルーヴが私のところへ来た時、私はブランシュの死を報《しら》せに来たのだと直感した。ダークは全く疲れ果てていた。さすがの彼の多弁も影をひそめた。ぐったりとソファーに身を沈めた。どう慰めの言葉を掛けてみたところで役に立たないと感じたので、ダークをソファーに寝そべらせたまま、そっとしておいてやった。本を読んでいては、心ない奴だと思われてもいけないので、彼の方から話す気になるまで窓ぎわに腰かけてパイプをくゆらしていた。

「君にはずいぶん親切にしてもらったなあ」遂に彼はそう言った。「誰もかれも親切にしてくれた」

「とんでもない」私は少してれた。

「病院で待つようにと言われた。椅子をくれたので、ドアのすぐ外で腰かけていた。ブランシュが昏睡《こんすい》状態に陥ると、入ってもいいと言われた。あれの口も顎《あご》も全部酸で焼けただれていた。あの美しかった皮膚がすっかり損なわれているのを見るのはつらかったよ。あれは実に安らかに死んで行った。修道女《シスター》に言われるまであれが死んだのがわからないくらいだった」

ダークは疲れ果てて泣く力もなかった。まるで手足からすべての力がぬけてしまったようにぐったりと仰向けに寝ていた。やがて気がつくとダークはぐっすりと寝入ってしまっていた。一週間目に初めて訪れた自然の眠りだった。自然の女神は時にはひどく残酷だが、又時には情け深いこともあるものだ。私はダークに布団を掛け、明りを消した。朝になって私が起きた時もダークはまだ眠り続けていた。身うごき一つしなかったらしい、金ぶち眼鏡は鼻の上にのったままだった。

37

ブランシュ・ストルーヴの死は事情が事情だったので、ありとあらゆるうんざりするような形式を踏まなくてはならなかった。しかし遂にブランシュを埋葬する許可を得た。ダークと私だけが霊柩車《れいきゅうしゃ》に従って墓地へ行った。行きは並足だったが、帰りはかけ足だった。霊柩車の馭者《ぎょしゃ》がやたらと馬を鞭打《むちう》つのが何か妙に空怖ろしい気がした。まるで両肩をすくめて、死者を念頭から払いのけてでもいるようだった。時々私達の前を行く霊柩車が、ひどく揺れているのが見えた。私達の馬車の馭者も又、おくれじと二頭の馬をせき立てた。私自身の中にも、今度の事件をすっかり心から追っぱらいたい欲望があった。本当のところは私に何のかかわりもないこの悲劇に、うんざりし始めていたのだ。だから、ストルーヴの気をまぎらすためにしゃべっているのだと自分自身をあざむきながら、話題を他へ移して内心ホッとしていた。

「少しどこかへ出かけちゃどうだい？　もう今となっちゃ、パリへ残っている目あてもなし」と私は言った。

ストルーヴは答えなかった。しかし私はなおも容赦なく言い続けた。

「さしあたっての計画はたてたのかい？」

「いや」

「もう一度生活の建て直しをしなけりゃだめだぜ。何故イタリアへ行って、仕事をはじめないんだい？」

又してもストルーヴは返事をしなかった。しかし私達の車の馭者が救いの手をのばしてくれた。少しの間、速度をゆるめると、馭者は体をのり出して話しかけてきた。何を言っているのか聞こえなかったので、窓から頭を出した。どこで降ろしてほしいのかときいているのだった。私はちょっと待ってくれと馭者に言うと、ダークにきいてみた。

「僕と一緒に昼めしをした方がいいよ。ピガール広場で降ろしてくれるように言うからな」

「いや、よそう。アトリエに行きたい」

私はちょっとためらった。それから訊《き》いた。

「僕も一緒に行ってやろうか？」

「いや。独りの方がいい」

「そうか」

私は馭者に必要な指図を与えた。私達は又しても黙りこくって車をすすめた。ダークは ブランシュが病院に連れ込まれたあのいまわしい朝以来、一度もアトリエに行っていない。一緒に来てくれと言われなくて助かった。入り口でストルーヴと別れると、私はホッとした気分で歩み去った。パリの通りにも新たな喜びを感じ、せわしげに行きかう人々をにこやかに眺めた。よく晴れた、輝かしい日だった。私は心の中に、生きるよろこびを一段と強く感じた。私自身どうにもならない気持ちだった。ストルーヴと彼の悲しみを、私は心から追っ払った。私はただたのしみたかった。

38

それから一週間近くダークとは会わなかった。そのうち、ある晩、七時をちょっと廻《まわ》った頃、彼は私を誘いに来て、夕食に連れ出した。彼は一番正式な喪服姿をしていた。山高帽に幅広い黒リボンを巻いていた。ハンカチに迄黒縁をつけていた。彼の喪服を見ると、一度の災害によってこの世にいる全部の親戚《しんせき》(姻戚関係のいとこの孫にいたる迄)を失ってしまったかと思わせるほどだった。しかし、体が肥えて、頬が赤くぷっくりしているので、喪に服していることが少なからず不釣り合いに見える。彼の最もいたましい不幸迄が、どこか道化じみたものを持っているとは、残酷なことである。

彼はパリを離れる決心をしたと言った。といっても、私がすすめたイタリアではなく、オランダへ帰るというのだった。

「明日発つ。君に会うのも多分これが最後になるだろう」

私は然《しか》るべき返答をした。すると彼は力なく微笑んだ。

「五年間も故郷《くに》には帰っていない。すっかり忘れているだろうな。なんだかおやじの家からあまり遠く離れすぎてしまったような気がして、もう一度訪れるのに気おくれしていたんだ。だが今では、そこだけがおれのいこいの場所のような気がする」

彼はひどく傷ついたので、母親の愛のやさしさがなつかしく思い出されたのだ。人から物笑いの種にされるのに何年間も耐えしのんで来たが、今となってはもう耐えられない。おしつぶされそうだ。そして、ブランシュの裏切りという最後の痛手のために、今迄人に笑われてもほがらかに受けていられた心のしなやかさも遂に失われてしまったのだ。もはや自分を笑う人と一緒になって笑うことはできなくなった。彼は世間ののけ者になってしまったのだ。彼は小ぎれいな煉瓦《れんが》造りの家で過ごした子供時代のことや、母親の徹底したきれい好きについて話してくれた。母親の台所は驚くほど清潔で輝くばかりだった。すべてがいつでもあるべきところにあり、どこにも一点のごみすらない。母親にとって清潔好きは正に熱狂《マニア》の域にまで達していた。小ざっぱりした小柄の、りんごのような頬をした老母が長い年月の間、朝から晩まで働きづめで、家じゅうをきちんと小ぎれいにしている様子が目に見えるようだ。父親というのはやせぎすの老人で、長年労働をしたために両手は節くれ立っている。物静かな真正直な男で、夕方は声を出して新聞を読む。その間、妻と娘(今では漁船の船長に嫁いでいる)は一瞬もむだにすまじとかがみ込んで縫い物をしている。文明が進むにつれて後に取り残されたその小さな町では、今まで何事も起こらなかった。一年一年が無事にすぎ、遂には、あたかも友人の訪れのように死が訪れ、勤勉に働いた者に休養を与えてくれるのだ。

「おやじは自分と同じようにおれも大工にしたかったんだ。おれのうちでは父から息子へと五代も同じ職業を継いできた。おそらくそれが尊い人生訓なのだろう、父親の歩んだ道を歩み、右も左も見ないこと。おれは小さかった時、隣に住んでいた馬具作りの娘と結婚するんだと言った。青い眼をした亜麻色のお下げ髪の娘だった。あの娘だったら、おれの家をきれいさっぱりと整えてくれたろうし、おれの仕事を継いでくれる息子も生んでくれたろうな」

ストルーヴは小さく溜息《ためいき》をつくと口をつぐんだ。或《あるい》はこんなふうになっていたかもしれないと思われるさまざまな場面に、彼は想いをはせていた。そうして彼が拒んだ安定のある生活をあこがれる気持ちで胸が一杯だった。

「世の中は冷酷なところだ。我々が何故ここにいるのか、誰もわからないし、我々がどこへ行くのか、誰もわからない。我々は非常に謙虚でなければいけない。静かなものの中に美を見出《みいだ》さなければいけない。我々は人生をうんと目立たないように過ごして、運命の女神に気づかれんようにしなければならない。そうして、単純な無知な人々の愛を求めよう。彼等の無知は我々の知識のすべてより尊い。我々はささやかな片隅で黙って満足していよう、彼等のようにおとなしくやさしくしよう。これが人生訓だよ」

だが、私には、これは彼の失意の魂が語っているように思えたので、彼の諦観《ていかん》に反撥《はんぱつ》を感じた。しかし私の意見は胸に納めておいた。

「画家になろうと思ったきっかけは?」と私がきいた。

彼は肩をすぼめた。

「どうしたわけか、おれには絵の才能があったのさ。学校で絵の賞をもらった。おふくろはおれの才能がとても自慢でね、水彩絵の具を一箱プレゼントにくれたよ。おふくろはおれのスケッチを教師や医者や判事達に見せびらかした。すると、その人達はおれをアムステルダムにやって奨学金の試験をうけさせた。おれは受かった。おふくろときたら鼻高々でね、おれと別れるのは胸がはりさけるばかりにつらかったのに、微笑してね、胸の中の悲しみを見せまいとしていた。息子が芸術家になるのがうれしかったんだ。おふくろとおやじは生活を切りつめて金を貯め、おれに不自由をさせまいとしてくれた。そうしておれの最初の絵が展覧会に出された時、アムステルダムまで見にやって来たよ、おやじとおふくろと妹とでね。おふくろはおれの絵を見た時泣いていたっけ」彼のやさしい目は涙で光っていた。「今じゃ、古い家の壁という壁には、おれの絵が美しい金の額ぶちに入れられてかかっているよ」

彼はうれしそうに誇らしそうに頰を紅潮させた。私は彼の生気のない画面を思い浮かべた、いかにも絵画的な農夫達、いと杉、そしてオリーブの木々。あの絵がけばけばしい額縁に入れられて田舎の家の壁にかかっているのは、さぞ珍妙なことだろう。

「おふくろはおれを芸術家にした時、おれのためにすばらしいことをしてやったつもりでいたのだ。しかしね、今となってみると、おやじの意見の方が勝って、ただの正直な大工になっている方が、おれのためによかったんじゃないかって気がする」

「芸術がどれほど尊いものを与えてくれるかを知った今となって、君は人生を変えられるのかい？　今まで芸術が与えてくれたすべてのよろこび、あれがなくてもやってゆけたと思うかい？」

「芸術はこの世で一番偉大なものだ」しばらくの間を置いたあとで、彼はそう答えた。

彼は一分ほど考え込んだ様子で私を見ていた。言おうか、言うまいかと迷っているようだったが、遂に言い出した。

「おれがストリックランドに会いに行ったことを知っていたかい？」

「君が？」

私はあっけにとられた。ストリックランドの姿など見るのも耐えられないとばかり思っていたのに。ストルーヴはかすかに微笑した。

「おれには然るべきプライドすら無いってことは、君もとっくに知っているだろう」

「それはどういう意味だ？」

彼は風変わりな話をしてくれた。

39

哀れなブランシュを埋葬してから、私がストルーヴと別れた後、ストルーヴは重い心で家の中へ入って行った。何物かが彼を無理やりにアトリエへと行かせる、何か自虐の欲望のようなものが。そのくせきっと苦しむとわかっているのでそれが怖ろしくもあった。自分をひきずるようにして階段を上る、まるで足が体を運ぶのをいやがっているようだ。そうして戸の前で長いことためらいつつ、中へ入る勇気をふるい立てようとした。ひどく気分が悪かった。階段をかけ下りて私の後を追い、一緒に中に入ってもらうように頼みたいという衝動にかられた。誰かがアトリエに居るような気がするのだ。ふと以前のことを思い浮かべた。階段を上った後、一息入れるために踊り場で一、二分立ち止まったことが何度もあったっけ。それがブランシュに早く会いたいというあせりのために又息がきれてしまうのは我ながら滑稽《こっけい》なほどだった。ブランシュに会うことは絶えず新鮮な喜びだった。一時間も外出していないというのに、まるで一月も別れていたように再会のよろこびに胸を躍らせたものだ。突然彼は、ブランシュが死んだなんて信じられなくなった。今迄《まで》に起こったことは夢にすぎないにちがいない、悪夢だ。鍵《かぎ》を廻《まわ》して戸を開ければ、ブランシュはシャルダンの『食前の祈り《ベネディシテ》』の女のような優雅な物腰で、テーブルに少し前かがみになって坐《すわ》っているだろう。あんなすばらしい絵はないといつも彼は思っていた。彼は急いでポケットから鍵を取り出すと、戸を開け、中へ入った。

部屋の中は、荒れ果てた感じがまるでなかった。妻の綺麗《きれい》好きは、彼が非常に気に入っていた妻の特徴の一つだった。彼自身の生い立ちが、整頓《せいとん》のよろこびにやさしい共感を覚えるようにさせたのだ。だからブランシュがそれぞれの物を決まった場所に片づけたいという本能的な欲望を持っているのを知った時、心の中がほのぼのと温まる思いだった。寝室はまるでたった今ブランシュが出かけたばかりのように見える。ブラシは化粧台の上に櫛《くし》の両側に一つずつきちんと置かれている。ブランシュがアトリエでの最後の夜を過ごしたベッドは、誰かの手によって整えられ、寝巻きは小さな箱に入って枕もとにおかれてある。ブランシュが二度とこの部屋に帰って来ないなどとはとうてい信じられない。

しかしストルーヴは喉《のど》がかわいたので、水をとりに台所へ入った。ここも又、きちんと整理されていた。網棚には、ストリックランドと争った夜の夕食に使った皿がのっていたが、ていねいに洗ってある。ナイフやフォークは引き出しにしまってある。覆いの下には一片のチーズの残りがあり、ブリキ箱の中には一かたまりのバターがあった。ブランシュは毎日買い物をして、厳密にその日にいるものしか買わなかったから、その日のものは翌日には何も残らない。ストルーヴは警察の取り調べの結果、ストリックランドが夕食の直後家を出たことを知っていたから、ブランシュがいつもと同じように食器を洗ったという事実を見て、何かおそろしい気がした。彼女の几帳面《きちょうめん》さが、自殺をなお慎重なものにしたのだ。彼女の落ち着きはおそろしいほどだった。急に苦しみがぐっとこみ上げてきて、膝《ひざ》ががっくりしてあやうく倒れそうになった。寝室へ戻ってベッドに身をなげた。そして妻の名を大声で呼んだ。

「ブランシュ。ブランシュ」

ブランシュの苦しみを思うと耐えられなかった。突然ブランシュが台所に立っている姿が目の前に浮かんだ——台所といっても食器棚とおっつかつの大きさだった——ブランシュは皿やコップ、フォークやスプーンを洗い、ナイフとぎ台の上で手早くナイフを磨き、それからすべてをしまい込み、流しをこすり、皿洗い用のふきんを干す——ふきんはまだそこにかかっていた、灰色のやぶれたぼろだ——それからブランシュはあたりを見廻し、すべてが清潔にきちんとしているのを見届ける。やがてブランシュは袖《そで》をたくし下ろし、エプロンをはずす——エプロンは戸の裏側の釘《くぎ》にかかっている——それから蓚酸《しゅうさん》の瓶をとるとそれを持って寝室へ行く。

ストルーヴは蓚酸の苦しみを思うとたまらなくなり、ベッドから飛び起きて、寝室を出た。アトリエに入った。大窓にカーテンがかかっているために暗かった。そこで彼はさっとカーテンを開けた。すばやく目を走らせて、自分があれほど幸せだった場所の全貌《ぜんぼう》をつかんだ時、彼の口からすすり泣きが洩《も》れた。ここも又、何一つ変わっていなかった。ストリックランドは身の廻りのことには無関心だったから、他人のアトリエに暮らしていても、何一つ変えようとはしない。このアトリエは芸術味豊かにということをあらかじめ主眼として作ったものである。ストルーヴがこういうアトリエこそ芸術家にふさわしい環境と考えていたのがわかる。周囲の壁には昔の錦織《にしきお》りの小品があり、ピアノは美しい色あせた絹布で覆われ、片方の隅に「ミロのヴィーナス」の複製があり、他の隅には「メディチのヴィーナス」の複製がある。そこここにイタリア製の飾り棚があり、その上にはデルフト焼があり、又浅浮き彫りもそこここに飾られている。立派な金の額に入れられてベラスケスの『インノケンチウス十世像』の複製が飾られている。これはストルーヴがローマにいる時模写したものだ。そして更にストルーヴ自身の沢山の絵が、その装飾的効果を最高に発揮できるように配置され、そのどれもがすばらしい額に入れられている。ストルーヴは自分の趣味をいつも自慢していた。アトリエのロマンティックな雰囲気に満足を覚えない時は一度もなかった。今ではアトリエの光景は彼の胸へつき立てた短剣のようなものであるが、それでも無意識にルイ十五世風のテーブルの位置を少しずらした。このテーブルは彼の宝物の一つだった。突然、表を壁の方へもたせかけているカンヴァスが目に入った。それはストルーヴ自身がいつも使っているのより遥《はる》かに大型のカンヴァスだった。何故あんなところにあるんだろうと彼は不審に思った。そのカンヴァスに近づき、絵が見えるように自分の方へ倒した。裸体画だった。ストルーヴの心臓は早鐘のように打ち始めた。ストリックランドの作品だと直感したからだ。ストルーヴは腹を立てて又元通り壁の方にほうり投げた。――ここに絵を置いて行くなんてどういうつもりだ?――ところが勢いあまって絵は表を下にして床に倒れた。たとえ誰の作品であろうとも、床の上でほこりまみれにしてほうっておくことはできない。彼はそれを持ち上げた。しかしその時、好奇心に遂に負けてしまったのだ。その絵をじっくりと見たいと思い、それを運んで画架の上にのせた。それから、思う存分絵を眺めようと後ずさりした。

彼はハッと息をのんだ。それはソファーに横になっている女が、片方の腕を頭の下に、他の腕を身体に沿わし、片膝を立て、他の膝をまっすぐに伸ばした絵だった。ポーズは古典的なものである。ストルーヴは頭がくらくらっとした。女はブランシュだった。悲しみと嫉妬《しっと》と怒りがこみ上げて、彼はしわがれた声で叫びたてた。言葉にならない声だった。ありったけ両のこぶしを固め、見えざる敵に向かってそれをおびやかすように振り上げた。ありったけの声で叫んだ。彼は気が狂ったようになった。もう我慢がならぬ。あんまりだ。彼は気が狂ったように何か道具はないかとあたりを見廻した。絵をめった切りにしてやりたかった。もう一分も生かしちゃおけない。ところが、目的に適《かな》うようなものは一つも見つからない。絵の道具の中をひっかきまわして探した。どうしたわけか何一つ見つからない。ストルーヴは狂乱状態になった。遂に探していたものに行きあたった、大きなこそぎ篦《べら》だった。彼は勝ち誇ったように叫び声をあげるとそれにとびついた。短剣を持つような恰好《かっこう》で篦を持ち、絵をめがけて走った。

ストルーヴはその場面を私に話している時、まるでその事が起っていた時と同じくらい興奮してきた。そして私達二人の間にあった食事用のナイフを引っつかむと、それを振り廻した。今まさに突きささんと腕をあげた。その時、彼は手を開き、ナイフを放した。ナイフは音を立てて床に落ちた。ストルーヴは気弱くかすかな微笑を浮かべて私を見た。何とも言わなかった。

「言ってしまえよ」と私が言った。

「自分でもどうしてそうなったのかわからないんだ。おれはあの絵に、今まさに大きな穴をあけようとしたんだ。ぐっさり突きささそうとして腕を構えていたところなんだ。その時、おれは突然それを見たような気がしたんだ」

「何を見たんだ?」

った」

「絵だよ。芸術品なんだ。おれにはとうてい触れることはできなかった。おれはこわくなっ

ストルーヴは又口をつぐんだ。そうして口を開け、丸い青い目を飛び出さんばかりにして私をじっと見つめた。

「偉大な、すばらしい絵だった。おれは畏敬《いけい》の念にとらわれた。おれはすんでのところでおそるべき犯罪をおかすところだった。おれはもっとよく絵を見るために少し動いた。その時、足がさっきの篦にぶつかった。おれはぞっとしたよ」

ストルーヴが取りつかれた感動を私も幾分か身にしみて感じとった。不思議な感銘をうけた。物の価値の全くちがう世界へ急に連れて行かれたような思いだった。卑近な物に対する人間の反応が、今まで自分が見知っていたのとはまるでちがう、新しい土地へやって来た他国人のように、私は途方にくれてつっ立っていた。ストルーヴはその絵を私に説明して聞かせようとしたが、彼の言うことはつじつまが合わなかった。そこで私は彼の言わんとすることを察する他はなかった。ストリックランドはそれ迄彼をしばっていた束縛を断ち切った。彼は発見したのだ、といってもきまり文句にあるように自分自身を発見したのではなく、思いも寄らないような力を持つ新しい魂を発見した。線描の大胆な単純化は、実に豊かな、実に風変わりな個性を表している。しかしそれだけの問題ではない。何か超自然的なものを秘めた情熱的な官能をもって肉体は描かれている。しかしその画法だけが

問題なのではない。実にずっしりと肉体の重みを感じるほどの充実性がある。しかしその充実性だけが問題ではないのだ。そこには又、霊的なものがあった。人の気持ちをかき立てる新しいものが。想像を思いもよらぬ方向へ導き、永遠不滅の星のみによって照らされているほの暗いがらんどうの空間を思わせる、そしてその中を、赤裸々の魂が新しい神秘を発見しはしないかと半ばこわごわ探求するのだ。

私の言い方が修辞的だとすれば、それはストルーヴが修辞的だったからだ。（人間は感動した瞬間には当然、短編小説のような言い廻しで自分を表現するものではなかろうか？）ストルーヴは、今までに覚えたことのないような感情を表現しようとしていたので、ありきたりの言い廻《まわ》しではどうやって表現したらいいのかわからなかったのだ。彼は口では表現しえないような事を言い表そうとしている神秘主義者のようだった。しかし一つの事実だけは彼の口からはっきりと汲《く》みとれた。人々は美というものを軽く口にする。言葉に対して不感症なので、美という言葉も不用意に使う。そのため美という言葉は力を失ってしまった。そうして美という言葉が表しているものは、無数のくだらない事物とその名を共にしているために、威厳を失ってしまった。人々は服のことも犬のことも鮭のことも「美しい」と言う、そうして本当に「美」と対面した時、これに気がつかなくなっている。無価値な考えを飾ろうとして誤った誇張をするために、人々は感受性を鈍らせてしまっている。時たま霊感を受けた神通力を騙《かた》る山師のように、人々は濫用して力を失ってしまった。ところがこの不撓不屈《ふとうふくつ》の道化者のストルーヴは、彼自身の真面目な正直な魂と同じように、正直で真面目な美に対する愛情と理解力を持っている。彼にとって美は、信仰厚き人にとっての神と同じことだ。だからストルーヴは美を見ると、畏《おそ》れを抱くのだ。

「ストリックランドに会って何と言った？」

「一緒にオランダへ行かないかって」

私はあきれ果てて物も言えなかった。ただ馬鹿みたいにあっけにとられてストルーヴをまじまじと見つめるほかはなかった。

「おれ達は二人ともブランシュを愛していたからね。おふくろの家にはストリックランドの入りこむ余地ぐらいあるだろうし、貧しい単純な人達と一緒にいることはあいつの魂に大きな益になると思うんだ。彼等から、何かあいつに非常に役立つものを学びとれると思う」

「で、あいつは何って言った？」

「薄笑いをした。おれのことを、とんだ間抜けだと思ったんだろうよ。他にもっとしなけりゃならんことがあるんでね、と言った」

同じ断るんでももっと他の言い方をすればいいのに、と私は思った。

「ブランシュの絵をおれにくれたよ」

何故ストリックランドはそんなことをしたんだろう、と私は思ったが、別に何も言わなかった。しばらく私達は黙っていた。

「家財道具は全部どう処分した？」遂に私はそうきいた。

「ユダヤ人が入って、家財道具一切をいい値で引きとってくれた。おれの絵は一緒に故郷へ持って行く。今のおれには、絵の他に、洋服が一箱と数冊の本があるだけだ」

「君が故郷に帰るってのは、ぼくもうれしいよ」私が言った。

彼の立ち直る見込みは、過去のすべてを考えないようにすることだと思う。今は耐えがたいように見える悲しみも、時がたつにつれて和らげられるように、慈悲深い忘却の助けによって彼が人生の重荷を再び取り上げるようにと私は希望する。彼はまだ若い、あと二、三年もすれば、彼の不幸せのすべてを思い返す時、悲しみの中にも、まんざら不快でもないものが加わるようになるだろう。おそかれ早かれ、オランダで誰か正直な娘と結婚するだろう。そしてきっと彼は幸せになれる。死ぬ迄《まで》には、さぞや下手くそな絵をどっさり描くことだろう。そう思うと微笑ましくなった。

翌日、私はアムステルダムに発《た》つ彼を見送った。

40

それからの一月、私は自分のことにかまけて、この悲惨な出来事に関係のある人とは一切会わなかったので、いつしかこの事件を忘れ去っていた。ところがある日、ある用向きのことを考え込みながら、通りを歩いているとチャールズ・ストリックランドとすれちがった。彼の姿を見たとたんに、忘れるものなら忘れたいと思っていたあのいやな事件が又よみがえった。思い出のきっかけを作ったものに対して、私は急に反撥《はんぱつ》を感じた。知らん振りをするのも子供じみていると思ったので、軽く頭を下げると足早に歩き続けた。しかしすぐに肩におかれた手を感じた。

「ずいぶん急いでいるんだな」ストリックランドは親しげに話しかけた。

実にストリックランドらしいやり方だが、彼は自分に会うのをいやがっているような素振りを示す者には愛想よくする。しかも私の冷淡な挨拶《あいさつ》を見れば、その点、疑いをはさむ余地もなかったにちがいない。

「その通り」私は手短に答えた。

「君と一緒に歩こう」と彼が言った。

「何故?」と私がきいた。

「君と一緒にいるのがたのしいからさ」

私は答えなかった。彼は黙って私と並んで歩いた。こんなふうにして四分の一マイルも歩いただろうか。私は少し馬鹿馬鹿しくなってきた。遂に文房具屋の前を通った時、紙を少し買っておこうかと思いついた。彼から逃れる言い訳にもなる。

「この店に入るから、じゃ失敬」

「待ってるよ」

私は両肩をすくめて、店の中へ入った。フランスの紙は悪いし、目的がくじかれてしまった今となって、何もわざわざ要りもしないものを買うことはないと思った。そこで、店にありっこないと知っているものをたずねてから、すぐに通りへ出た。

「欲しいものが手に入ったかい？」と彼がたずねた。

「いいや」

私達は黙って歩き続けた。やがて幾つかの通りが交叉《こうさ》している場所に出た。私は歩道のへり石に立ち止まった。

「君はどっちへ行くんだ？」と私がきいた。

「君の行く方さ」とストリックランドは微笑した。

「僕は家へ帰るところだ」

「一緒に行って、パイプでも吸おうか」

「招待される迄待ったらよさそうなもんだ」と私は冷ややかにやり返した。

「招待されそうな見込みがあると思えば、待つさ」

「君の前にあるあの壁が見えるかい？」私は指さしながら言った。

「うん」

「それなら、僕が君の同行を望んでいないってことも見えそうなもんだ」

「うすうす感づいていたよ、正直なところね」

私は思わず含み笑いをもらしてしまった。私の性格の弱点の一つでもあるのだが、どんな人間であれ、私を笑わせてくれる人なら、まるっきり嫌いにはなりきれないのだ。しかし私は気持ちを引きしめた。

「君みたいな憎らしい奴はいない。君みたいにいやらしい奴と運悪く知り合ったのははじめてだ。何故君は君を憎み、軽蔑《けいべつ》している人間と付き合いたがるんだ？」

「おやおや、君がおれのことをどう思おうと、何でおれが気にすると思うね？」

「とにかくだ、僕は君と知り合いになりたくないんだ」私は更に口調はげしく言った。それというのも私の動機があまり立派とはいえないという気がうすうすしたからだった。

「おれが君を堕落させやしないかと恐れているのかい？」

彼の言いっぷりを聞いていると、自分がなんだか馬鹿馬鹿しく感じられた。彼が皮肉な微笑をうかべて横目で私を見ているのに気がついた。

「君は窮しているようだね」私は横柄な調子で言った。

「君から金が借りられるかもしれんなどと思うなら、おれは大馬鹿者さ」

「お世辞なんか口に出せるようになったとは、君もおちぶれたもんだな」

彼はにやっと笑った。

「時折、おれが君にうまい文句を言うチャンスを与えてやる限り、君はしんからおれを嫌いにはなれないのさ」

私は笑い出さないように唇をかみしめないわけにはゆかなかった。彼の言ったことは、いまいましいが本当だ。それは私の性格のもう一つの欠陥なのだが、いかに堕落した奴でも、こっちの売り言葉に、負けずにうまい買い言葉を投げてよこすことのできる人間なら、よろこんで付き合う。私のストリックランドに対する憎悪の念は、私独りが力んでやっと支えているのだと感じはじめた。私は自分の意志の弱さに気づいた。しかし私の彼に対する非難には既にどこかてらっているようなところがあるのがわかった。私が感づいたくらいだから、ストリックランドの鋭い本能ならとっくに発見してしまっているだろう。どうやら彼は内心ひそかに私のことを笑っているらしい。私は彼の言葉を最後として、返事をせず、肩をすくめただけで押し黙ることにした。

41

ストリックランドと私は、私の住んでいる家に着いた。私は一緒に中に入るようにとも言わず、ただ黙って階段を上って行った。彼は私のすぐ後からついてきて部屋に入った。彼はこれ迄に一度も私の部屋に来たこともないのに、見た目に気持ちよいようにと私がずいぶん苦心を払っている部屋に、一瞥《いちべつ》もくれなかった。テーブルの上にタバコの缶があった、すると彼は自分のパイプを取り出して、タバコをつめた。彼はえりにもえって肱掛《ひじか》けのない唯《ただ》一つの椅子に腰かけ、椅子の後脚に体重をかけた。

「ここでじっくり落ち着こうっていうんなら、なぜ肘掛け椅子に坐《すわ》らないんだ?」私はいら立たしげに言った。

「何故君はおれの居心地を気にするんだ?」

「気にしちゃいないさ」と私はやり返した。「おれの居心地を気にしているだけだ。誰かが居心地の悪い椅子に腰かけているのを見ると、こっちが居心地悪くなる」

ストリックランドは含み笑いをしたが、動かなかった。黙ってパイプをくゆらし続け、もう私なんか眼中になく、明らかに物思いにふけっているらしかった。あいつはいったい何故ここに来たんだろう、と私はいぶかった。

作家には、自分の良心が手も足も出ないほど強烈に自分の心をとらえる風変わりな人間性に、妙に心ひかれる本能がある。これは作家自身、戸惑いを感ずるものである。もっともそれも長年続くと、感受性が麻痺《まひ》して、何とも感じなくなるが。悪について考えていると、内心芸術上の満足を覚えるのに気づいて、いささかハッとすることがある。作家がある行動について感じる非難は、その行動の原因に対する好奇心の強さにはとうてい及ばない。このことは正直に認めないわけにはゆかない。論理的で、完璧《かんぺき》な、悪党の性格は、世の法律、秩序にとっては憎むべきものだが、それを創作した者にとっては魅力がある。おそらくシェイクスピアは、空想で月の光を織りながらデズデモーナ（『オセロ』の中のオセロの妻）を想像した時には覚えなかった程の歓喜の情をこめて、イアゴーを創造したであろう。作家は、自分の創作した悪党連によって、自分の心中深く根をはっている本能を満足させているのだろう。その本能は文明社会のしきたりによって、否応《いやおう》なしに潜在意識という神秘の奥底におし込められているのだ。自分の創作した人物に血肉を与えることによって、それ以外の方法では表現し得ない、自分の中のそういう一面に、生命を与えているのだ。作家が覚える満足感は、解放感に他ならない。

　作家は批判するより、知ることに、より関心を持つものである。

　私の心の中には、ストリックランドに対するしん底からの恐怖もあるが、それと並行して彼の動機を発見したいという冷ややかな好奇心もあった。どうもストリックランドには合点のゆかないところがある。ストリックランドは、自分にあれほど親切にしてくれた人達の生活に彼が引きおこした悲劇を、いったいどう思っているのか、私は知りたくてたまらなかった。私は思い切ってメスをあててみた。

「君がストルーヴの細君を描いた絵があるだろう、あれが君の今までの仕事の中で一番の傑作だと、ストルーヴは言っていたぜ」

　ストリックランドは口からパイプを取った。目が明るくほほえんだ。

「あの絵を描くのは、大いにたのしかったよ」

「何故ストルーヴにやったんだ？」

「描き終えてしまったからね。おれが持っていたって何の役にもたたんし」

「ストルーヴがすんでのところであの絵をぶちこわそうとしたのを知っているかい？」

「完璧な絵とは言えんからね」

彼はほんのしばらく黙っていたが、又、口からパイプを取ると、くっ、くっ、くっと笑った。

「あのずんぐり男がおれに会いにやってきたのを知ってるかい？」

「ストルーヴの申し出に君はいくぶん感動したろう？」

「いいや、あんなくだらん、センチメンタルな話はないと思った」

「君はあの男の一生を台なしにしたのを忘れてたんじゃないか？」と私は言った。

ストリックランドは考え込んだ様子で、髭《ひげ》もじゃの顎《あご》をこすっていた。

「あいつは実際へぼな絵かきだな」

「だが、実にいい人間だよ」

「しかも、腕ききのコックだ」とストリックランドはあざけるように付け加えた。

彼の冷淡さには血も涙もない。私は憤慨のあまり言葉を手加減する気になれなくなった。

「好奇心でたずねるだけだがね、ブランシュ・ストルーヴの死に対して、君はいささかなりと良心の呵責《かしゃく》を感じているかね？」

いくらか表情を変えるだろうかと彼の顔を見つめていたが、相変わらず無表情のままだった。

「何故感じなきゃならんのだ?」と彼は訊《き》いた。

「事実を言わせてもらおう。君は死にかけていた。その時、ダーク・ストルーヴは自分の家に君を引きとった。彼は母親のように君を看護した。彼は君のために、時間もたのしみも金も犠牲にした。彼は君を死地から救い出した」

ストリックランドは肩をすくめた。

「あの間抜けの小男は、他人につくすのがたのしみなのさ。それがあいつの生き方なのさ」

「ストルーヴに何も感謝しなけりゃならん義務はないというならそれでもいいが、わざわざ彼から細君を奪わなくちゃならん義務でもあったのかい? 君が割り込むまでは、あの二人は幸せだったんだ。何故あの二人をそっとしておいてやれなかったんだ?」

「何故あの二人が幸せだったと思う?」

「一目瞭然《いちもくりょうぜん》だったからさ」

「眼識の鋭いことだ。そもそもブランシュはストルーヴから受けた仕打ちを宥《ゆる》せたと思うのかい?」

「それはいったい何のことだ?」

「何故ストルーヴがブランシュと結婚したか知らないのか？」

私は首を振った。

「ブランシュはあるローマ貴族の邸《やしき》で家庭教師をしていたんだ。ところがその家の息子に誘惑された。彼女はその息子が結婚してくれるものと思っていたんだ。ところが、その家から否応なしに身ぐるみおっぽり出された。彼女は妊娠していたので自殺しようとした。そこをストルーヴが見つけ出して結婚したんだ」

「実にあいつらしいな。あんな同情心のあつい人間なんていやしない」

私は以前からどうしてあの不釣り合いな男女が結婚したんだろうと不思議に思っていたが、まさかそういう事情だったとは思いもよらなかった。そういう事情が、ダークの妻に対する特殊な愛情の原因だったのだろう。情熱以上の何かがあると私は気づいていた。それと同時に思い出したことは、私はいつもブランシュの控えめな態度の中に、私にはわからない何物かが秘められていると想像していたことだ。しかし今になって見れば、恥ずかしい秘密を隠したいという欲望以上のものが秘められていたことがわかる。ブランシュの落ち着きは、台風に吹き荒らされた後、島の上にたれこめる陰鬱《いんうつ》な静けさに似ている。彼女の快活さは、自暴自棄の快活さだ。ストリックランドは私の思考をさえぎって言った。その言葉にふくまれる深遠な皮肉に私はぎくりとした。

「女は男からひどい目にあわされたことに対してはゆるせるが、自分のために犠牲を払ってくれたことに対しては絶対にゆるせないのさ」とストリックランドは言った。

「じゃ、君は付き合う女から反感を買う心配はまずないってわけで、さぞ一安心だろうな」と私はやり返した。

かすかな微笑が彼の唇に浮かんだ。

「君はいつも主義主張をだしにして当意即妙の返答にしようと身構えているんだな」と彼は答えた。

「で、その子供はどうなった？」

「ああ、あれは死産だった、結婚してから三、四か月してからね」

この時に私は、私にとって一番合点のゆかない点を突っ込んでみた。

「いったい何故ブランシュ・ストルーヴなんかにかかわり合ったんだ、聞かせてくれないか？」

彼はなかなか答えなかったので、私はもう一度質問をくり返そうとした。

「そんなことわかるもんか」遂に彼は口をきいた。「あの女はおれなんか見るのもいやだった。それが面白かったのさ」

「なるほど」

ストリックランドは急にかっと腹を立てた。

「ええい、沢山だ、おれはあの女が欲しかったんだ」

しかし彼はすぐ機嫌を直し、ほほえみを浮かべて私を見た。

「はじめはおれをこわがっていた」

「ブランシュに言ったのか？」

「その必要はなかった。あの女はわかっていた。おれは一っ言も言わなかった。あの女はおびえていた。だが遂におれは手に入れた」

彼がこの話をした時の話し方にどんなものがひそんでいたのかわからないが、彼の情欲のはげしさを異常なまでに暗示していた。人の心を戸惑わせ、どちらかといえばおそろしいほどだった。彼の生活は不思議なほど肉体上の事から離脱しているので、まるで彼の肉体が精神に時々おそろしい復讐《ふくしゅう》を加えているかのようだ。彼の中にひそむサテュロス的な面がいきなり彼を占有する。すると彼は原始的な自然の力と同じ激しさを持つ本能のとりことなって、手も足も出なくなってしまう。これほど完全に彼をとらえてしまう執念はない。だから彼の心の中には、思慮とか感謝などの入りこむ余地はなくなってしまうのだ。

「しかし何故ブランシュを連れてゆきたいと思ったんだ？」と私がきいた。

「連れてゆきたかなかったさ」と彼は顔をしかめながら言った。「あの女がおれと一緒に来ると言った時、おれはストルーヴに負けないくらいびっくりした。おれが飽きてしまったら、出て行かなくちゃならんのだぞと言ったんだが、あの女は一か八かやってみると言った」彼は少し口をつぐんだ。「あの女はすばらしい体を持っていた。おれはヌードをかきたかった。絵をかき終えると、もうあの女には興味がなくなった」

「それなのにブランシュは心から君を愛していた」

ストリックランドは飛び上がると、小さな部屋の中を行ったり来たりした。

「おれには愛なんか要らない。そんな暇はないんだ。愛は弱さだ。おれは男だから、時には女が欲しい。情欲を満足させてしまえば、もう他のことしか考えない。おれは欲望には勝てん。だが憎んでいる。おれの精神を束縛するからな。おれはすべての欲望から解放されて、仕事一本に打ち込めるようになる日が待ち遠しい。何故って、女は愛する以外に能がない。愛というものを馬鹿馬鹿しいほど重要だと考えている。それが人生のすべてだなどと男に思い込ませようとする。愛なんてくだらんものさ。肉欲ならおれにもわかる。それは正常な健康なものさ。だが愛なんて病気だ。女はおれの快楽の道具だ。女共が内助者だの、協力者だの、伴侶《はんりょ》だのになりたがるのには、我慢がならんのだ」

ストリックランドが一度にこんなに沢山しゃべったのを聞くのは初めてだった。彼は腹立たしさのあまり興奮してしゃべった。しかし私は、これが彼の言った通りであるなどと偽るつもりは、この場合も又他の場合もまるでない。彼の語彙《ごい》は貧弱だし、文章を作る才はまるでないから、感嘆詞や顔の表情や身振りや陳腐な文句をつぎ合わせて、彼の言わんとするところを察する他はない。

「君は女が奴隷で、男は奴隷の主人であった時代に生まれるべきだったな」と私が言った。

「たまたまおれが全く平常《ノーマル》な男に生まれついているというにすぎんさ」

この言い草に私はつい笑い出してしまった。だが、彼は大まじめで言ったのだ。彼は更に言い続けた。檻《おり》の中の獣のように、部屋の中を行きつ戻りつしながら、自分が心中感じている事を表現しようと一心だった。しかしそれを理路整然と言うことはなかなかむずかしそうだった。

「女は男を愛すると、その魂をつかんでしまう迄《まで》は満足しない。何故なら女は弱いから、支配することを渇望する。それ以下のものでは満足しないのだ。女は心が狭いから、自分が捉《とら》えることのできない抽象的なものを憎悪する。物質的なことで頭が一杯だから、観念的なものに嫉妬《しっと》する。男の魂は宇宙の果てをさまよっているのに、女は自分の家計簿の領域にとじ込めようとする。おれの女房のことを覚えているかい？　ブランシュも徐々にありとあらゆる策を弄《ろう》しはじめた。おれを罠《わな》にかけ、しばろうと実に根気よく準備をすすめた。おれを自分のレベルにまで引き下げたかったのだ。おれのことなんかちっとも想っちゃいないんだ。ただおれを自分のものにしたかっただけさ。ブランシュはおれのためにどんなことでも喜んでやってくれた、おれの望んでいる唯一のことを除いてはね、それはおれを放っといてくれることだ」

私はしばらく黙っていた。

「君が棄てたら、ブランシュはどうすると思っていたんだ？」

「ストルーヴのところへだって戻れたのに」ストリックランドはいら立たしげに言った。「あいつはよろこんで迎え入れようとしていたじゃないか」

「君には血も涙もないんだな」と私が言った。「君にこういう話をするのは、生まれつき目の見えない人に色の説明をしてやるのと同じくらい無駄なことだ」

ストリックランドは私の椅子の前で立ち止まり、つっ立ったまま私を見下ろした。その顔にはあきれ果てたような表情が浮かんでいた。

「ブランシュ・ストルーヴが生きているか死んでいるかってことに、君はちょっとでも、しんから気にかけているのかい？」

私は彼の質問をよく考えてみた。私は正直に答えたかった、少なくとも私の魂に対して。

「あの人が死んでも、僕にとって大したちがいはないとなれば、それは僕に同情心が欠けているせいだろう。ブランシュはまだまだ人生から多くのものを得られたのに、あんな残酷な方法で生命を奪われるなんておそろしいことだと思う。そして、僕はしんから気にしちゃいないってことが恥ずかしいよ」

「君は自分の信念を断行する勇気がないんだ。人生なんて無価値だ。ブランシュ・ストルーヴはおれが棄てたから自殺をしたんじゃない。愚かな、心の不安定な女だったからだ。さあもうあの女のことなんかこれだけしゃべれば沢山だ、全く下らん女さ。来いよ、おれの絵を見せよう」

ストリックランドはまるで子供でもあやすような言い方をした。私は腹が立った。といっても彼に対してというより、むしろ自分自身に腹が立った。私はストルーヴとその妻が、モンマルトルの居心地のいいアトリエで過ごしていた幸せな生活を思い浮かべた。あの二人の素朴さ・親切さ、手厚いもてなしを。それが無情な運命のいたずらのために、こっぱみじんにされるとは残酷なことだ。しかし、何といっても一番残酷なことは、実際には、そのために何ら大したちがいは起こっていないということだ。世の中はどんどん先へ進んでゆく、あの不幸な出来事があったからとて誰一人損もしない。内心の感情より、外にあらわす感情の方がはげしいあのダークですら、間もなく忘れるだろう。ブランシュの一生は、どのような輝かしい期待と夢を託されてスタートしたかは知る由もないが、生まれてこなくてもいっこうにどうってこともなかっただろう。すべては無駄で空虚に思えた。

ストリックランドは自分の帽子をとり、私を見下ろして立っていた。

「来るかい？」

「何故僕と付き合いたがるんだ？」と私がきいた。「僕が君を憎んで、軽蔑《けいべつ》しているのを知っているくせに」

彼は上機嫌で含み笑いを洩《も》らした。

「おれに対する君の苦情のたねが本当は何かというと、君がおれのことをどう思おうとおれがへとも思っちゃいない点なのさ」

私は急にかっと腹が立って両頰が赤くなるのを感じた。彼の無神経な利己主義が人を怒らすことだってあるのだ。しかしそれを彼に理解させるのは不可能な話だ。彼が身につけている徹底した無関心の鎧《よろい》を私は何とかして貫き通してやりたい。しかし又、究極のところでは、彼の言ったことにも真実さがある。我々は、我々の思惑を気にする人達に対して支配力を持つ、そしてその力を、無意識のうちに、大切にしている。そしてそのような影響力を及ぼすことのできない相手を憎むのだ。人間の自尊心をこれほど痛烈に傷つけるものはないだろう。しかし私は腹立ちを彼に見せまいとした。

「他人を全く無視するなんてことができるだろうか？」私は、彼に言うというより、むしろ自分自身に聞かせるような調子で言った。「君だって、現在あるものはすべて他人《ひと》さまのお世話になっているんだぜ。自分独りの力で独りぼっちで暮らそうとするなんて無謀だ。おそかれ早かれ君も病気になり、疲れ果て、老いぼれるだろう。その時になって君は民衆の中に這《は》いもどってくるだろう。慰めや同情を求める心が起こった時、君は恥ずかしくないか？　君は不可能なことをしようとしている。おそかれ早かれ、君の中にある人間性が、人類共通のきずなにあこがれるだろう」

「おれの絵を見に来いよ」

「君は死ということを考えたことがあるかい？」

「なんでそんなものを考える必要がある？　どうだっていいことだ」

私は彼をじっと見つめた。彼は私の前に、身動きもせず、小馬鹿にしたような微笑を眼に浮かべて立っている。しかしそれにもかかわらず私は一瞬、肉体と深く結びついた物の力では、とうてい理解できないような偉大な物を目ざして、火のようにはげしく苦しみもだえる魂を漠然とながら感じた。私は神聖なものを追求している魂を一瞬垣間見《かいまみ》た。私は目の前にいる、みすぼらしい服を着て、大きな鼻とらんらんと輝ける目と、赤い髭《ひげ》と、もじゃもじゃの髪をした男を見つめた。その時私は、これは外側の覆いにすぎないもので、私が今相対しているのは、肉体を離れた魂であるという、不思議な感銘を受けた。

「よし、君の絵を見に行こう」と私は言った。

42

何故ストリックランドが急に私に絵を見せようと言い出したのかわからないが、私としては又とない好機だ。作品は人を表す。人は社交の上では、世間の人にこう見られたいと思う表面しか示さない。だから本当のその人を知りたいなら、無意識に出たささいな動作から推測するか、或《あるい》は知らずに顔をかすめた瞬間の表情から推測するしか仕方がない。時には、装っている仮面をあまり見事に演じ通すので、その内に、本当に仮面通りの人間になってしまうことすらある。ところが、書いたものや絵には、その人の真の姿がむき出しになる。てらっていれば、愚鈍さをさらけ出すだけである。上べを塗って鉄に見せかけた木片は、やはり木片にしか見えない。いかに奇抜ぶってみても陳腐な心は蔽《おお》うべくもない。鋭い観察者にかかっては、いかにさりげなく書いた作品でも、作者の魂の奥底にひそむ秘密をかくし了《おお》すことはできない。

ストリックランドの住む家の、果てしない階段を上ってゆく時、私は少なからず興奮していた。びっくりするような冒険に今まさに一歩ふみこもうとしている、そんな心地だった。私は物珍しそうに部屋を眺め廻《まわ》した。記憶していたのより更に小さく、更に殺風景だった。広いアトリエが必要だとか、すべての条件が快適でなければ仕事ができんとか言っている私の友人連は、このアトリエを見たら何と言うだろうか。

「君はそこに立っている方がいい」とストリックランドは一定の場所を指し示して言った。彼がこれから見せてくれる絵を観賞するには、そこが一番有利な場所だと思ったのだろう。

「僕にかれこれ言ってほしくないだろうね」と私がきいた。

「あたり前さ。黙っててくれ」

ストリックランドは絵を画架にかけ、一、二分間私に見せるとそれを下ろして、代わりの絵をかけた。三十ばかりもカンヴァスを見せてくれただろうか。これらは、彼が絵をかいていたここ六年間の成果だった。今まで一枚も売っていない。カンヴァスにはいろいろとちがったサイズがあり、小さめのは静物画で、大きめのは風景画だった。約半ダースほど肖像画もあった。

「これで全部だ」遂にストリックランドはそう言った。

私は即座にそれらの絵の美しさと、偉大な独創性を認めた、と言えるくらいならよいのだが。その中の大部分の絵を観賞し直し、残りの絵も複製でよく見なれている今、私が初めてそれらの絵を見た時ひどく失望したことに私自身あきれている。芸術品なら必ず見る人に与えずにおかないあの特殊な興奮を、私はその時少しも覚えなかった。ストリックランドの絵から受けた印象は、私の心を戸惑わせるものだった。そして、実のところ、いつも残念に思うのだが、どれ一つとして買いたいとすら思わなかった。すばらしい好機を逸したわけだ。現在、彼の絵の大部分は美物館に行ってしまったし、残りは金持ちの絵画愛好家の宝物になっている。私自身のために、何か言い訳を探そう。私の趣味はまんざらではないと思う。しかし趣味に独創性のないことはたしかだ。絵画についての知識は貧弱で、他の人々がはっきりと示してくれた道をぶらぶらと辿《たど》っているようなものだ。当時の私は、印象派の画家を大そう尊敬していた。シスレー（一八三九―九九、英国系フランス人画家）の絵やドガ（一八三四―一九一七、フランスの画家）の絵が欲しくてたまらなかった、そしてマネを崇拝していた。彼の『オランピア』を当代随一の絵と思っていたし、彼の『草上の食事』には深く心をゆさぶられた。これらの絵が絵画の最高権威であると思っていた。

私はストリックランドが見せてくれた絵を描写するつもりはない。絵の描写は退屈にきまっているし、おまけに、これらの絵は、その道に興味のある人なら誰にもおなじみのものであるから。彼の絵が近代絵画に甚大な影響を与えた現在、彼が最初の探索者の一人である分野を、既に図表にしてしまった現在では、ストリックランドの絵をはじめて見る人々でも、鑑賞できるだけの心準備が充分できている。だがこれだけは覚えておいて頂きたい。当時の私は、そういうたぐいの絵を見るのは何しろ初めてだったのだ。まず第一に私はぎごちなく見える画法に啞然《あぜん》とした。私は十六、七世紀の大家の絵を見なれておりアングル（一七八〇―一八六七、フランス古典派画家）が近代の最も偉大な画家であると思い込んでいたので、ストリックランドは又何と下手に描いたものだろうかと思った。彼が目指している単純化など私は何も知らなかった。一枚の皿の上にオレンジがのっている静物画を覚えているが、皿は丸くないし、オレンジはいびつなのには面喰《めんくら》った。肖像画は実物より少し大きかった。そのために不様な感じを与えた。私の目には、顔は戯画《カリカチュア》のように見えた。私にとっては全く新しい手法で描かれていた。フォンテーヌブローの森の絵が二、三とパリの大通りを描いたのが数点あったが、これは酔っぱらいの馭者《ぎょしゃ》が描いたもんじゃなかろうかと感じたほどだ。私は全く面喰った。色彩は途方もなく毒々しい。何もかもとっ拍子もない、わけのわからん茶番だ、という考えが私の頭をかすめた。今となって当時のことを振り返ってみると、ストルーヴの鋭い観察にはますます敬服する他はない。ストルーヴははじめから、ここに芸術の革命があると見ぬいたし、今でこそ全世界の人が許す天才を、最初から認めていたのだ。

しかしたとえまごついたり面喰ったりしたにせよ、私がぜんぜん印象を受けなかったわけではない。途方もなく無知な私ですら、そこには真の力があり、自己を表明しようと努力している、と感じないではいられなかった。私は興奮し、興味をひかれた。これ等の絵は私に何かを言おうとしている、それが何であるかぜひ知らなくちゃならないと感じた。しかし私には何であるかわからなかった。これらの絵は私には醜く見えたが、しかし、非常に重要な神秘を蔵していることを、あからさまに示すことなく、暗示していた。なんだか妙に人の気をじらすところがあった。私は分析することのできない感動を受けた。言葉などではとうてい言い表せない何かを、それらの絵は話しかけている。おそらくストリックランドは、ぼんやりとながら、物質の中に精神的な意義を見出《みいだ》したのだろう。そしてそれがあまりにも神秘的なので、不完全なシンボルを使って、それを暗示するより仕方がないのだろう。その様子はまるで彼がこの混沌《こんとん》とした宇宙の中に新しい図型《パターン》を発見し、それを描き留めようと、悪戦苦闘しながら、不器用に努力しているかのようだった。表現することによって解放されようともがいている、苦しみもだえる魂を私は感じた。

私は彼の方へふり向いた。

「君は手段をまちがえてたんじゃないのかな」と私は言った。

「いったい何のことだい？」

「君は何かを言わんとしている。それが何だか僕にはよくわからんが、絵に描くという手段は、それを言う最善の方法ではないんじゃないかな」

彼の絵を見れば、彼の風変わりな性格を理解する糸口がつかめるだろうと想像したのはまちがいだった。今まで以上に驚かされるだけのことだった。ますますもってとりつく島もなかった。私にはっきりわかったように思えたただ一つのことは――といってもこれすら取りとめもない空想にすぎないのかもしれないが――彼は自分に取りついている何かの力から解放されようと、必死にもがいているということだ。しかしその力が何であるか、その解放もどういう道を採るかは、やはりあいまいなままである。我々は誰しもこの世で独りぼっちだ。真鍮《しんちゅう》の塔に閉じ込められ、合図によって他の人間と通じ合う他はない。しかもその合図は何ら共通の価値を持たないから、その合図の意味は曖昧《あいまい》であり、不確かである。我々は心の宝を他人に知らせようと痛ましい努力をするが、他人にはそれを理解するだけの力がない。そこで我々は肩を並べてはいても、力を合わせることなく、淋《さび》しく進む。他の人間をわかることもできず、又他人からもわかってもらえずに。我々は、さながら、ある国に住んでいる人が、そこの言葉が殆《ほとん》どわからないために、心の中ではいろんな種類の美しいことと深遠なことを言いたいと思っていながら、結局は会話の手引き書のおきまり文句しか言えない、頭の中はいろんな考えで沸騰しているくせに、「庭師の叔母の傘が家にあります」くらいしか言えない、そういう人達とそっくりだ。

最後に私が受けた印象は、魂のある状態を表現しようとする物凄《ものすご》い努力だった。この努力の中にこそ、私にとって実に不可解に思われていたことの説明を求めるべきではないだろうか。色や形はストリックランドにとって、彼独特の重要性を持っていることは明白だ。彼は心の中に感じている何かを是が非でも伝達しなくてはいられなかったのだ。そして彼は、ただそれだけの意図のために、色や形を創造した。自分が求めている未知のものに少しでも近づくためであるならば、単純化も、歪《ゆが》めることも、躊躇《ちゅうちょ》しなかった。個々の事実は彼にとって意味がない。何故なら、互いに無関係な小事件のより集まりの下に、彼は自分にとって重大な何かを探し求めていたのだから。まるで彼は宇宙の魂に気がつき、ぜひともそれを表現しなければならない羽目になっているかのようだ。私はこれらの絵を見てまごつきもしたし、面喰いもしたが、その中にはっきりとあらわれている情熱には、無感動ではいられなかった。そして、何故か私の心の中に、ある感情が湧くのを覚えた。それはストリックランドに関する限り、よもやそんな感情は抱くまいと思っていたものだった。

私は彼が気の毒でならなくなった。

「君が何故ブラーンシュ・ストルーヴに対する感情に負けてしまったか、今わかるような気がする」と私は彼に言った。

「じゃ、何故だ」

「君は勇気がくじけたんだ。肉体の弱さが心に迄《まで》感染したんだ。どのような果てしない渇望が君にとりついたのか知らんが、そのために君は、ある目的地《ゴール》を求めて、危険な孤独の旅に駆りたてられている。その目的地に行き着けば、自分を苦しめている霊から完全に解脱できると思っているんだ。君は、おそらくは存在しないある寺院を求める永遠の巡礼だ。君がどのような不可思議な涅槃《ねはん》の境地を目指しているのか僕にはわからない。君自身にはわかっているのか？　君の探し求めているのは多分、『真実』であり『自由』なのだろう、そして君は一瞬こうも思った、『愛』の中でも解脱できるかもしれないと。君の疲れ果てた心は、女の腕の中に休息を求めた。しかしそこにも休息は得られないと悟ると、君はその女を憎んだ。まるで容赦しなかった。何故なら君は君自身にもぜんぜん容赦しない男だからね。そして怖ろしさのあまりその女を殺した。何故なら君はかろうじてまぬがれた危険を思うと、逃れてもなお身震いを禁じえなかったからだ」

ストリックランドは干からびた微笑を浮かべて、髭《ひげ》を引っぱった。

「君はおっそろしくセンチメンタルな奴だなあ」

一週間経ってから、私は偶然、ストリックランドがマルセイユに行ってしまったことを耳にした。彼とはそれっきりもう二度と会わなかった。

43

ふり返ってみると、私がチャールズ・ストリックランドについて書いてきたことは、非常に不満足に見えるにちがいないという気がする。私の耳に達した小事件をいろいろと述べてきたが、それ等は曖昧《あいまい》なままである。何故なら私はそれ等の事件を引きおこした原因を知らないからだ。その中でも最も不可思議な事件、つまりストリックランドの画家になろうという決心なども、まるで気まぐれのように見える。おそらく彼の生活環境の中にいろいろと原因があったのだろうが、とにかく私は知らない。彼自身の口からは何も得られない。もし私が、風変わりな人物について私の知っている事実をただ叙述するというやり方をとらずに、一編の小説を書いているのであれば、この心の変化の理由を明らかにするものを、いくらでもでっち上げただろう。子供時代に画家となるべき強烈な天分のひらめきを示すとか、それが父親の意見でつぶされたとか、或《あるい》は生計をたてる必要に迫られて犠牲になったとか、生活の束縛に堪え切れないでいる姿を描いたり、芸術への情熱と生活のもろもろの義務との板ばさみになってもがく彼の姿の中に、彼に対する同情の念を惹《ひ》き起こすようにしむけることもできただろう。そうすることによって、彼をもっと印象的な人間に浮き彫りにすることができただろう。彼の中に、新しいプロメテウス（ギリシャ神話の中で、天上から火を盗んで来て土人形に生命を与えて人類を創造したためゼウスの怒りに触れ、山の岩に縛られて、はげたかに肝臓を食われたという神）を見出すこともできたかもしれない。人類の利益のために地獄の苦しみに身をさらした英雄の現代版を作るチャンスがここにあっただろう。こういう主題はいつの時代でも、人を感動させるものだ。

或は又、彼の動機を結婚関係の方からの影響に見出すこともできたろう。そういう方面なら、やり方は一ダースもある。妻が好んで交際したがる画家や作家と知り合うことによって潜在していた天分が表面に出て来たとか、或は家庭内の不一致のために自分自身に目を向けるようになったとか、彼の心の中でかすかにくすぶっていた火を描写し、それが恋愛事件によって余計あおられて赤々と燃え上がったとか。そういうことになれば、私はストリックランド夫人をまるっきりちがったふうに描いただろうと思う。数々の事実は棄て去り、夫人をがみがみ屋のうんざりするような女に描くか、魂の要求などにはまるっきり同情のない頑固一点張りの女に描いただろう。ストリックランドの結婚生活を長い苦痛の生活として描き、そこからぬけ出す以外に結末のつけようがないというふうにもできただろう。不似合いな結婚相手にもじっと我慢する彼の姿を強調したり、同情心があついために、自分を苦しめる絆《きずな》すらも断ち切るにしのびないというふうに強調することもできただろう。子供のことなんか勿論《もちろん》省いたことだろう。

或は又彼を一人の老画家と付き合わせることによって効果的な話を作ることもできただろう。その老画家は貧困に迫られたためか或は金銭的な成功の欲望にかられたためか、青春時代の天分を台なしにした人で、ストリックランドの中に、自分自身は反古《ほご》にしてしまったいろいろな可能性があることを見ぬき、すべてを棄てて芸術の神聖な圧制に従うように説得する。金持ちで、人からは尊敬され、世間での成功者であるこの老人が、よりよい生活であるとは知りつつも続けてゆくだけの力がなかった生活を、せめて別の人間の生活の中で再現しようとする姿には、何か皮肉なものがありはしないだろうか。

ところが事実は遥《はる》かに退屈なものだ。学校を出たての若者だったストリックランドは少しも嫌悪を覚えずに、株式取引所の事務所につとめた。結婚するまでは、仲間と同じようにあたり前の生活を送っていた。取引所で控え目に賭《かけ》をしたり、ダービーの競馬やオックスフォード対ケンブリッジのボートレースの結果にせいぜい一、二ポンド賭《か》ける程度の関心は持っていた。暇な時にはボクシングも少しはやったことだろう。マントルピースの上にラングトリー夫人（リリー・ラングトリー、一八五二—一九二九、英国女優）やメアリ・アンダースン（一八五九—一九四〇、米国女優）の写真が飾ってあった。『パンチ』も『スポーティング・タイムズ』も読む。ハムステッドにダンスをしにも行った。

私が長い間彼の姿を見失っていたところで、大して問題にはならない。彼が困難な芸術の道に熟達しようと努力していた数年間のことは単調だし、暮らしに困らないだけの金をもうけた様々の方便など、何も重要ではないと思う。もしそれ等について書いたところで、それ迄に彼が他の人達の身の上にいくらでも起こるのを見てきたのと、同じことを書くことになってしまうだろう。それ等のことは彼自身の性格の上には何の影響ももたらさなかったと思う。おそらく彼だって、現代のパリを舞台にした悪漢《ピカレスク》小説のための豊富な素材となりそうな経験なら、いくらでもなめたにちがいない、しかし彼は超然としていた。彼の言葉から察するところではこの年月の間、彼に特に印象深かったことは何一つなかったらしい。彼がパリへ行った時は、既にかなりの年配だったから、周囲の妖《あや》しい魅力のとりこには、ならずにすんだのかもしれない。不思議に思えるかもしれないが、私の目にはいつも彼が実際家というだけでなく、おそろしく平々凡々な人間として映っていた。この期間の彼の生活はロマンチックだったと思うが、彼自身は少しもロマンチックとは感じなかったらしい。人生にロマンスを感じるためには、自分の中にいくぶんか役者の素質がなければだめらしい。自分自身の外に立つことができて、自分の演技を客観的と主観的の両方の興味を以《もっ》て観察できなければだめだ。ところが、ストリックランドほど単純な心の持ち主はいないといっていいくらいだ。この男みたいに自意識の乏しい人間は見たこともない。それにしても、どのようなけわしい登り坂を辿《たど》って、あのような絵画の極地に到達したのか、その過程を描写することが一切できないのは残念なことだ。というのは、もし失敗にもめげず、たえず勇気を振るい起こし、失望を寄せつけず、芸術家の大敵である自己疑惑と直面しつつも、頑として撓《たゆ》まず屈せぬ彼の姿を描いて見せることができたなら、不思議なほど魅力の乏しい男に見えるにちがいないと私自身百も承知しているストリックランドの人柄に、いくらかなりと読者の同情心をそそることもできたろうからだ。私は一度もストリックランドが仕事をしているところを見たことがないし、他に見たことのある人がいるかどうかも知らない。彼は自分の苦闘の秘密を自分独りの胸にしまっていた。例えば自分のアトリエにただ独りでいる時、天使相手に死に物狂いに格闘していたにせよ、その苦悩を他人に気づかせることは断じて許さなかった。

ストリックランドとブランシュ・ストルーヴとの関係のところに来ると、私が自由に扱い得る事実は実に断片的なものしかないので、全くうんざりする。話の辻褄《つじつま》を合わすためには、あの二人の悲劇的な結びつきの経過を描写しなくてはならないのに、私はあの二人が一緒に暮らした三か月について何も知らないのだ。二人がどんなふうに暮らしていたか、どんなことを話していたかもわからない。何といっても、一日は二十四時間もあるし、感情の頂天はごく稀《まれ》にしか到達しないものだ。その他の時間をあの二人がどう過したか、私としては想像する他はない。灯《あか》りがもえ続け、ブランシュの体力が続く限りストリックランドは絵を画いたと思う。そうして彼が仕事に没頭しているのを見て、ブランシュはいら立ちを覚えたにちがいない。そういう時のブランシュは彼にとって愛人ではなく単なるモデル女なのだ。それから又、二人が黙りこくって一緒に暮らしている時間も長かったろう。ブランシュはこわがったにちがいない。ブランシュがストリックランドになびいた時、窮地にあったブランシュを救いにあらわれたダーク・ストルーヴに対する仕返しの気持ちがあったと、ストリックランドは暗示したが、その暗示がさまざまの暗い臆測《おくそく》への戸を開いた。そんなことは嘘であればいいがと思う。どうも怖ろしいことだ。しかし人間の心の微妙な動きを誰が計り知ることができよう？　人間の心から、上品な感情や正常な感動のみを期待するような人には、とうてい計り知ることはできまい。情欲の燃え上がる瞬間があるにもかかわらず、相変わらずストリックランドはよそよそしいと気づいた時、ブランシュは驚き、落胆したにちがいない。しかもそういう情欲の瞬間ですら、自分はストリックランドにとって一人の女ではなく、快楽の道具にすぎないと気づいただろう。彼は相変わらず他人であった。そこで彼女は哀れにもいろいろの手を使って彼を自分に縛りつけようとした。居心地よくしてやることで彼を罠《わな》にかけようと必死だった。そして居心地のよさなんて彼にとって何の意味もないという事実には目をつぶっていた。彼の好きな食物を食べさせようと骨を折った。そして彼が食物には無関心であることは見まいとした。彼を放っておくのがこわかった。何くれと世話を焼いて彼を追い廻《まわ》し、彼の情欲が眠っている時は、目覚めさせようとした、何故なら情欲の目覚めている時だけは少なくとも彼を我が物としているような錯覚を抱いたからだった。ブランシュは自分が造った鎖はストリックランドの破壊の本能を刺激するだけだと、頭脳《あたま》ではわかっていたのだろう、ちょうど厚板ガラスの窓を見ると、煉瓦《れんが》のかけらがほしくて指がむずむずするようなものだ。しかし心の方は理性が働かないから、破滅の道であると知りつつもなお自分自身をかりたてるのだ。

ブランシュは非常に不幸せだったにちがいない。しかし愛のために盲目となっていたから、本当であればいいがと希《ねが》っている事を信じたし、自分の愛が深かったから、相手にも同じだけの愛情を呼びさまさずにはおかないだろうと思ったのだ。

しかしストリックランドの性格に関する私の研究には、多くの事実を知らないというよりも、もっと深刻な欠陥がある。というのは、はっきりと表面にあらわれるし、人目を強くひくものだから、つい彼の女性関係をあれこれと書いてしまったが、この方面は彼の生活の中では取るに足らぬ部分にすぎないのだ。ところが、他の人はそのために非常に不幸な影響を蒙《こうむ》ったのだから、皮肉なものだ。ストリックランドの真の生活は、夢と、途方もなく激しい仕事の中にあった。

小説が非現実的だというのはこの点だ。何故なら、一般的に言って、男にとって愛というものは、一日のうちに起きる他のいろいろな出来事の中の一つの挿話的事件に過ぎない。だから小説の中でこの点に重点を置いて書くことは、それに重要性を与えることになって、実生活に忠実でないことになる。世の中で愛が一番大切だなどという男はごく少ない、しかもそういう男はあまり面白い人物じゃない。この主題に最も興味を抱いている女でさえ、そういう男を軽蔑《けいべつ》する。そういう男からおだてられていい気になったり、気をそそられたりはするが、内心くだらん男達だという不安を覚えている。しかし男は、恋愛している短い期間すら、他のことをして気をまぎらす。生計をたてる手段としている職業に注意を向

ける し、娯楽に没頭するし、芸術に興味を向けることもできる。大抵の場合、男はさまざまな活動をそれぞれの仕切り部屋に入れておく、そして一時的に他の全部を締め出して一つだけを追求することができる。その瞬間に自分が没頭しているものに全神経を集中する能力がある。その他のものが侵害してくると、うんざりするのだ。愛人としての男女のちがいは、女が一日中愛していられるのに対し、男は時々しか愛せないという点だ。

ストリックランドにとって性欲は実に僅《わず》かの場所を占めているにすぎない。下らんことであり、うんざりするものである。彼の魂はよそを目指している。彼は激しい情欲にかられることがある。そして時には欲望が彼の体に取りつき、彼を肉欲の乱行にかり立てる。しかし彼は自分から冷静さを失わせる本能を憎んでいる。それのみか、自分の放蕩《ほうとう》の欠くべからざる相手をも憎んだろう。再び冷静をとりもどした時、たのしんだ女の姿を見て身震いする。想いは遥か天空を静かに浮動している時だけに、彼が女に対して抱く恐怖の念は、おそらく、花々の間をさまよう美しい色の蝶《ちょう》が、つい少し前に誇らしげに飛び出して来たばかりの、あの汚らしいさなぎに対して抱く感情と同じかもしれない。芸術は性本能の一つの現れであると私は思う。美しい女の姿も、黄色の月の下のナポリ湾の景色も、ティツィアーノ（一四九〇？―一五七六、イタリアの画家）の描いた『埋葬』も、いずれも人の心に引きおこす感動は同じである。ストリックランドが正常な性の解放を憎んだのは、芸術上の創作の満足感と比べて、野蛮であるように思えたからだということはあり得る。ストリックランドを残酷な、利己主義な、野蛮な、肉欲にふける男として描写しておきながら、非常に理想家《アイデイアリスト》であるなどというのは、私さえ奇妙に感じる。しかし事実そうなのである。

彼は職工より貧しい暮らしをしていた。職工より激しく働いた。大部分の人々にとって人生を優雅に美しくするものは、彼には興味がなかった。金銭には無頓着《むとんちゃく》。名声も無関心。我々なら大抵負けてしまうような世間との妥協を、彼は一切すまいと誘惑に耐えた。しかし、だからといって、彼を賞《ほ》めるわけにはゆかない。だいたいそういう誘惑は彼にはまるで無かったのだから。妥協という手があることすら、彼は思ってもみなかったのだ。彼はパリにあっても、テーベの砂漠にいる隠者よりも淋《さび》しい生活をしていた。仲間に欲求することといったら、自分を放っといてくれということだけだ。自分の目的一筋に生きていた。そしてそれを追求するためには、よろこんで自分自身を犠牲にしたのみならず――それだけのことなら、できる人はいくらもいる――他人をも犠牲にした。彼には一つの夢があったのだ。

ストリックランドはいやらしい男だ。それでもなお、彼は偉大な人間であると思わないではいられない。

44

画家の芸術論はかなり重要なものとされている。だからここいらで過去の偉大な芸術家に対するストリックランドの意見について私の知っているところを書き記しておくのは当を得ていると思う。ところがどうも特に言及するほどのものは殆《ほとん》どないらしい。だいたいストリックランドは話し上手な方ではないし、言わんとすることを聞き手の記憶に残るほどの際立った文句で言う才能がまるでない。機智《ウイツト》もない。もし私が彼の話しぶりの再現にいくらかなりと成功していたとすれば、おわかりのことと思うが、彼のユーモアは皮肉である。彼の当意即妙の応答はがさつである。彼は時々真理を言って人を笑わす。しかしこの種のユーモアは珍しいからこそ効果があるのであって、もし始終使われているものであれば、面白くもおかしくもなくなるだろう。

ストリックランドは大して頭の鋭い人ではないと思う。彼の絵画論も決して一般と変わらない。彼の作品とどこか似た作風を持つ画家について、一度も彼が話すのを聞いたことがない――例えばセザンヌ（一八三九―一九〇六、フランスの画家）とかヴァン・ゴッホ（一八五三―九〇、オランダの画家）とか、だいたい彼がこの画家達の絵を見たことがあるのかどうか大いにあやしいものだ。印象派の画家達には大して興味を持っていなかった。彼等の技巧には興味を引かれたが、彼等の態度は平凡だと思っていたらしい。ストルーヴが最後にモネの優秀さについて大いに弁じ立てた時、ストリックランドは、「おれはヴィンターハルター（一八〇五―七三、ドイツの画家）の方が好きだ」と言った。これはおそらくストルーヴの気を悪くしようとして言ったのだと思う、もしそうだとすれば、彼のねらいは図にあたったわけだ。
十六、七世紀の大家の作品について、途方もない彼の意見を報告することができないのは残念である。彼の性格の中には風変わりな点が実に多いから、もし彼の意見が突拍子もないものであったらさぞストリックランドという人物の肖像画は完璧《かんぺき》となるのだろうが。先輩の画家についての風変わりな意見を彼に持たせてやる必要を感じるのだが、いささか幻滅ではあるが、彼はそれらの画家について他の誰もが持っているのと、ほぼ同じような意見を持っていることを告白しなければならない。彼がエル・グレコを知っていたとは思えない。ベラスケスには大きな敬意を抱いていたが、そこにはやり切れないような気持ちもあった。シャルダンには満悦したし、レンブラント（一六〇六―六九、オランダ最大の画家）には恍惚《こうこつ》とするほどの感銘を受けた。彼はレンブラントから受けた印象を、私がここに繰り返すにはしのびないような野卑な言葉で表現した。彼が興味を抱いた唯一の画家は、全く意外なことにブリューゲル父子の父の方（一五二〇？―六九、フランドルの風俗・風景画家）だ。その頃私はブリューゲルのことは殆ど知らなかった。しかもストリックランドは自分の感じていることを表現する能力がないときている。ブリューゲルについて彼の言ったことを私が覚えているのは、その言葉があまりにも舌足らずだったからだ。
「あいつは大したもんさ」とストリックランドは言った。「きっと奴《やっこ》さん、描くのは地獄の苦しみだったろう」

後になって、ウィーンで、私はピーター・ブリューゲルの絵を数点見たが、その時、この画家がストリックランドの注意を引いたわけがわかったような気がした。ここにも又、独自な世界の夢を抱いている男がいたのだ。その頃私はブリューゲルについて何か書こうと思って、かなり豊富なノートを作っていたが、あいにく失くしてしまったので、今は彼から受けた感動の思い出しか持っていない。彼は人間を歪《ゆが》めて見ていたようだ。そのくせ人間がグロテスクだといって腹を立てていた。人生とは馬鹿馬鹿しい汚らわしい出来事の寄せ集めであり、物笑いの種にはもってこいの題材である。そのくせ彼は笑うのが悲しかった。ブリューゲルは、他の手段によって表現した方がふさわしい感情を、ある一つの手段で表現しようと努力した男という印象を私に与えた。そしてストリックランドが共感をそそられたのも、おそらくこういう点をぼんやりとながら感じとったためだろう。多分この二人は、文学の方がもっとぴったりときただろうと思われるアイディアを、絵に描きあらわそうとしたのではなかろうか。

この頃のストリックランドの年齢は既に、四十七近かったにちがいない。

45

前にも言ったように、偶然にもタヒチ島に旅をしたからこそこの本を書いたので、さもなければ決して書かなかっただろうと思う。このタヒチ島こそ、チャールズ・ストリックランドがさんざ放浪したあげく辿《たど》りついた場所で、彼の画家としての名声が確保された数々の絵を描《か》き上げたのも、この場所なのだ。どの芸術家でも、取りつかれた夢を完全に実現することはできないと思う。技術の面でたえず苦闘していたストリックランドのことだから、心の目で見た夢を表現するという点では、おそらく他の画家には及ばなかっただろう。しかしタヒチ島では、環境が彼には好適だった。霊感《インスピレーション》を効果的に働かせるのにぜひ必要な条件が身辺にそろっていた。そのせいか、彼の晩年の作品は、少なくとも彼の追求していた物を暗示してくれるし、我々の想像に、どこか新しい、風変わりなものを与えてくれる。それはあたかも、肉体を離れてさまよい、住み家を求めていた彼の魂が、この遠隔の地ではじめて肉体の衣をまとうことができたようなものだ。陳腐な言い廻《まわ》しをかりれば、ここにおいて彼は自らを発見したのだ。

この遠隔の島を訪れたことによって、私はすぐさまストリックランドに対する関心を呼びさまされたという方が自然に聞こえるだろうが、実を言うと、私はやりかけていた仕事にすっかり注意を奪われていたので、その仕事に関係のないことは全部心からしめ出していたのだ。そのようなわけで、タヒチ島に来てから数日たってやっと、ストリックランドとタヒチ島との関係を思い出したようなわけだった。なんといっても、彼と別れてから十五年もたっているし、彼の死後九年もたっているのだから。それにしても、タヒチ島に到着すれば、私にとって遥《はる》かに急を要する用向きなど頭から追い出してしまい、一週間たってもなお、自分自身を冷静に処するのが容易でない、ということにでもなりそうなものだのに。私はタヒチ島で迎えた最初の朝のことを覚えている。早く起き出て、ホテルのテラスに出てみたが、人影はまるでなかった。ぐるっと廻って台所の方へ行ったが、錠がかかっていた。その外側のベンチには原住民の男の子が眠っていた。当分朝食にはありつけそうもないので、私はぶらぶらと海岸通りへ出た。中国人はもう店で忙しそうに立ち働いていた。空はまだ夜明けの青白さを残している。礁湖《ラグーン》には不気味な静寂がたれ込めていた。十マイル彼方《かなた》にはムレア島があたかも、聖杯《せいはい》を祭る高い要塞《ようさい》のように、自らの神秘を守っている。

私は自分の目をすっかり信じることができなかった。ウェリントン（ニュージーランド北島南部の海港であり、首府）を発ってからの毎日は尋常ではなかった。ウェリントンは小ぎれいな町で、いかにもイギリス風だった。イギリスの南海岸の港町を思わせる。その後三日間、海は荒れた。灰色の雲が空をよぎって互いに追いかけ合った。やがて風が止んだ。海は静かで青々としていた。太平洋は他のどの海よりわびしい。どの海よりも広漠としている。太平洋では最もあたり前の旅ですら、何か冒険めいた感じがつきまとう。呼吸する大気は思いがけぬ出来事に備えるための万能薬だ。タヒチ島へ近づいたというよりもむしろ金色の夢の国に近づいたような感じをあたえる物が何であるのか、現《うつ》し身の人間には知ることはゆるされない。タヒチの姉妹島ムレアの、岩の多い壮麗な姿が見えてくる。まるで魔法の杖《つえ》で組み立てた非現実的なもののように、広漠とした海の中に神秘的にそびえている。鋸《のこぎり》の刃のような海岸線を持つこの島は、さながら太平洋におけるモンセラ（スペイン北東部、バルセロナの北西にある山）である。そしてこの島にはポリネシア人の騎士達が、変わったしきたりを以《もっ》て、人々が知っては不敬にあたるような数々の神秘を守護しているのではなかろうか、などと想像される。ムレア島との距離が狭められその美しい峰々が更にくっきりと見えてくると、島の美しさは仮面《ヴェール》をはがす。しかし島の秘密の方は、船がそばを通る間も守られて、陰険な犯しがたい様子で、岩のごつごつした近づきがたい冷厳さの中にたたみこまれてしまうように見える。近づいて礁脈の切れ目を探している時、たとえムレア島が突如《とつじょ》姿を消し、青く茫漠《ぼうばく》たる太平洋の他は何も見えなくなったとしても、私達は驚きはしないだろう。

タヒチ島は高い緑の島だ。更に濃い緑をした深い山襞《やまひだ》があり、その中には静かな谷間があるにちがいない。そのうす暗い深みには神秘さがある。その底をつめたい流れがさやさやと囁《ささや》いたり或《あるい》はばちゃばちゃと音をたてたりしている。そして、そのような蔭《かげ》った場所では、太古から今迄《まで》ずっと、生の営みが太古のしきたり通りに行われてきただろうという気がする。ここにも、何か悲しいおそろしいものが感じられる。しかしそれは束の間の印象で、むしろ瞬間の喜びに更に鋭さが加わるだけである。それはちょうど、道化師のしゃれに、陽気な客達が笑いこける時、その道化師の目に宿る悲しみとでも言おうか、道化師の唇は微笑を浮かべ冗談は更に陽気になる。それというのも笑い声の最中《さなか》にあって、彼は更に耐えがたい孤独を感じるからだ。こんなことを言ったのも、タヒチ島がにこやかで親しみがあるからだ。あたかも美人が、魅力と美を優雅な物腰で惜しげなく発散させているかのようだ。そしてパペーテの港に入った時の雰囲気ほど、人の心をなごやかにするものはない。波止場につながれた帆船《スクーナ》は小ざっぱりしているし、湾に沿った小さな町は白く洗練されている。青空に真紅に映えるほうおうの木々は、情熱の雄叫《おたけ》びのようにその色をこれみよがしに誇示している。それらは見る人がかたずをのむほどの恥知らずのはげしさで官能ぶりを発揮する。汽船が波止場に横付けになる時、波止場にむらがってくる群集は、陽気で愛想がいい。かしましい、快活な、身振りの多い群集だ。茶色い顔の洪水である。強烈な空の青さを背景にして何か色のついたものが動いているという印象を受ける。何をするにも大騒ぎだ、荷物を下ろすにも、税関の検閲をするにも。そして誰もがにこやかな顔を向けてくれる。すごく暑い。目のくらみそうな色彩である。

46

タヒチ島に来てまだ日が浅い頃、私はニコルズ船長と会った。ある朝私が、ホテルのテラスで食事をしていると、ニコルズ船長がやって来て、自己紹介した。私がチャールズ・

ストリックランドに興味を持っていることを聞き知って、ストリックランドのことで話をしようと思って来た、と言った。タヒチ島の人達は、イギリスの村人たちと同様に、噂話が好きだ。私がストリックランドの描いた絵について一、二質問したのがすばやく広まったのだ。朝食はすみましたか、と私はこの見知らぬ男にたずねた。

「ええ、コーヒーは早くすませました」と彼は答えた。「しかしウイスキーをほんのちょっぴりなら頂いてもかまいませんや」

私は中国人のボーイを呼んだ。

「早すぎるとはお思いにならんでしょうな?」と船長は言った。

「御自分の肝臓とよく御相談なさるんですね」と私は答えた。

「わたしは本当は、絶対禁酒主義者なんですがね」ニコルズ船長は手酌で『カナディアン・クラブ』をたっぷりコップに半杯注《つ》ぎながら、そう言った。

微笑した時、欠けて変色した歯が見えた。ひどく痩《や》せた男で、背丈はせいぜい並みの高さ。灰色の髪を短く刈り、短くてこわい灰色の口髭をたくわえている。二日くらい剃《そ》っていない。顔は深い皺《しわ》が刻まれ、長い間太陽にさらされたため黒く日焼けしている。小さな青い目は驚くほど変わりやすい。私のごく小さな動作さえ見逃すまいとすばやく動く。この目のためにニコルズ船長は心底からの悪党のような顔に見える。しかしこの時の船長はしんから誠心誠意で友情にあつかった。薄汚いカーキ色の背広を着ていた。洗えばよさそうに思うような両手をしていた。

「ストリックランドのことはよく知っていまさ」ニコルズ船長は椅子によりかかり、私の差し出した葉巻に火をつけながら言った。「わしの世話で、こっちの島へ来たんですからな」

「どこであの男に会いましたか？」と私が訊《き》いた。

「マルセイユで」

「あなたはそこで何をしておられたのですか？」

船長は私の意を迎えるような微笑を浮かべた。

「まあ、おちぶれて波止場をうろついていたってところですな」

友人の身なりから察するところ、今もなお同様な状態にあるらしい、そこで私は一つこの愉快な相手と付き合うことにしようと心をきめた。波止場をうろつくルンペン諸君と付き合いたければ、ほんの少しばかりの労をとれば、あとで必ずそれだけの報いがあるというものだ。彼等は近づき易いし、話すにも気がおけない。気取るなどということはまずないし、酒を一杯おごってやれば心を許すこと間違いなしだ。彼等と親しくなるために七面倒くさい段階を踏む必要もないし、彼等の話によく耳を傾けてやりさえすれば、信用を博するのみならず、感謝すら受ける。彼等は人としゃべることを人生での最大の快楽だと心得ている。これをもっても彼等の文化の優秀さが証明されるわけだ。しかも殆《ほとん》どが愉快な話し手である。経験の深さは、想像の豊かさと面白いほどよく釣り合いがとれている。彼等が狡猾《こうかつ》でないとは言えない。しかし法が権力によって支持されている限り彼等も法にはかなりの敬意を払っている。彼等と一緒にポーカーをするのは危険である。しかし彼等のうまく仕組んだ手口は、世界中で最も面白いこのゲームに、独得の興奮を添えてくれる。私はタヒチを去るまでに、ニコルズ船長と非常に親しくなったが、彼と付き合ったおかげで知識が豊富になった。費用は私持ちで彼が消費した葉巻やウイスキー（彼はカクテルをいつも断る。それというのも彼は本当は絶対禁酒主義者だからである）、或は、さも私に恩恵でも施しているかのような愛想のよい態度で、私のポケットから彼のポケットへと渡った数ドルの金などはとうてい彼からたのしませてもらったものに匹敵するとは思われない。私こそ彼に借りがあるのだ。もし私の良心が当座の用向きにのみ全注意を集中することを主張し、二行ぐらいでニコルズ船長を片づけてしまうように私を強いるなら、残念なことである。

だいたい何故ニコルズ船長がイギリスを離れたのか、私にはわからない。この事に関して彼は多くを語りたがらなかった。かといって、彼のような気質の人々に、あからさまに質問することは、決して思慮深いとは言えない。身に覚えのない不運がふりかかったと彼はほのめかした。どうやら彼は、自分を不当に扱われた犠牲者であると思っているらしい。私はいろんなたちの詐欺や暴力沙汰《ざた》を想像してみた。本国の官憲は、あまりにも四角四面であありすぎる、と彼が言ったのには私も心から同意した。しかし母国でいかに不快な目にあおうとも、彼の熱烈な愛国心はいささかもそこなわれていないのは、見ていても気持ちのいいものだった。イギリスは世界中で一番立派な国でさ、旦那《だんな》、と彼は何度も言った。そして、アメリカ人、植民地人、南ヨーロッパ人、オランダ人そしてカナカ原住民等に対して、強烈な優越感を抱いていた。

しかし彼は幸せではないらしい。消化不良に悩んでいたから。ペプシンを一錠しゃぶっている姿が始終見られたに違いない。午前中、彼は食欲がまるで無かった。しかしこの障害だけでは、とうてい彼の意気を沮喪《そそう》させることはできなかったろう。彼にはこの事より遥《はる》かに大きな人生への不満の原因があったのだ。八年前、彼は向こう見ずな結婚をした。世の中には、お慈悲深い神さまが独身生活がよいときっぱりとおきめ下さったのに、自分の我《わ》が儘《まま》のためか、或は自分の力ではなんとも処理できなかった周囲の事情のためか、その掟《おきて》に真っ向から反抗した人々がいる。妻帯している独身男みたいに同情に値するものはない。ニコルズ船長がちょうどそれだった。私は彼の妻と会ったことがある。年齢《とし》はたしか二十八だと思うが、いくつになっても、年齢《とし》の見当のつかないタイプの女だ。何故なら二十の時でもおそらく今と変わりなかったにちがいないし、四十になっても今より老けもしないだろう。私は彼女から異常にきつい感じをうけた。不器量な顔の薄い唇はきつくとじているし、皮膚は骨の上にぴんと張りつめている感じだし、微笑も硬く、髪もぴたっとかたまっているし、服も窮屈だし、着ている白い太あや織り綿布はまるで喪服用の黒いボンバジンのような感じを与える。一体何故こんな女とニコルズ船長は結婚したのか、又、結婚したにしても何故妻を棄てなかったのか、私には想像もつかない。おそらく何度も棄てたのだろう。彼の憂鬱《ゆううつ》の原因は、それが一度も成功しなかったことにあるのかもしれない。どれほど遠くまで逃げても、どんなにうまい隠れ家にかくれても、運命のように仮借ない、良心のように容赦ないニコルズ夫人は、すぐさま夫に追いついてしまうにちがいない。原因が結果から免れられないように、ニコルズ船長も妻から免れられないのだ。

悪党は芸術家のように、或《あるい》は紳士連もそうかもしれぬが、社会のどの階級にも属していない。彼等は乞食《こじき》の無遠慮さにもどぎまぎしないし、王侯の礼儀作法にもあわてない。しかしニコルズ夫人ははっきりと定義された階級に属している。最近なかなか意見を活発に主張するようになった階級で、中流の下として知られている階級である。実を言うと夫人の父親は巡査だ。腕ききの巡査にちがいない。夫人がニコルズ船長を支配する力は何によっているのか、私にはわからないが、少なくとも愛情ではないと思う。夫人が話しているのは一度も聞いたことがないが、内証話ならさぞ豊富な種を持っているだろう。とにかく、ニコルズ船長は死ぬほど妻を怖がっていた。時々、ニコルズ船長はホテルのテラスで私と一緒に笑っている時、ホテルの外の道を妻が歩いているのに気がつくことがある。べつに夫に声をかけるでもなく、夫の存在に気づいた素振りすら見せず、ただ落ち着き払って行ったり来たりしているだけである。すると船長はいとも不思議な不安に取りつかれ、時計を見て溜息《ためいき》をつくのだ。

「さて、行かなくちゃ」と彼は言う。

そういう時には機智《ウィット》もウィスキーも彼を引きとめるのに役立たない。そのくせ彼はハリケーンや台風にはびくともせずに立ち向かえるし、素手の原住民が一ダース束になって来ても、ピストル一挺《いっちょう》をたよりに敢然と渡り合う男なのだ。時にはニコルズ夫人が娘をホテルによこすこともあった。青白い顔の、むっつりした七歳の子だった。

「おかあちゃんが用があるって」娘は鼻にかかった声で言う。

「そうかい、そうかい」とニコルズ船長が答える。

彼はすぐに立ち上がり、娘と一緒に道を歩いて行った。これは物質に対する精神の勝利のよい実例だと思う。従って私の脱線話も少なくとも一つの教訓という取り柄を持っているわけである。

47

私は、ニコルズ船長がストリックランドに関して話してくれたさまざまな事柄に、何かつながりをつけようとしてみた。そして今、できる限り順序よくそれらの事柄を書き記そうと思う。ニコルズ船長とストリックランドが互いに知り合ったのは、私が最後にパリでストリックランドと会ったあの年の冬の後半のことである。それ迄《まで》の数か月間、ストリックランドがどう過ごして来たか私は知らない。しかし相当暮らしはきつかったにちがいない。その証拠に、ニコルズ船長がはじめて彼と会ったのは『夜の宿』だった。その頃、マルセイユではストライキをやっていたから、ストリックランドは既に財布が底をついていても、かろうじて露命をつないで行くに足るだけの小銭すらかせぐことができなかったにちがいない。

『夜の宿』は大きな石造建築で、ここで貧民や浮浪者は、証明書が整っていて、監督にあたっている修道士に自分たちは労働者であると説得できさえすれば、一週間ベッドを与えられた。ニコルズ船長は戸の開くのを待っている群集の中に、取りわけ大きく、風変わりな身なりをしているストリックランドが目についた。群集はものうげに待っていた。ある者は行きつ戻りつして歩いているし、ある者は塀によりかかり、又ある者は足を溝に突っ込んで歩道のへり石に坐《すわ》り込んでいる。そして彼等がぞろぞろと列をなして事務所に進んで行った時、ストリックランドの証明書を読んだ修道士が英語で話しかけているのをニコルズ船長は耳にした。しかし話しかけるチャンスはなかった。何故なら、集会所に入ってみると、修道士が大きな聖書を腕にかかえて入って来て、部屋の端にある説教壇に上がり、説教をはじめたからだ。みじめな宿なし共は宿泊の代償としてその説教を我慢して聞かなくてはならなかった。ニコルズ船長とストリックランドは別々の部屋にふり当てられた。そして、ニコルズ船長は朝の五時に、がっしりした修道士に叩《たた》き起こされ、ベッドを整え、顔を洗い終わると、もうストリックランドの姿は見えなかった。ニコルズ船長は寒さのきびしい朝の一時間ほどを通りをぶらついて過ごし、それから船乗りがよく集まるヴィクトル・ジェリュ広場へ足を向けた。銅像の台石にもたれてうたたねをしているストリックランドに又出会った。足で蹴《け》って起こした。

「おい、朝めしをやりに行こう」とニコルズ船長が言った。

「こん畜生」とストリックランドが答えた。

私は我が友ストリックランドの限られた語彙《ごい》を知っているから、ニコルズ船長を信用のおける目撃者と見なすことに決めた。

「文なしか？」と船長がきいた。

「くたばりやがれ」とストリックランドが答えた。

「一緒に来いよ。朝めしにありつかしてやらあ」

一瞬ためらった後、ストリックランドはもそもそと立ち上がった。二人は一緒に『一口パン』へ行った。そこでは腹の空《す》いた人間に楔形《くさびがた》のパンをくれる。但し其《そ》の場ですぐ食べなければならない。パンを持って外へ行くことは禁じられていた。それから、『スープ匙《さじ》』へ行った。そこでは一週間、十一時と四時に薄い塩からいスープを一椀《わん》もらえる。その二つの建物は互いに遠く隔たっていたから、餓死しそうな人間しか利用しようという気が起こらないように出来ていた。こうして二人は朝めしにありつけたし、こうしてチャールズ・ストリックランドとニコルズ船長との奇妙な付き合いが始まったのだ。

二人は付き合いながらマルセイユで四月ほど過ごしたらしい。その間の二人の経歴には冒険というものがなかった。かりに冒険とは思いがけない、スリルに富む出来事だとするならば。何故なら彼等の毎日は一夜の宿と、飢えの苦痛を一時押さえる程度の食物を得るに足るだけの金を求めることで一杯だったから。しかし私はニコルズ船長のいきいきとした話が私の想像に訴えた、色彩濃厚なきわどい画面をここに書くことができればいいがと思う。ニコルズ船長は、彼等が港町の下層生活で発見した事について話してくれたが、その話は本にすれば面白い本になっただろうし、彼等が出くわした様々な人物の中に、悪漢に関する完璧《かんぺき》な辞書が書けるほどの資料を楽に見出《みいだ》すことができただろう。だが私は数節書くだけで満足しなければならない。強烈、乱暴、野蛮、多彩、そして活発な生活、これがニコルズ船長の話から受けた印象だった。それは私の知っているマルセイユ（身振り手振りの多い、朗らかな人々、居心地のよいホテル、金持ちで一杯のレストラン）を活気のない陳腐なものにしてしまった。ニコルズ船長が描写したような場面を目撃できた人を私は羨《うらや》ましいと思う。

ストリックランドとニコルズ船長は、『夜の宿』の戸がもはや二人に対して閉ざされてしまうと、タフ・ビルの厄介になった。タフ・ビルとは水夫の宿所の持ち主で、巨体の白黒混血児で、鉄拳《てっけん》に威力がある。彼は立ち往生している水夫に、口が見つかるまで食物と寝場所を提供した。ニコルズ船長とストリックランドは一月タフ・ビルのところで暮らし、他にスウェーデン人、黒人、ブラジル人など一ダースばかりと一緒に、タフ・ビルの家の、居候どものためにあてがわれた二つのがらんどうの部屋の床に雑魚寝した。そして毎日、タフ・ビルと連れ立ってヴィクトル・ジェリュの広場に行く、船長達が乗組員探しにこの広場に来るからだ。タフ・ビルはアメリカ女と結婚していた。でぶでぶのだらしない女で、どのような堕落の道を辿《たど》って現在に到ったのか知る由もない。そして毎日下宿人が交替で、彼女を手伝って家事をした。ストリックランドがタフ・ビルの肖像を書くことで、家事当番を免れたことは、ストリックランドの奴うまくやりおった、とニコルズ船長は思った。タフ・ビルはカンヴァス、絵の具、筆の代を払ったのみか、密輸入タバコ一ポンドまで添えた。恐らく、この絵は今でもジョリエット埠頭《ふとう》近くのくずれかけた小さな家の客間を飾っていることだろう。そして今なら千五百ポンドに売れるだろう。ストリックランドの考えでは、オーストラリア、ニュージーランド行きの船舶の乗組員となり、そこからサモアかタヒチに向かうつもりだった。どうして南太平洋に行こうと思いついたのかは知らないが、彼の想像が長い間北緯の海では見られないような青々とした海にかこまれ、緑で覆われた日当たりのよい島にとりつかれていたことは覚えている。おそらく彼がニコルズ船長にしがみついていたのも、船長がそちらの方面にくわしいからだったろう。タヒチ島の方がもっと安楽に暮らせるだろうと説得したのも、ニコルズ船長だった。

「何故って、タヒチはフランス領でさ。フランス人てのはそれほど四角四面じゃありませんやね」とニコルズ船長は私に説明した。

彼の言わんとすることが私にはわかるような気がした。

ストリックランドは船籍証明書を持っていなかった。しかしタフ・ビルはもうけがあると見ればそれしきのことでまごつきはしない（タフ・ビルは口を見つけてやった水夫の一月分の賃金を取るのだった）。彼は、運よく彼の手許《てもと》で死んだイギリスの火夫の証明書をストリックランドにあてがった。ニコルズ船長もストリックランドも東洋へ行くつもりだったのに、乗組契約をするチャンスはたまたま西洋向けの船しかない有り様だった。ストリックランドはアメリカ行きの不定期貨物船の口を二度蹴り、ニューカッスル（イギリスのノーサンバランド州の港市、及び同州の首都）行きの石炭船の口も一度断った。タフ・ビルは自分の損にしかならないような強情には我慢がならなかった。そこで最後の時に、これ以上置いては面倒と、ストリックランドとニコルズ船長を家からおっぽり出してしまった。二人は又も流浪の身となった。

タフ・ビルの家での食事はめったに御馳走《ごちそう》はなかったから、食卓から離れる時も腹の空き具合は食卓につく時とほぼ同じだった。しかし数日間は、そんな食事でさえ未練に思う充分な理由があった。二人は空腹というものがいかにつらいものかを学んだ。『スープ匙《さじ》』も『夜の宿』ももはや二人を入れてはくれなかった、唯一の食物は『一口パン』がくれる楔形のパンだった。手あたりしだい泊まれるところに泊まった。時には駅の近くの待避線に止まっている空の無蓋《むがい》貨車《かしゃ》の中に、時には倉庫の後ろの荷車の中に泊まった。しかしおそろしく寒かったので、一、二時間落ち着かないうたたねをした後で、又通りを歩き廻《まわ》るのだった。二人が欠乏を一番痛感したものは、タバコだった。ニコルズ船長にいたっては、タバコなしではやって行けない。そこで前夜、歩行者が投げ捨てていった巻きタバコや葉巻の吸いさしほしさにごみ入れあさりをし始めた。

「もっとまずいのを飲んだことだってありまさ、いろんなのをまぜこぜにしてパイプにつめて飲む奴ですよ」とニコルズ船長は私が差し出したタバコ入れから葉巻を二本取り、一本を口に、一本をポケットに入れながら、哲学者ぶった肩のすくめ方をしてこう付け足した。

二人は時たま小金をかせぐこともあった。時々郵便船が入港する。するとかねて作業時間係に取り入っているニコルズ船長は、二人で組んで沖仲仕としての口をもらうのに成功する。それがイギリスの船なら、二人はうまく水夫部屋に入り込んで、水夫仲間から栄養のある朝食をたっぷりもらう。二人はその船の高級船員の一人とばったり出会って、長靴のつま先で追いたてられ、タラップをころげ落ちるという危険な目にもあった。

「腹が一杯の時は、尻《しり》ぺたを蹴られても害はありませんや」とニコルズ船長が言った。「それに私としちゃ、そんなことを根に持っちゃいません。高級船員は規律というもんを考えなくちゃならんですからな」

腹を立てた船員の蹴り上げた足の前方に、狭いタラップを真っ逆様にころがり落ちつつも、真のイギリス人らしく、母国の商船魂に満悦しているニコルズ船長の図が、私の目にくっきりと浮かんだ。

魚市場のあたりでよく半端仕事がとれた。波止場でどっかと卸される無数のオレンジの箱を無蓋貨車に積み込んで、二人がそれぞれ一フランもうけたこともあった。ある日二人は幸運をつかんだ。ある下宿屋のおやじが、マダガスカルから喜望峰《きぼうほう》を廻って入航してきた不定期貨物船にペンキを塗る仕事の契約をとった。そこで二人は数日間、船腹にぶら下がった板の上で、さびついた船体にペンキを塗って過ごした。このような境遇はさぞやストリックランドの皮肉なユーモア精神に訴えたにちがいない。そんなふうに生活に窮していた間、ストリックランドがどんな態度でいたかと私はニコルズ船長にきいてみた。

「乱暴な口をきくなんてことは一度もありませんでしたな」と船長は答えた。「時にはちょいと不機嫌な時もあるにはあったが、朝から一口も食べてないとか、ちゃんころの宿で寝るだけの金もないなんて時には、奴《やっこ》さん上機嫌《きげん》でしたよ」

それを聞いても私は別に意外とは思わなかった。ストリックランドは、大抵の人なら落胆してしまうような環境におかれても超然としていられる、正にそういう男なのである。しかしそれは心が落ち着いているせいか、或《あるい》はあまのじゃくなせいか、判断するのはなかなかむずかしい。

『ちゃんころの首』というのは波止場の浮浪人達がブトリ通りはずれのみすぼらしい宿に奉った名で、片目の中国人が経営している。ここでは六スーあれば簡易ベッドの上に、三スーあれば床の上に眠れる。この宿で彼等は自分達と同様のどん底生活者と顔見知りになる。そうして一文なしで、夜の寒さがきびしい時などは、その日のうちに偶然一フランもうけた仲間から、屋根の下で寝るための代金を喜んで借りうける。こういう浮浪者達は決してけちではない。金のあるものは、さっさと仲間とそれを分かちあう。彼等は世界中のありとあらゆる国籍を持つ人間のより集まりだが、そんなことは友情のさまたげとはならない。何故なら彼等は辺境の地に彼等全部を包含している一国家、つまり『歓楽国』の自由市民であると自負しているからだ。

「しかしストリッククランドってのは、腹を立てると始末におえん奴ですな」とニコルズ船長は述懐した。「ある日私達は広場でタフ・ビルと出くわした。するとタフ・ビルの奴、チャーリーにくれてやった証明書を返せとぬかしやがる。『欲しいなら取ってみろ』とチャーリーが言った。タフ・ビルときたら力の強い奴でさ、だが、チャーリーの顔つきがどうも気に入らなかったらしい、で、チャーリーを罵倒《ばとう》しはじめた。殆《ほとん》ど思いつく限りの罵倒の文句を浴びせましたよ。タフ・ビルが罵倒しはじめると、なかなかの聞き物ですぜ。ところでチャーリーは、ほんのちょっとの間、こらえていたが、そのうち前へ進み出ると、ただ一言こう言った、『出てうせろ、この豚野郎め！』とね。これはチャーリーの言った通りの文句じゃないが、まあざっとこんな按配《あんばい》でさ。タフ・ビルはそれっきり口をつぐんだ、顔が黄色くなってゆくのがわかった。それから、まるで約束があったのをふと思い出したとでもいうように、行っちまいやした」

ニコルズ船長の言うところによれば、ストリックランドは私が書いた通りの言葉を使わなかったそうだが、だいたいこの本は家庭的な読み物のつもりで書いているのだから、真実を犠牲にしても、家庭内で言いならわされた表現をストリックランドに使わせた方がいいと思った次第である。

さて、タフ・ビルは一介の水兵に侮辱されて黙っているような男ではない。彼の勢力は威信に支えられているわけだから、彼の家に暮らしている水兵が、一人一人やって来ては、タフ・ビルがストリックランドの奴を殺してやるといきまいているぞと二人に知らせた。

ある夜、ニコルズ船長とストリックランドはブトリ通りのあるバーに腰かけていた。ブトリ通りは一階建ての家が立ち並んだ狭い通りで、どの家も一部屋しかない。あたかも混雑した縁日の露店か、サーカスの動物の檻《おり》のようだ。どの戸口にも女がいる。ある者は傍の柱にでれっとよりかかり、鼻唄《はなうた》をならしたり、しわがれ声で通行人に呼びかけたりしている。ある者は物憂げに本を読んでいる。フランス女もいれば、イタリア女、スペイン女、日本の女、黒人の女もいる。肥《ふと》っているものもあれば、やせているものもある。顔にこってりと塗った白粉《おしろい》や、眉《まゆ》に厚く塗った墨や、真っ赤な口紅の下に、年齢の皺《しわ》や放蕩《ほうとう》生活の傷跡が見える。シュミーズに肉色の靴下をはいた者、ちぢれっ毛を黄色く染め、小娘のようにちんちくりんのモスリンの服を着た者。開けっぱなしの戸のむこうに赤タイル張りの床、大きな木のベッド、松材のテーブルの上には水さしと洗面器が見える。色とりどりの群集が通りをぶらついている——東洋航路の船から下りて来たインド人水夫、スウェーデンの帆船から来た金髪のスカンジナヴィア人、軍艦からの日本人、イギリスの水夫、スペイン人、フランスの巡洋艦から下りてきた陽気な水夫達、アメリカの不定期貨物船から下船した黒人達。昼間は単なる不潔な通りだが、夜になると小さな小部屋のランプだけで照らし出されるので、不吉な美しさを持つ。あたり一面にたち込めた物すさまじい色欲は重苦しく、怖ろしいほどだが、人の心につきまとい、心をかき乱す光景には、どこか神秘的なものがある。得体の知れない原始的な力に人は反撥《はんぱつ》を感じつつも惹《ひ》きつけられる。ここでは文明のあらゆる礼儀作法が一掃され、人間は陰鬱《いんうつ》な現実と直面しているのだ。強烈であると同時に悲劇的な雰囲気が立ち込めている。

ストリックランドとニコルズ船長が坐《すわ》っていたバーでは自動ピアノがダンス音楽をがなり立てていた。部屋の周囲のテーブルにお客が坐っている。こちらで六人の水兵が騒々しく飲んでいるかと思えば、あちらでは兵隊の一団がやっている。中央ではぎっしりかたまって男女が踊っている。日焼けした顔の、大きな硬い手をした髭面《ひげづら》の水兵達は、踊り相手をぎゅっと抱きしめている。女達はシュミーズ一枚という姿だ。時々二人の水兵が立ち上がって組んで踊っている。騒音は耳を聾《ろう》せんばかりだ。人々は歌い、わめき、笑っている。一人が膝《ひざ》の上の女に長いキスをすると、イギリスの水兵達が猫の鳴き声をまねて野次る。ますます騒がしくなる。男達の重い靴でかき廻された埃《ほこ》りがもうもうと立ち込め、タバコの煙で灰色だ。物凄《ものすご》く暑い。バーの後ろでは一人の女が腰かけて赤ん坊に乳をのませている。給仕はちびで、平べったいあばた面、ビールのコップをのせた盆を運んで忙しそうに右往左往している。

間もなくタフ・ビルが大きな黒人を二人従えて入って来た。彼が既に八、九分通り酔っぱらっているのは一目でわかる。一騒ぎ起こしてやりたいと、物色している。やがて、三人の水兵が坐っているテーブルに、よろよろともたれかかり、ビールのコップをひっくり返した。腹立ちまぎれの口論がはじまった。するとバーの主人が進み出て、タフ・ビルに出て行けと命じた。主人は屈強な男で、客から馬鹿なことをされて黙ってはいない、たちの男だ。タフ・ビルはためらった。警察が後ろ楯《だて》にあるからこの主人と渡り合うのはまずい。そこでタフ・ビルは呪《のろ》いの言葉を吐き出すと、くるりと後ろを向いた。その時ふとストリックランドの姿が目に入った。彼は近づいて行った。口はきかない。口に唾《つば》を一杯ためるかんで、タフ・ビルめがけて投げつけた。踊っていた人達はぴたっと立ち止まった。一瞬、あたりは鎮《しず》まりかえった、しかしタフ・ビルがストリックランドにとびかかって行った時、その場の者ぜんぶに戦闘欲が取りついて、一瞬の後には混戦となった。テーブルはひっくり返される、コップは床にたたきつけられる。地獄の騒ぎだ。女共は戸の方とバーの後ろに分散した。通りがかりの者までなだれ込んで来た。さまざまな国の言葉で罵《のの》り合う声、なぐる音、悲鳴。そして部屋の中央では一ダースの男が力の限り闘っている。突如警官隊が突進して来た。逃げられる者は全部戸の方へ逃げた。バーの中がいくらか片付いた時、タフ・ビルは頭に深手を負って床の上に昏倒《こんとう》していた。ニコルズ船長はストリックランドを通りへ引きずり出した。ストリックランドは腕の傷から血を出しているし、服はずたずただった。ニコルズ船長自身の顔も鼻柱を打たれて血まみれになっている。

「タフ・ビルが退院してこないうちにマルセイユを離れた方がいいぜ」二人が『ちゃんころの首』に戻って、血やよごれを落としている時、ニコルズ船長はストリックランドにそう言った。

「こんな愉快だったことはない」とストリックランドが言った。

彼の皮肉な微笑が私には目に見えるような気がした。

ニコルズ船長の方は気が気ではない。タフ・ビルの執念深さを知っているからだ。ストリックランドはタフ・ビルを二度もノック・ダウンしたが、素面《しらふ》の時のタフ・ビルは無視できるような相手ではない。タフ・ビルはひそかに時期の到るのを待つだろう。決して急がない。そしてある夜、名もない一人の浮浪者の屍体《したい》が波止場の汚れた海水の中から引き揚げられるだろう。ストリックランドは背中にぐっさりナイフを刺し込まれるだろう、一日二日たって、ニコルズ船長は翌日の夕方、タフ・ビルの家に様子をききに行った。タフ・ビルはまだ入院していたが、見舞いに行って来た女房の口から、退院を許されたら必ずストリックランドを殺してやるんだとタフ・ビルが、いきまいていることを知った。

一週間が過ぎた。

「だから私はいつも言うんでさ」とニコルズ船長は述懐した。「相手を傷つけるなら、うんと深手を負わしてやれってね。そうすりゃ、周囲を見廻《みまわ》し、次にどの手を打とうかと考える暇がちょいとできまさあね」

やがてストリックランドに運がめぐって来た。オーストラリア向けの船から海員ホームに火夫を求めて来た。ジブラルタル沖でアル中の振戦譫妄症《しんせんせんもうしょう》の発作にかかって海に飛び込んだ火夫の代わりだった。

「波止場へ大急ぎで行ってな」とニコルズ船長はストリックランドに言った、「契約してくるんだ。証明書は持ってるしな」

ストリックランドは直ちに出発した。そしてこれがニコルズ船長にとってストリックランドの見納めとなった。船は六時間しか入港しなかった。その晩、ニコルズ船長は、冬の海を東へ向けて進む船の煙突から立ち上った煙が消えてゆくのを見守っていた。

私はこのエピソードを一部始終できるだけうまく書いてみた。というのも、これらのエピソードと、ストリックランドが公債とか株式に頭を使っていた頃私が目撃したアシュリ・ガーデンでの彼の生活との対照が面白かったからだ。しかし私だって、ニコルズ船長が途方もない大ぼら吹きだということを知らないわけではない。或《あるい》は彼の話は全部嘘で固めたものかもしれない。仮にニコルズ船長が生まれてこの方ストリックランドに会ったこともなく、マルセイユに関する知識も、雑誌の記事の請け売りだとわかっても、私はいっこうに驚きはしないだろう。

48

私はこの本の結びをここにしようと思っていた。はじめの案では、タヒチ島におけるストリックランドの晩年の記述と彼のおそろしい死を以《もっ》て書き始め、それから溯《さかのぼ》って、彼の前身について私の知っていることを述べようというつもりだった。そういう順序で書こうと思ったのは、別につむじ曲がりからではなく、ストリックランドが孤独な魂にどのような夢を抱いていたかは知る由もないが、彼の想像力をかき立てた未知の島々へと出帆する場面で終わらせたかったからだ。四十七といえば、大概の男なら既に一つの型にはまり込んでのうのうと納まり返っている年頃だが、その年齢で新世界へと旅立ったストリックランドの姿が私は好きだった。寒い北西風にさらされて、灰色の、そして点々と白く泡立つ海の上で、二度と再び見ることのできないフランスの海岸が次第に消えて行くのをじっと見つめている彼の姿が私にはありありと目に浮かぶ。そしてその時の彼の態度にはどこか雄々しいところがあり、彼の魂には不撓不屈《ふとうふくつ》なものがあったと思う。このように希望の余韻をもって終わりとしたかった。こうすれば、人間の不屈の魂を強く印象づけることにもなろう。ところが、どうしてもそのやり方ではうまくゆかない。どうしたわけか話に入ってゆけない。そこで一、二度試みた末、その方法を断念する他はなかった。そこで又最初から普通のやり方で書き始め、ストリックランドの一生について私の知っていることを、私が真相を学んだ順序に従って述べるだけに止《とど》めようと決心した。

今私が持ち合わせている真相は断片的である。私は宛《あたか》もたった一片の骨から死滅した動物の姿形のみならず習性までも再現しなくてはならない生物学者と同じ立場に立っている。ストリックランドはタヒチ島で彼と接した人達に何ら特別の印象を与えなかった。人々にとって、ストリックランドは始終金に窮している港のごろつきにすぎなかった。ただ目立つところと言えば、人々にとって阿呆《あほ》らしいと思われるような絵を描く奇癖だった。彼が死んでから数年経ち、パリやベルリンの画商が、今なおタヒチ島にいくらか彼の絵が残っているかもしれないと、代理人をよこした時になって初めて、偉い人が自分達の中に暮らしていたんだなと気づく次第だった。その時になって彼等は、今なら高い値がつくカンヴァスを、あの頃なら二束三文で買えたかもしれないのにと気づいた。せっかくのチャンスを逃してしまったと、自分自身に腹が立ってならなかった。奇妙ないきさつでストリックランドの絵を一つ手にいれたコーエンという名のユダヤ系の貿易商がいた。小柄な老フランス人で、柔和な親切そうな目と感じのいい微笑を持っている。半ば貿易商、半ば船乗りという男で、快走帆船《カッター》を持っていて、パウモトゥ諸島やマルケサス群島の間を大胆にめぐりながら、商品を持ち出し、コプラ（ヤシの果肉を乾燥したもの）や弾や真珠を持ち帰った。私は人からコーエンが大きな黒真珠を持っていて、よろこんで安く売るということを聞いたので、彼に会いに行った。ところが当の黒真珠はとうてい私の資力の及ぶところではないとわかったので、私はストリックランドのことを彼に話し始めた。彼はストリックランドをよく知っていた。

「私はあの人に興味を持っていたんです。あの人は画家でしたからね」とコーエン氏は私に言った。「ここらの島には画家というのはあまり居ませんしね、それにあの人があんまり下手くそなんで、哀れに思っていました。私があの人に最初の仕事をやったんです。私は半島に農園を持っていましたから、白人の監督者が欲しかった。土地の者をいくらかでも働かせようと思うなら、その上に白人の監督を置かなきゃだめです。私はストリックランドに言いました、『絵を画く暇はどっさりあるし、ちょいとした金にもなる』とね。私はあの人が飢え死にしかけているのを知っていましたから、報酬はたっぷりやりました」

「あまり上等な監督者だったとは思えませんね」

「大目に見てやりました。私は芸術家にはいつも同情の念を抱いているんです。その気持ちは我々皆の血の中に流れているんでしょう。でもストリックランドは二、三か月居ただけで、絵の具やカンヴァスを買うだけの金ができると、私の許《もと》を去りました。その頃にはもうすっかりこの土地に取り憑《つ》かれていたのでしょう、奥地へ逃げ出したがっていました。その後も引き続きあの人とは時々会いました。二、三か月に一度ぐらい、パペーテの町に現れては、ほんのしばらく滞在していましたが、誰かから金をもらうと又姿を消すのです。これもそういった訪問の一つでしたが、私のところへやって来て二百フラン貸してくれと言いました。まるで一週間くらい何も食べていないように見えましたから、断るにはしのびませんでした。勿論《もちろん》、その金を返してもらえようとは思っちゃいません。ところで、それから一年たって、又私に会いに来ました、絵を一つ持って。私から借りうけた金のことには少しもふれずに、こう言いました。『これはあなたの農園の絵です。差し上げようと思って描いたものです』私はその絵を見ました。何と言ったらいいのか見当もつきませんでした。でも勿論礼は言いました。私はあの人が帰った後で、その絵を家内に見せました」

「どんなふうな絵でした？」と私が訊《き》いた。

「いやもう、訊いて下さるな。私にはかいもく見当もつきませんでした。あんな絵は生まれてこの方見たこともありません。『この絵をどうしたもんだろう？』と家内に相談しました。『飾っておくわけにはゆきませんよ、私達が笑われてしまいますもの』と女房は言うんです。そこで、女房が屋根裏部屋に持って行って、いろんながらくたとごたまぜにしまい込んでしまいました。それというのも、家内はどんなものでも、棄ててしまうことができない性分なのです。それが家内のマニアでして。ところがです、戦争の直前でした、パリに居る弟から手紙で、こう言って来たのです、『兄さんはタヒチに住んでいたイギリス人の画家のことをいくらか知っていますか？　どうやらその男は天才らしい。彼の絵は莫大《ばくだい》な値を呼んでいます。何か手に入れて、こっちへ送ることができるかどうかたしかめて下さい。一もうけできますよ』そこで私は家内に言いました、『ストリックランドがくれたあの絵はどうした？　今でも屋根裏部屋にあるだろうかね？』すると家内が言うには、『あるにきまっていますわ、だって私はどんなものだって棄てたことがないでしょ。それが私のマニアなんですもの』私達は屋根裏部屋に上がってみました、するとそこに、私達がその家に住みついて以来三十年間かかってたまったなんだか得体のしれないがらくたにまじってその絵があるじゃありませんか。私は絵を見直してみました、そして家内に言いました、『半島にあるわしの農園の監督者で、わしが二百フラン貸してやった男が天才だなんて、誰が思うだろう？　お前はこの絵のよさがわかるかい？』『いいえ。第一、うちの農園に似てやしませんし、青いココやしの実なんて見たこともありませんもの。でも、パリの人達は変わっているから、ちょうどあなたがストリックランドに貸しておあげになった二百フランの値で、弟さんが売って下さるかもしれないわ』と家内が言うもんで、私達はその絵を荷造りして弟へ送ってやりました。そしてやっと弟から返事が来ました。なんと言ってよこしたと思いますか？『送って下さった絵を受けとりました。正直なところ、兄さんが僕をからかっているんだと思いましたよ。僕ならあんな絵に切手代だって払う気はしなかったでしょう。例の話を私に聞かせてくれた紳士にあの絵を見せるのは、半ばびくびくものでした。その人がこいつは傑作だといって、三万フランでどうですと言った時の僕の驚きようを想像して下さい。もっと支払ったのかもしれないが、正直のところ僕はあんまり仰天してしまって、頭がぼーっとしていた。それで、気持ちが冷静にならんうちに、その申し出をうけてしまったのです』」

その時コーエン氏はなかなか殊勝なことを言った。

「あのかわいそうなストリックランドがまだ生きていたらなあ。私があの絵の代として二万九千八百フラン払ってやったら、ストリックランドはいったい何と言ったでしょうな」

49

私はオテル・ド・ラ・フルールに泊まっていた。ホテルの経営主であるジョンソン夫人はせっかくのチャンスを逸した残念話を持っていた。ストリックランドの死後、彼の所有物のある物はパペーテの市場で競売に付された。がらくたにまじって、ジョンソン夫人の欲しがっていたアメリカ製のストーヴがあったので、夫人は自ら競売に立ち合った。ストーヴのために二十七フラン払った。

「絵は一ダースほどありましたけど」と夫人は私に語った。「額縁には入っていないし、誰も欲しがりませんでした。十フランに売れたのもありますが、殆《ほとん》どは五フランか六フランでしたね。まあ考えても下さい、もし私があの絵を買っていたら、今頃は大金持ちになっていたでしょうにねえ」

しかしティアレ・ジョンソンはどんな場合でも金持ちにならなかったろう。彼女は金を大事にしまい込んでおくことができないたちだ。彼女は土地の女とタヒチ島に住みついたイギリス人の船長との間にできた娘で、私が知り合った頃、彼女は五十だった。見たところ五十より上に見えるし、横も縦も巨大なものだった。この上もなくお人好《ひとよ》しの顔はやさしさ以外の表情を浮かべることができなかった。さもなければ背は高いし、物凄《ものすご》くでっぷりしているのだから威風堂々とした女になったにちがいない。両腕はあたかも羊肉の脚の如く、胸は巨大なキャベツの如く、だだっぴろく肉づきの豊かな顔はみだらなまでにむき出しになっているという感すら抱かせた。そして広大な顎《あご》の山は又次の山へと連なっている。いったい山がいくつあるのか見当もつかないが、その無数の連山は豊かな胸の高まりへと次第に消えて行く。大概ピンク色のあっぱっぱを着ていた。そして一日中大きな麦藁《むぎわら》帽《ぼう》を冠《かぶ》りっぱなしだ。しかし彼女は髪が御自慢だったから時たま髪を垂らすことがあった。それは長くて黒くてちぢれていた。そして彼女の目は今でも若々しく、生き生きとしている。彼女の笑い声は私が耳にした中でも一番人の心を捉《とら》える声だった。出だしは喉《のど》で低くとどろいているが、それが次第に高まり、遂には彼女の巨大な体軀《たいく》を揺り動かすまでになる。彼女は三つのことを愛していた——冗談とコップ一杯の葡萄酒《ぶどうしゅ》とハンサムな男。彼女と知り合いになることは一つの特権である。

彼女はタヒチ島随一の料理人だったし、自分自身もうまい食事に目がなかった。朝から夜まで、台所の低い椅子に腰かけ、中国人のコックや二、三人の土地の娘にかこまれ、命令を下したり、誰かれなく如才なくおしゃべりをしたり、自分の工夫したうまい料理の毒味をしたりしていた。友人に特に敬意を表したい時には、彼女自ら手を下して夕食を作った。人をもてなすことに彼女は情熱を抱いていた。ホテルに食物がある限り、夕食ぬきでいなけりゃならない人間はタヒチ島に一人もいない。彼女は勘定を払わないからとて宿の客を追い出すようなことは決してしない。できる時に払って下さるだろうと、彼女はいつもそう思っているのだった。かつて、急に不運に見舞われた男がいた。その男に彼女は二、三か月の間、ただで食事と宿泊を提供した。金を払わないなら洗濯はしないと中国人の洗濯屋が断った時、彼女はその男の洗濯物を自分のと一緒にして洗濯に出した。あの気の毒な人を汚れたシャツ姿で歩き廻《まわ》らせるなんてことは私にはとてもできないわ、と彼女は言った。あの人は男だし、男の方は煙草をのむもんでしょ、だから私は毎日タバコ代として一フランあげましたよ。彼女はその男に対しても、週に一度勘定を払う客に対すると同じように、愛想《あいそ》よくした。

年もとったし、でぶでぶになった今では色恋には向かなくなってしまったが、若い者達の恋愛沙汰《ざた》にはなみなみならぬ興味を持っていた。性交は男女のごく自然な営みだと思っていて、いつでも自分自身の豊富な体験から教訓と実例を引き出せる用意ができていた。

「父が私に愛人がいるのを見つけた時、私はまだ十五にもなっていませんでした」と彼女は言った。「トロピック・バード号の三等航海士でした。きれいな人でね」

彼女はちょっと吐息をついた。女は常に初恋の人をなつかしく思い浮かべるというが、必ずしも覚えているとは限らないだろう。

「父は分別のある人でした」

「どうなさいました?」と私が訊いた。

「私を打って半殺しの目にあわせた上、ジョンソン船長と結婚させました。私はべつにいやじゃありませんでした。勿論《もちろん》こっちの方が年は上でしたけれど、でもこの人もやはり美男子でしたもの」

ティアレ——彼女の父は娘を、白い香り高い花の名で呼んでいた。この花の香を一たん嗅《か》ぐと、いかに遠くまでさまよい歩いた者でも、必ず終わりにはタヒチ島に引き戻されるということだ——ティアレはストリックランドのことをよく覚えていた。

「あの人はこの町に時々やって来ました。パペーテを歩き廻っている姿をよく見かけましたよ。私はあの人が気の毒でね、やせこけているし、いつも無一文でしたものね。あの人が町にいると聞くと、私はボーイをやってあの人を探させ私のところへ夕食をしに来るように言わせました。一、二度仕事の口も見つけて上げましたけど、あの人は何事もやり通すことができないんです。ほんのしばらく居るともう奥地へ戻りたがって。そのうち、朝になってみるともうあの人は立ち去ってしまった後ということがよくありました」

ストリックランドはマルセイユを発ってから半年ばかり後にタヒチ島についた。彼はオークランド（ニュージーランド北島の主要港市）からサンフランシスコへと向かう帆船に乗って、船賃の代わりに働いた。そして一箱の絵の具と画架と一ダースのカンヴァスを持ってタヒチについた。ポケットに二、三ポンドの金を持っていた。それはシドニーにいる時仕事にありつけたからだ。彼はタヒチで、町はずれの土地の者から小さな部屋を借りた。ストリックランドはタヒチについた瞬間さぞ故郷に帰ったようなやすらぎを覚えただろう。ティアレは一度ストリックランドがこんなことを言っていたと話してくれた。

「おれは甲板洗いをしていた。するといきなり、野郎の一人が『やあ、あそこに見える』とおれに言った。そこでおれは目を上げた。島の輪郭が見えた。その途端におれにはわかったよ、あれこそおれが一生探し求めていた場所だとね。やがて船が近づくと、この島は見覚えがあるような気がした。今でもおれはタヒチ島を歩き廻っている時、なんだかすべてがおれになじみなものばかりという気がする。前にもここで暮らしていたんだと誓えそうな気がするんだ」

「時々この島はそんなふうに人の心を捉えるんですよ」とティアレが言った。「船が荷を積んでいる間のほんの二、三時間上陸しただけなのに、二度と戻らなかった人達のことも知っています。それからこんな人達もいますよ、タヒチ島へ来て一年間事務所づとめをして、こんないやなところはないと毒づき、しかも立ち去る時には、ここへ戻るくらいなら首をくくるさなどと別れぎわの誓いを立てた人が、半年たつと又船から下りて来るのを見かけることがあります。そういう人達はきっとこう言いますよ、ここ以外の場所じゃ暮らせない、ってね」

50

ある人達は場ちがいなところに生まれることがある。彼らは偶然にもある環境の中に放り出されるが、いつもまだ見ぬ故郷への望郷の念を抱いている。自分の生まれた土地では、彼等はよそ者なのだ。子供の時から知っている木陰《こかげ》の多い小径《こみち》やよく遊んだ人通りの多い大通りはいつまでもただの通りすがりの場所にすぎない。あるいは一生、身内の人々の中で異邦人のような気持ちで暮らし、自分の見知っている唯一の風景の中で、いつまでも溶け込めずに暮らすのかもしれない。こうしたよそよそしさが人をかり立て、自分の属すべき何か永遠のものを求めて遠く広くさまよわせるのかもしれない。どこか深いところに根づいている先祖返りの血がこのさまよえる人達を、自分の祖先が遥《はる》か大昔、歴史の始まった頃に後にした場所へとかり立てるのだろう。時には、ここここそ自分の属すべきところだと神秘な霊感を覚える場所に偶然行きあたる人もある。ここここそ求めていた故郷だ。そして彼は生まれてはじめて見る景色の中で、生まれてはじめて知る人々の中で、あたかもそれらが生まれた時からのなじみであるかのように腰を落ち着けるのだろう。ここにいたって彼ははじめて心の安らぎを得るのだ。

私はティアレに、セント・トーマス病院で知り合った一人の男の話をして聞かせた。エイブラハムという名のユダヤ人で、金髪の、どちらかといえばがっしりした体つきの若者で、恥ずかしがり屋で、気取りが全くない。しかしこの男はすばらしい天賦の才を持っていた。奨学金で病院に入り、五年間の全教科課程の間に、取れる限りの賞を全部さらった。彼は病院住み込み内科医と外科医に任命された。彼の優秀さはすべての人から認められていた。遂に彼はセント・トーマス病院のスタッフの一人に選ばれた。これで彼の経歴は確固たるものになったわけだ。人間に関することで予言の可能な限りでは、彼がいずれその道での最高の地位に昇ることは確実だった。名誉と富が待ちうけていた。彼は新しい任務につく前に休暇を取りたいと思った。自分の財産がないので、東部地中海沿岸諸国《レヴァント》へ向かう不定期貨物船の船医として行った。この船は医者を乗せない建て前だったが、病院の先輩の外科医がその航路の重役を知っていたので、エイブラハムは好意で採用されたのだ。

数週の後、病院当局は彼から、人々の羨望《せんぼう》の的であるスタッフの一員としての地位をやめるという辞表を受けとった。人々は驚きあきれ、あれこれと取り沙汰し合った。人が何か思いがけないことをし出かすと、必ず仲間はその行動を、最も不名誉な動機のせいにするものだ。しかしエイブラハムの後釜《あとがま》はすぐ控えていたので、エイブラハムは忘れ去られた。それ以後彼の噂は一切聞かなかった。彼は消え失《う》せたのである。

十年ほど後のことだと思うが、私はある朝、もうすぐアレキサンドリア（エジプト北部の海港）に着くという船の上で、他の船客と一緒に列を作って医者の検疫を受けるよう命ぜられた。

医者はでっぷりとしてみすぼらしい服を着ていた。帽子を取った時、ひどく禿《は》げ上がっているのが目についた。この男には何だか前に会ったことがあるような気がした。突然思い出した。

「エイブラハム」と私が言った。

彼はけげんそうに私の方を向いたが、やがて、私だとわかると、私の手をつかんだ。互いに驚きの感嘆を洩《も》らした後で、私が今夜はアレキサンドリアで過ごすつもりだと言うと、彼はイギリス・クラブで一緒に夕めしをやろうと誘った。その晩再び会った時、私は、あんなところで君を発見するとは驚いたな、と言った。彼の占めている地位はごくつまらないもので、金に窮した生活をしているのが感じられた。やがて彼はいきさつを話してくれた。休暇で地中海へと旅立った時には、ロンドンへ戻り、セント・トーマス病院の職に就くことしか考えていなかった。ある朝、貨物船はアレキサンドリアのドックに入った。そして甲板から彼は日の光の中に白く浮き出た町と、波止場の群集を眺めた。みすぼらしい労働着を着た土地の者、スーダン（アフリカ北部サハラ砂漠の南、大西洋から紅海に及ぶ広大な地域）出身の黒人達、かしましいギリシャ人やイタリア人の群れ、トルコ帽をかぶった謹厳なトルコ人達、日の光、そして青空を見た。すると彼の中に何事か変化が起こった。それが何であるか、彼自身言いあらわすことができない。青天の霹靂《へきれき》のようだった、と彼は言ったが、その表現では満足できないで、神のお告げのようだったと言い直した。何物かが彼の心をひねったようだった。

するといきなり彼は心が高揚するのを覚えた。すばらしい解放感を覚えた。故郷に帰ったような感じだった。そして彼はその時その場で、一瞬のうちに心を決めた、これから一生このアレキサンドリアで暮らそうと。船から立ち去ることはさして困難なことではなかった。二十四時間後には、持ち物を全部持って上陸した。

「船長は君のことをすっかり気が狂ったと思ったろうね」と私は笑って言った。

「誰が何と思おうとかまやしなかった。行動をとったのはおれじゃない、おれより強力な何物かだ。おれはどこか小さなギリシャ人のホテルへ行こうと思って探しまわった。するとどこへ行けばあるかわかるような気がするんだ。そしてどうだい、おれは真っ直ぐそこへ歩いて行った。そしてそれを見た時、おれはすぐこいつだとわかったのさ」

「その前にもアレキサンドリアに行ったことがあったのかい？」

「ない。生まれてから一度もイギリスを離れたことがなかった」

すぐに彼は政府の仕事に入り、以来ずっとその仕事をしている。

「一度も後悔したことはない？」

「一度も、ほんの一瞬間すら。暮らして行くにちょうど充分なだけの金はかせげるし、おれは満足している。死ぬまで現状のままで居たいということしか望まないね。今までの生活はすばらしかった」

その翌日、私はアレキサンドリアを発った。それ以来エイブラハムのことは、ついこの間、短い休暇をとってイギリスに戻っているアレック・カーマイケルという同じ職業の別の旧友と夕食を共にするまで、忘れ去っていた。私は大通りでばったりアレックと出会い、大戦中のめざましい功績に対して授けられたナイト爵のことを祝した。昔をしのんで、一晩共に過ごそうじゃないかということになり、私が彼の家で夕食をすることに同意すると、彼は私達のおしゃべりに邪魔が入らないように、他には誰もよばないことにしようと言い出した。彼はアン女王通りに美しい古い邸《やしき》を持っている。高尚な趣味を持つ人だったから、邸の中の装飾は見事だった。食堂の壁には美しいベルロット（一七二〇―八〇、イタリアの宮廷画家）の絵があるし、羨《うらやま》しいようなゾッファニー（一七三三―一八一〇、ドイツ生まれのイギリス人画家）の絵が二幅あった。金色の服を着た背の高い美しい彼の妻が退《き》がったあと私は、二人とも医学生だった頃と比べて今の君の環境はめざましい変わりようだね、と笑いながら言った。あの頃、私達はウェストミンスター橋通りのみすぼらしいイタリア人のレストランで夕食をするのさえ、贅沢《ぜいたく》だと思っていたものだ。今のアレック・カーマイケルは六つの病院の幹部だ。年に一万ポンドは入るだろう。しかも彼のナイト爵は必然的に彼の手中にころがりこむ数々の栄誉の第一号にすぎない。

「我ながらなかなかよくやったよ」と彼は言った。「しかし不思議なもんだね、それもこれもみんなちょっとした好運のおかげなんだからなあ」

「というと？」

「うん、エイブラハムのことを覚えているかい？　輝かしい将来を約束されていた男さ。僕等が学生だった頃、エイブラハムにはかたっぱしから負かされたものだ。僕が目指すどの賞もどの奨学金もさらっちまうんだからな。僕はいつも彼の傍役《わきやく》さ。もしあのままいけば彼が今の僕の立場にいるだろうな。あの男は外科の天才だった。誰も彼には勝ち目がなかった。彼がトーマス病院の記録官《レジストラー》に任命されたんで、僕はスタッフの一員になるチャンスを失ったわけだ。しがない開業医にでもなる他はなかったろうね、開業医じゃあうだつが上がりっこないって、君だって知ってるだろう。ところがエイブラハムが落伍《らくご》して、代わりに僕がその職を得た。これがきっかけで僕の運が拓《ひら》けたんだ」

「そうだろうな」

「全く運がよかったよ。エイブラハムはちょっと偏屈なところがあったんだろうな。かわいそうに、すっかり零落しちまって。アレキサンドリアで何かくだらん医者仕事をやっている、検疫官か何か、まあそういった仕事だ。醜い年とったギリシャ女と同棲《どうせい》して半ダースの腺病質《せんびょうしつ》な子供がいるって話だよ。結局、頭がいいだけじゃだめなんだな。大切なのは人格だよ。エイブラハムには人格ってもんがない」

人格だって？　他の生き方に更に切実な重要性を見ぬいた時、半時間の熟考の末、出世の道を投げうつには、よほどの人格者でなければできんことだと、私は思う。しかもその出しぬけの行動を一度も後悔しないためには、更に立派な人格を要しはしないだろうか。

しかし私は何も言わなかった。アレック・カーマイケルは述懐を続けた。

「僕がエイブラハムのしたことを惜しむふりをすりゃ、勿論《もちろん》偽善さ。何といったって、僕はおかげで成功を収めたわけだからね」とアレックは長いコロナを豪勢にすぱすぱと吸った。「だが個人的に何の関係もないとすれば、勿体《もったい》ないと思うな。あんなふうに一生を台なしにしちまうなんて、つまらんじゃないか」

果たしてエイブラハムは一生を台なしにしただろうか。自分が一番欲していることをなし、気に入った条件の下に、心おだやかに、暮らすことが、一生を台なしにすることだろうか？　そして年に一万ポンドの収入があり、美人の妻を持つ著名な外科医になることが成功であろうか？　それは各自が人生に対していかなる意義を感じているかによるだろうし、社会に対していかなる権利を認めているかにもよるし、各自の要求いかんにもよるだろう。しかし又も私は言うのを控えた。私ごときがナイトと言い争うつもりは毛頭なかったからである。

51

私がこの話をすると、ティアレは私の思慮深さをほめてくれた。それから数分間、私達は黙って仕事をした。というのは私達はその時豆をさやから取り出す仕事をしていたのだ。

やがて、台所内の出来事には常に目ざとい彼女の目が中国人のコックのある動作の上にとまり、彼女は、とんでもないことをするとばかり、コックに向かって悪口雑言をまくし立てた。中国人も負けずに自己弁護をする。そこで実に活発な口争いが続いた。二人は私がまだ六語くらいしか覚えていない土地の言葉でやり合っていたが、まるでもうすぐこの世の終わりがやって来そうな剣幕だった。しかしやがて平和がよみがえり、ティアレはコックに煙草をやった。二人ともものんびりとくゆらした。

「ねえ、あの人に奥さんを見つけて上げたのはこの私なのよ」とティアレはだしぬけに言った。微笑が彼女の巨大な顔いっぱいにひろがった。

「コックの？」

「いいえ、ストリックランドのよ」

「しかし、あいつには細君がいたんですよ」

「あの人もそう言ったわ。でも私は言ってやったの、奥さんはイギリスにいるんでしょ、イギリスなんてここからみりゃ地の果てじゃないの、ってね」

「たしかにそうだ」と私は答えた。

「あの人は絵の具やタバコや金が無くなると、二、三か月おきぐらいにパペーテに姿を見せては、野良犬みたいにふらついていた。私はなんだかあわれになってね。その頃うちに、部屋の掃除などをしているアタという女の子がいました。私といくらか血のつながりがあるし、両親も死んだので、私が引き取っていたわけ。ストリックランドは時々うちへやって来ては、まともな食事をたっぷり食べたり、ボーイの一人とチェスをしたりしていました。あの人が来ると、アタがあの人をじっと見ているのに私は気がついた。で、私は好きなのかいと聞いてみると、とても好きと言うんです。御存じのように、ああいう娘達は白人と関係するのを喜ぶんですよ」

「土地の娘ですか？」と私がきいた。

「ええ。白人の血は一滴もまじっちゃいません。ところで、アタに話したあとで、ストリックランドを呼びにやって、私はこう言いました。『ストリックランドさん、あんたももう腰を据えてもいい頃でしょ。その年配で、海岸付近の娘《あま》っ子達とふざけ廻《まわ》るもんじゃないわ。ああいうのは性の悪い女ばかりだから、あんなのと付き合っていると、どうせろくなことにはなりませんよ。あんたはお金もないし、仕事も一月か二月しか続きはしない。もう今では、誰一人あんたを雇うものはいないわ。そりゃあんたは奥地で土地の誰かれの家で暮らせる。やつらはおれが白人だからよろこんで置いてくれると言うけれど、そんなことは白人としてすべきことじゃないわ。いいこと、まあお聞きなさいな、ストリックランドさん』」

ティアレの会話には、英語にフランス語がまじる。ティアレはそのどちらも同じくらいらくに使えたからだ。英語の時もフランス語の時も歌うようなアクセントをつけるが、なかなか気持ちのいいものだった。かりに小鳥が英語をしゃべるとすればこんな調子で言うだろうなと思わせる。

「『ところでね、あんたアタと結婚したらどう？　あの子はいい子だし、まだほんの十七。他の娘達のように誰かれの見さかいなく関係することはなかったし――そりゃあ、船長とか一等航海士とはあったけれど、土地の者とは一度も関係したことはないし。あの子なかなか自尊心があるでしょ？　オアフ号の事務長さんはこの前いらした時、ここらの島であんないい子ははじめてだ、って言ってらしたわ。あの娘にしたってそろそろ身を固める時よ、おまけに、船長さんとか一等航海士さん達は時々相手を変えたがるんでね。私は娘達をいつまでも引きとめておかないことにしています。アタはあんたが半島にいらっしゃるちょっと前に、タラヴァオの近くにちょっとした土地を自分のものにしたから、今の相場のコプラで、充分らくに暮らせるでしょう。家もあるし、好きなだけ絵を描いている暇もある。どうこの案は？』」

ティアレは一息ついた。

「その時よ、あの人がイギリスに妻がいるって言ったのは。『おやおやストリックランドさん、他の人達だってどこかに女房が居る人達ばかりよ、大概の人はそれだからこそ、ここらの島へやって来るのよ。アタはわけのわかった娘だから、市長さんの前で結婚式をあげることとなんて考えちゃいません。あの子はプロテスタントです。プロテスタントの人達はその点カトリックの人達みたいな考え方はしませんしね』

「するとあの人は、『だが、アタはなんというだろう？』って言うから、『あの娘はどうやらあんたに惚《ほ》れているらしいわ。あんたさえよければあの娘には異存はないの。呼びましょうか？』とききますと、あの人はおかしな、干からびた含み笑いをしたわ。で私はあの子を呼びました。あの子は私が何を話していたか、ちゃんと知っていたんですよ、私はあの子が、洗濯した私のブラウスにアイロンをかけるふりをしながら、聞き耳をたてているのを目の隅っこでちゃんと見ていました。アタは来ました。アタは笑っていましたが、少しはにかんでいるのが私にはわかりました。ストリックランドはただ黙ってアタを見つめました」

「きれいな娘《こ》ですか？」と私がきいた。

「まんざらでもないわ。あなたはあの娘の絵をごらんになったはずですよ。あの人はアタを何度も何度も描いていましたもの、パレオを着ているのや、何も着ていないのや。そうね、かなりきれいだったわ。それに料理も知っていました。私がじかに仕込みましたから。ストリックランドは私の申し出を考えている様子でしたから、私はこう言いました。『私はかなりいい給料を上げていたし、アタはそれを貯金しています。それに、アタの知り合いの船長さんや一等航海士さん達からも時々ちょっとしたものをもらいました。もうかれこれ数百フランたまっているでしょう』

ストリックランドは大きな赤髭《あかひげ》を引っぱって、笑いました。

『どうだね、アタ、おれを夫に持ちたいかい？』とあの人は言いました。

アタは何とも答えずに、ただくすくすと笑っていました。

『でも、いいこと、ストリックランドさん、この娘はあんたに惚れているのよ』と私は言いました。

『おれはお前をぶつぞ』と、あの人はアタを見つめながら言いました。

『ぶたれてこそ、あなたに愛されているとわかるんです』とアタは答えました」

ティアレはその話をとぎって、述懐するように私に話しかけた。

「私の最初の夫、ジョンソン船長もよく私をめちゃくちゃに打ち据えたものです。男らしい男でした。美男子で、背は六フィート三インチ、そしてお酒に酔うと、手におえなくなるんです。一度やられると、私は数日間、体中あざだらけになったものです。あの人が死んだ時私はうんと泣きました。この悲しみから二度と立ち直れまいと思いました。でも私がどんなに貴重なものを失ったかってことを悟ったのは、ジョージ・レイニと再婚してからです。男の人ってものは一緒に暮らしてみなければ正体はわからないものね。私は今までにジョージ・レイニみたいに見損なった男っていませんよ。レイニも立派な真っ正直な人でした。ジョージ・レイニ船長と同じくらい背が高くて、それにとても頑丈そうでした。でもそれは見せかけだけ。お酒は飲まないし。私に一度も手をあげないし。宣教師にでもなりゃよかったのに。私はこの島に着く船という船の高級船員さん方と色恋にふけったものです。でもジョージ・レイニったらちっとも気がつかない、っこうとしないんだか。とうとう私はいや気がさして、離婚しました。そんな夫なんて何の取り柄もありゃしない。女に対して全くひどい仕打ちをする男の人達もいるもんだわ」

私はティアレを慰め、男なんてもんはいつでも見かけ倒しですよと、感情をこめて言ってから、さっきのストリックランドの話の続きをしてくれるように頼んだ。

「私はストリックランドに言ってやりました、『べつに何も急ぐことはないわ。ゆっくりとお考えなさい。アタは離れにとても感じのいい部屋を持っているから、一月も一緒に暮らして、あの子が気に入るかどうかためしてごらんなさい。食事はこっちでしたらいいわ。そして一月たって、あの子と結婚したいと心が決まったら、アタの土地へ行って落ち着いて暮らせばそれでいいのよ』

「するとストリックランドはその案に賛成しました。アタは引き続き家事を手伝い、私はストリックランドに約束どおり食事を出してやりました。あの人の気に入りの料理の作り方を一つ二つアタに教えておきました。あの人は大して絵を描きませんでした。丘をぶらついたり、小川で水浴びしたり。海岸通りあたりで腰をおろして、礁湖《ラグーン》を眺めたり、日暮れ時には下りて行ってムレア島を眺めていました。よく珊瑚礁で釣りをしていました。波止場をうろついて土地の者に話しかけるのが好きでした。感じのいい穏やかな人でした。

そうして毎晩、夕食後はアタと一緒に離れへ行きました。あの人が奥地へ行きたくてむずむずしているのがわかりました。そこで一月たった時、どうするつもり、とたずねました。そこで私はあの人はもしアタが喜んで行くなら、おれも喜んで一緒に行く、と言うんです。お豆のスープ、ポルトガル風えび料理、カレーとココナツ・サラダ──あなたはまだ私のココナツ・サラダを召し上がったことがないわね？　お発《た》ちになる前にぜひ一度作って差し上げなくちゃ──それとアイスクリームを作ってあげました。飲めるだけのシャンペンをそろえ、それから他の酒も出しました。私はうんと立派なお祝いにしてあげようと心に決めていたんです。晩餐のあとで私達は居間でダンスをしました。その頃私もまだそれほど太ってはいませんでしたし、ダンスにはいつも目がありませんでした」

オテル・ド・ラ・フルールの居間は小さい。立て型の小ピアノと、染めたビロードを張ったマホガニーの家具が一そろい四面の壁にそってきちんと配置されている。丸テーブルの上には写真帖《ちょう》があり、壁の上にはティアレと最初の夫、ジョンソン船長の引き伸ばし写真がかかっている。今でも、ティアレは年をとり、太っているとはいえ、時たま私達はブラッセルじゅうたんをまくって、女中達やティアレの友人の一人、二人を呼んでダンスをする。もっとも今では、喘息《ぜんそく》みたいな音を出す蓄音器の音楽に合わせてではあるが。ヴェランダに出ると、あたりはティアレの濃厚な香りがたち込め、見上げると、雲一つない空に南十字星がきらめいている。

ティアレは遥《はる》か昔の賑《にぎ》やかな集いをなつかしんで、甘い微笑を浮かべた。

「私達は朝の三時まで続けました。寝た頃は誰一人正気な人はいなかったでしょうね。私は二人に言っておきました、道がついている限り私の馬車に乗せてってもらいなさい、それから先も長いこと歩かなけりゃならないんだからね、と。アタの土地は山の凹みのちょうど向こう側でした。二人は夜明けに出発しましたが、二人と一緒に行かせたボーイは翌日まで帰ってきませんでした。

そう、こうしてストリックランドは結婚したんです」

52

結婚してからの三年間がストリックランドの一生のうちで最も幸福な時だったろう。アタの家は島を一めぐりしている道路から約八キロ離れたところにある。そこへ行くには、熱帯性植物にうっそうと覆われた曲がりくねった小径《こみち》を辿《たど》らなくてはならない。家は白木造りのバンガローで、小部屋が二つある。外に小さな小屋があり、そこを台所にしている。家具といったらベッド代わりに使っているマットと、揺り椅子が一つ、これはヴェランダに置いてある。あたかも逆境にある王妃のぼろ服のような、大きな破れた葉を持つバナナ

の木は家のすぐ近くに伸びている。すぐ後ろにはアボカドの木があり、周囲をココ椰子《やし》が

ぐるりと取り囲み、これがこの土地の収入源となっている。アタの父親は土地のぐるりに

はずの木を植えた。これが今では目もあやな極彩色に繁茂して、あたかも土地に炎の柵《さく》を

めぐらしたようだ。家の前にはマンゴー、開拓地の隅には二本の双生のほうおうの木がそ

の真っ赤な花でココ椰子の金色に挑戦している。

ストリックランドはめったにパペーテの町へも出ず、土地で産するものを食べて暮らし

た。さして遠くないところに小川が流れている、彼はそこで水浴びした。時には一群れの

魚がこの流れを下ることがある。その時には土地の者が手に手に槍《やり》を持って集まり、口々

に叫びながら大きな魚があわてふためいて海へと逃げるところを突きさすのだ。時々スト

リックランドは珊瑚礁へ行き、小さな、色の鮮やかな魚をかごに一杯持ち帰る。それをア

タがココ椰子の油でフライにする。或《あるい》はえびを持ち帰ることもあった。或は又時にはアタ

が、足の下であわてて逃げまどう大きな陸がにをつかまえて、うまい料理をつくることも

ある。山の方には野生のオレンジがあり、時々アタが村の女達二、三人と連れ立って出か

け、緑の、甘い、香りのよい果実を取って戻ってくる。やがてココ椰子が実り、摘み取る

時期が来ると、アタの従兄弟《いとこ》達（どの土地の者もそうだが、アタにも親戚《しんせき》というものがい

やという程いる）が木の上に群がって、大きな熟した椰子の実を投げ落とす。彼らは実を

割って、日光に当てて乾かす。それからコプラを取り出し、サックにつめて、女達が礁湖

近くの村の貿易商のところへ運ぶ、すると貿易商がそれと交換に米や石鹸《せっけん》や缶詰の肉や金を少々渡す。時には近所で祝宴を催すことがあり、豚を一頭殺す。すると近所の者は出かけて行って、食べすぎて病気になる程食い、踊り、讃美歌を歌う。

ところが二人の家は村からうんと離れている。おまけにタヒチ島の人達は怠けものとくる。彼等は旅をしたり、噂話をするのは大好きだが、歩くのは嫌いだ。だからストリックランドとアタは何週間もぶっ通して二人きりということがある。ストリックランドは絵を描いたり、本を読んだりした。そして夕方、あたりが暗くなると、二人はヴェランダに並んで腰を下ろし、煙草をくゆらして、夜の景色を眺めた。そのうちアタに子供が生まれた。お産の時に助けに来てくれた老婆が引き続き居坐《いすわ》った。やがてその老婆の孫娘というのがやって来て、そのまま居ついた。そのうち又若者があらわれた――いったいどこから来たのか、誰の身内なのかはっきり知る者は一人もいない――だがとにかくその若者は行きあたりばったりにそこに居ついてしまった。こうしてこの人達がみな雑居することになった。

53

「ほら、ブルノ船長がいらしたわ」ある日私がストリックランドについてティアレの口から聞いたものを頭の中で組み立てていた時、ティアレはそう言った。「あの人はストリックランドのことをよく知っています。ストリックランドの家を訪問したこともありますからね」

見ると中年のフランス人で、大きな黒い髭《ひげ》には灰色の筋が入っているし、顔は日焼けし、大きなぎらぎら光る目をしている。小ざっぱりした厚手の綿の服を着ている。私は昼食の時、既に彼に気がついていた。中国人のボーイ、アーリンの言うところによると、彼は今日着いた船でパウモトゥ諸島から来たのだそうだ。ティアレは私を彼に紹介した。彼は名刺をくれた。大きな名刺で、ルネ・ブルノと印刷されてあり、その下にロン・クール号船長とあった。私達は台所の外の小さなヴェランダに腰かけていた。ティアレは家にいる女の子のために作っている洋服を裁断していた。ブルノ船長は私達の仲間入りをして腰を下ろした。

「そうです、私はストリックランドをよく知っています」とブルノ船長が言った。「私はチェスが大好きでしてね、あの人もゲームにはいつも目がなかった。私は仕事の関係で年に三度か四度タヒチに来ますが、あの人はパペーテにいさえすればここにやって来て、私達はチェスをやったものです。あの人が結婚した時」――ブルノ船長はほほえんで、肩をすくめた――「そのつまり、ティアレがストリックランドにやった娘《よ》の家で暮らすことになった時、あの人は会いに来てくれと言いました。私は結婚の祝宴に招ばれた客の一人です」彼はティアレの顔を見て、二人とも笑い声を立てた。「それ以来あの人はパペーテにあまり来なくなりました。それから一年ほどしてから、私は偶然に、何の用だったか忘れましたが、島のそちらの方へ行くことになりました。用がすむと私は自分にこう言いました、『そうだ、一つあのストリックランドをたずねてやっちゃどうだ?』とね。そこで私は土地の者一人二人にストリックランドのことを知っちゃいないかと思ってたずねてみました。すると、私のいるところから五キロと離れていないところに住んでいるってことがわかりました。で私は出かけてみました。あの訪問から受けた印象は一生忘れられますまい。私は環礁に暮らしています。低い島でね、礁湖を取りかこむ細長い土地です。私の土地の美しさといえば、海や空や礁湖のとりどりの色彩、それから優雅なココ椰子の木々などの美しさです。しかしストリックランドの住んでいた場所にはエデンの園のような美しさがありました。ああ、あの土地の魅力をあなたにわかるように説明できたらなあ。全世界からぽつんとかけ離れた一つの隅っこ、頭上には青空があり、豊かな木々がうっそうと茂っている。ふんだんな色彩の饗宴《きょうえん》でした。しかもあたりはかぐわしく、涼しい。あのパラダイスは言葉では説明できない。そしてそこにストリックランドは住んでいた。世の中のことを考えず、又世の中から忘れられて。ヨーロッパ人の目から見れば、あきれるほど汚いかもしれません。家は荒れ果てているし、決して清潔とはいえませんし。近づくと、ヴェランダに三、四人の土地の者が横たわっているのが見えました。御存じのように土地の者はかたまるのが好きでしてね。若い男は体をのばして横たわり、タバコをすっていました。パレオしか着ていません」

パレオというのは赤か青の木綿に白い模様を染めた長い布きれである。それを腰のまわりに巻きつけると、膝《ひざ》まで垂れる。

「十五くらいの女の子はタコの木の葉を編んで帽子を作っていました。老婆は尻《しり》を落として坐りパイプをくゆらしていました。その時アタもいるのに気がつきました。アタは生まれたばかりの子に乳をやっていました。もう一人の子供はすっ裸でアタの足もとで遊んでいました。アタは私を見ると、声をあげてストリックランドを呼びました。するとあの人は戸口へ出て来ました。あの人もやはりパレオしか身につけていません。赤い髭に、もじゃもじゃの髪、それに大きな毛深い胸をしているあの人の姿は一種異様なものでした。足は硬くなって傷あとがありましたから、いつも裸足でいるのだなとわかりました。すっかり土地の者になりきっていました。あの人は私を見てうれしそうでした。アタに夕めしには雛鳥《ひなどり》を殺せと命じていました。私が来た時にちょうど描いていた絵を見せるために、私を家の中に案内しました。部屋の片隅にベッドがあり、中央に画架があって、カンヴァスがその上にのっていました。私はあの人が気の毒だったのでそれまでにも、絵を二枚安く買って、その他の絵はフランスの友人に送ってやったこともあります。買う時には同情から買ったのですが、しばらくその絵と一緒に暮らすうちに、好きになってきましてね。まったくのところ、それらの絵に何か不思議な美しさを感じました。誰もが私のことを狂気の沙汰《さた》だと思っていましたが、結局私が正しかったことになりました。ここらの島では私が彼の崇拝者の草分けです」

ブルノ船長は意地悪な微笑をティアレに向けた。ティアレはストリックランドの家財が売りに出た時、絵を買わずに、二十五フラン出してアメリカのストーヴを買ったことを、又しても悲観した。

「その絵をまだ持っていらっしゃいますか？」と私がきいた。

「ええ。娘が年頃になるまで持っているつもりです。それから売ります。娘の持参金にしようと思いましてね」

それからブルノ船長はストリックランドを訪問した時の話を続けた。

「あの人の家で過ごしたことは一生忘れないでしょう。私は一時間も居るつもりはなかったのですが、あの人がどうしても一夜泊まってゆけと言うんです。私はためらいましたな、あの人がこれに寝ればいいと言ってくれたマットを見るとあまり気がすすみませんでね。でも、私はまあいいさと肩をすくめました。パウモトゥに自分の家を建てた時には、それよりもっと堅いベッドに何週間も眠ったんですからな、覆いといったら野生の灌木《かんぼく》しかないようなところでね。害虫の方は、皮膚が頑丈ですから、さされたって免疫があります。

「私達はアタが夕食の用意をしている間小川に泳ぎにゆきました。夕食をすませた後、ヴェランダに腰を下ろしました。私達は煙草を吸い、しゃべりました。若い男が手風琴を持っていて、十二年ほど前にミュージック・ホールではやっていた曲を奏《ひ》きました。それらの調べは、文明から何千マイルと離れている熱帯の夜に奇妙に響きました。私は、こんな風に雑居しているのはいやじゃないかとストリックランドにたずねました。あの人は、いや手近にモデルを置いておくのは好きだと言いました。間もなく土地の者は大きな声であくびをすると、寝に行き、ストリックランドと私だけが後に残りました。夜のきびしいほどの静けさといったら、口では言いあらわせないほどです。パウモトゥ諸島にある私の土地では、夜でもここほどの完璧《かんぺき》な静寂というものはありません。海辺には無数の動物ががさごそと音を立てます。貝殻をかぶった小さな生物はそーっと這《は》いまわりますが、陸がには音をたてて逃げまわります。時々ラグーンで魚のとびはねる音がします。又時には茶色のさめに追われて、他の魚が全部生命《いのち》からがら逃げる時の、あわただしい大きな水しぶきの音もします。とりわけ、珊瑚礁に当たって砕ける波のにぶい響きが時の流れと同じく絶え間なく聞こえてきます。しかしここでは物音一つしません。そしてあたりは夜の白い花の香りがただよっています。あまりにも美しい夜なので、魂は肉体の束縛に耐えられないような気がします。今にもその魂が神秘的な大気の中へふわふわと運ばれて行きそうな気がします。そうして死までが、愛する友人そっくりの相を呈します」

ティアレは溜息《ためいき》をついた。

「あーあ、もう一度十五に戻りたいわ」

というとティアレは、台所のテーブルにのっている車えびの皿に近づこうとしている猫を見つけて、さっと身をひるがえし、活発な悪口を連発しながら、あわてて逃げる猫の尻尾《しっぽ》に本をなげつけた。

「私はストリックランドに、アタと暮らして幸せかとたずねました。

『アタはおれを放っといてくれる』とストリックランドは言いました。『おれの食事を作ってくれるし、赤んぼの世話をする。おれの命じた事をする。アタはおれが女から求めているものをすべて与えてくれる』

『それじゃ、君はヨーロッパを後にしたことを一度も後悔しないかい？　時にはパリやロンドンの大通りの灯《あか》りや友人や同輩やその他の人たちとの付き合い、劇場や新聞、玉石を敷きつめた道路をわたるバスのとどろきなどを、なつかしいとは思わないか？』

長いことあの人は黙っていました。が、やがてこう言いました。

『おれは死ぬ迄《まで》ここに居る』

『だが君は退屈したり、淋《さび》しくなったりしないのかい？』と私はききました。

ストリックランドは含み笑いをしました。

『おやおや、君はどうやら、芸術家であることがどういうものかわからんようだね』と言いました」

ブルノ船長はおだやかな微笑を私に向けた。彼の黒い、親切な目にはすばらしい表情が浮かんでいた。

「ストリックランドは私を見そこなっていたんです。何故なら、私だって、夢を持つということがどういうものか知っています。私も幻想を抱いています。私は私なりにやはり芸術家なのです」

私達は三人ともしばらく黙っていた。ティアレは大きなポケットから煙草を一握り取り出し、めいめいに一つずつ手渡した。私達は三人とも煙草をくゆらした。遂にティアレが口をきいた。

「この方はストリックランドに関心を持っていらっしゃるんだから、クトラ先生のところへ連れて行ってお上げになったら？　あの先生ならストリックランドの病気や死について何か教えてあげられるでしょう」

「喜んで」と船長は私を見ながら言った。

私は船長に感謝した。彼は時計を見た。

「六時を廻《まわ》ったところだな。今すぐでよければ、先生の自宅へ行けば会えますよ」

私は即座に立ち上がり、ブルノ船長と並んで医者の家へと続いている道路を歩いて行った。医者は町はずれに住んでいたが、オテル・ド・ラ・フルールが町の端にあるので、私達はすぐ田舎へ出られた。広い道路はコショウの木で覆われ、両側にはココ椰子《やし》やヴァニラの栽培園があった。とうぞくかもめは棕櫚《しゅろ》の葉の間で金切り声を立てていた。私達は浅い川に渡した石橋に出た。数分立ち止まって、土地の男の子達が泳いでいるのを眺めた。甲高い叫び声と笑い声を立てて、追いかけっこをしていた。彼等の茶色の濡《ぬ》れた体は日の光をうけてきらきら光っていた。

54

最近いろんな人からストリックランドについて話をきいたが、どれも一様に、ある一つの事柄に私の注意を向けた。ブルノ船長と一緒に歩きながら、私はそのことを考えていた。つまり、この遠隔の島では、ストリックランドは本国の人々から見られていたような嫌悪の情を、誰の心にも起こしていないということだ。むしろ同情の念を起こさせている。そして彼の奇行は大目に見られている。ここの人々にとって、土地の者にしてもヨーロッパ人にしても、ストリックランドは風変わりな人間であって、初めっからそういう奴として通っている。世の中には風変わりなことをする変わり者がいくらでもいるさ、というわけだ。人間の現在の姿は自分がなりたくてなっているものではなくて、必然的にそうなっているのだということを、ここの人達はおそらく悟っているのだろう。イギリスやフランスでは、ストリックランドは丸い穴に打ち込んだ四角の釘《くぎ》だ。ところがここではいろんな形の穴がある。だからどんな種類の釘でも困りはしないのだ。ストリックランドはこのタヒチへ来てから、幾分おとなしくなったとも思えないし、利己主義や野蛮なところがいくらかしずまったとも思えない。ここの方が環境がよかったせいなのだろう。彼がこのような周囲の事情のもとに一生を送ったなら、彼も並の人と少しも変わらない人間として通ったのだろう。彼はこのタヒチ島で、同国人の間では予期もしなかったし望みもしなかったもの、つまり同情を得たのだ。

このことは私を少なからず驚かせた。私はブルノ船長にその驚きの幾分かを伝えようとした。ほんのしばらく船長は黙っていた。

「少なくとも私に関する限り、あの人に同情することは不思議じゃありません」と遂にブルノ船長は口をきいた。「何故なら、私もあの人もおそらく気づいていなかったんでしょうが、二人とも同じものを目ざしていたんですよ」

「あなたとストリックランドのような全く似ても似つかぬお二人が、共通に目ざすなんてものが一体ありうるでしょうか？」と私はほほえみながら訊《き》いた。

「美です」

「それはまた大きな問題だ」と私はつぶやいた。

「ねえ、あなた、人間は恋愛にうつつをぬかして、他のすべての事に対して耳も目もふさいでしまうことがあるでしょう。何故そんなことがあり得ると思いますか？　それは人間がガレー船の漕《こ》ぎ手の座に鎖でしばりつけられた奴隷と同じく、自分で自分をどうすることもできないからです。ストリックランドを束縛した熱情も恋愛と負けないくらいの暴君だったのです」

「あなたのお口からそれを伺うとは！」と私は答えた。「長い間私は、ストリックランドは悪魔にとりつかれているんだと思っていました」

「そしてストリックランドにとりついている熱情は美を創り出そうとする熱情です。その熱情があの人を落ち着かせず、あちらこちらとあの人をかり立てたのです。あの人は神聖なものへの郷愁《ノスタルジア》にたえずつきまとわれた永遠の巡礼者です。そしてあの人の心の内に住む悪魔は情け容赦がなかった。世の中には、真実への欲求があまりに激しいため、その真実に到達するためには、自分の世界の土台まで破壊してしまう人がいます。ストリックランドもその仲間です。ただあの人の場合は美が真実と入れ替わっているだけです。私はあの人に対して深い同情の念を禁じ得ませんでした」

「これも意外でした。そういえば、ある男がストリックランドからひどい痛手を蒙《こうむ》ったくせに、ストリックランドに深い同情を感じると私に言ったことがありましたっけ」私は一瞬口をつぐんだ。「今まで私にはどうもあの男が謎だったんですが、なるほど、そういうところにあの男の謎を解くかぎを見つけられたんでしょうなあ？　どうしてその点に思いつかれましたか？」

ブルノ船長は微笑をうかべて私の方を向いた。

「さっきも申し上げたでしょう、私も又私なりに芸術家だったからですよ。あの人に生気を与えているのと同じ欲求を、私も心の中に感じていました。ただ、あの人の場合は絵がその手段でしたが、私の場合は生活でした」

続いてブルノ船長は身の上を語ってくれた。私はそれをここに繰り返したいと思う。それはただ対照としてだけかもしれないが、とにかく私のストリックランドに対する印象に何かを付け加えているからだ。又一つには、その話自身が私には独得な美しさを持っているように思えるからだ。

ブルノ船長はブルターニュ人で、フランスの海軍に居た。結婚すると同時に海軍を退き、カンペールの近くに持っていた小さな土地に落ち着き、余生を平和に暮らすことになった。ところが、代理人の失敗から急に一文なしになってしまった。彼自身にしても妻にしても、今まで尊敬を払われていた土地で、貧乏暮らしをするのは気が進まない。船のりの生活をしていた間に、南太平洋を巡航したことがあるが、今彼は、あの土地で一旗あげようと決心した。まずパペーテで数か月暮らし、その間に計画を樹《た》て、経験を積んだ。それから、フランスの友人から借りた金で、パウモトゥ諸島の一島を買った。それは深い礁湖を取りまく環状の土地だった。無人島で、灌木《かんぼく》と野生のバンジローで覆われているだけだった。彼は勇気のある妻と、土地の者を二、三人連れて上陸し、家を建てはじめ、ココ椰子を植えるために灌木を伐《き》り払いはじめた。これは二十年前の話で、かつて不毛だった土地は今では果樹園になっている。

「はじめのうちは、つらい、気がかりな仕事でした、でも私達夫婦は一生懸命働きました。毎日私は夜明けと共に起き、木を伐り払ったり、植えつけたり、家の内外を整えたりしました。そして夜になって、ベッドに倒れ込むと朝まで死んだようになって眠りました。家内も私同様によく働きました。やがて子供達が生まれました。まず息子が、次に娘が。子供達の教育は全部家内と私でやりました。フランスからピアノを取りよせ、家内がピアノと英語を教え、私がラテン語と数学を教え、歴史は一緒に読むことにしました。子供達はボートを漕ぎますし、泳ぎも土地の者に負けないくらいよく泳げます。土地に関して知らぬものはないくらいです。私達の木は出来がいいし、私達の礁湖では貝がとれます。今タヒチに来ているのも、スクーナ船を買うためなのです。貝探しの手間を払っても損がないだけの貝がとれるし、そのうちには真珠だって見つかるかもしれません。私は無から物を生み出しました。ですから私も美を創り出したわけです。ああ、あなたにはとうていおわかりになりますまい、あの丈の高いすこやかな樹をながめながら、あの一本一本をおれ自身の手で植えたのだと思う気持ちがどんなものか」

「あなたがストリックランドになさったのと同じ質問をさせていただきましょう。あなたは一度もフランスやブルターニュの故郷を離れたことを後悔しませんか？」

「いつの日か、娘が結婚し、息子も嫁をもらって、この島で私の後が継げるようになったら、私達は私の生まれた古い家に戻って余生を送るでしょう」

「そうなると、幸せな生活をなつかしく思うことでしょうね」と私が言った。

「勿論《もちろん》ですとも。私の島はべつに胸の躍るようなことはありませんし、世の中から非常に遠く離れています——考えてもごらんなさい、タヒチに来るのでも四日かかるんですよ——でも私達はあそこで幸せに暮らしています。一つの仕事を企て、それを成しとげることは、ごく少数の人にしかできないことです。私達の生活は単純で無邪気なものです。野心を起こすこともなし、私たちの抱いている誇りといえば、私達の手によって成された仕事を思う時だけです。悪意も私達には手が届かないし、ねたみの心も襲いません。ああ、あなた、人々は労働のよろこびを口にしますが、意味のない文句です。しかし私にとっては、最も重大な意義を持った言葉です。私は幸せな男です」

「あなたは当然幸せになってもいいかたです」と私はほほえんだ。

「私もそう思いたい。しかし、無二の親友であり、相棒であり、無二の主婦であり母親でもある、あんないい妻を持つだけの資格が、私にあったでしょうか」

私は船長の話が私の想像に暗示を与えた生活をしばらく思い浮かべた。

「そのような生活を続け、しかもそれ程の成功を収めるには、あなた方お二人ともよほど強い意志と断固とした性格が必要だったでしょうね」

「まあそうですね。しかしもう一つ別の要素がなければ、私達は何も達成できなかったでしょう」

「そして、その要素とは？」

船長はいく分劇的に足を止め、腕を差しのべた。

「神への信仰です。これなしには私達は破滅していたでしょう」

やがて私達はクトラ医師の家に着いた。

55

クトラ医師は横も縦も堂々とした老フランス人である。その体は巨大なあひるの卵といった形。鋭く、青く、しかも人が良さそうな目は、時々自分の太鼓腹をさも満足げに眺めやる。顔の色つやがよく、髪は白い。会えばすぐ好意を感じるタイプの男である。クトラ医師は、フランスの田舎町の家によくありそうな部屋に私達を招じ入れた。ポリネシアの骨董品《こっとうひん》が一つ二つ、何かその部屋とそぐわない感じがした。医師は私の手を両手にとり――大きな手だった――心のこもったまなざしを向けた。しかしその目つきはなかなか抜け目がなかった。医師はブルノ船長と握手をした時、奥様やお子様はお元気ですか、といんぎんにたずねた。数分の間、挨拶《あいさつ》や島の噂話や、コプラやヴァニラの収穫の予想などのやりとりがあった後、やっと話は私の訪問の目的に達した。

クトラ医師が私に語った話を、私は医師の言葉を借りず、私自身の言葉で語ろうと思う。というのは、請け売りをしただけでは、とうてい医師のいきいきとした話し振りは伝わらないと思うからだ。医師は堂々とした体にふさわしい太く低くよく響く声をしているし、鋭い劇的感覚《センス》を持っている。医師の話を聞いていると、諺《ことわざ》どおりに、芝居を見るように面白い、しかも大抵の芝居より遥《はる》かに面白い。

話によると、クトラ医師はある日タラヴァオに年老いた、病気の女酋長《しゅうちょう》を診に出かけた。でぶでぶ肥《ふと》った老婆が、巨大なベッドに横になり、タバコをくゆらし、皮膚の黒い家の子郎党を大勢周囲に侍《はべ》らせている様子を、医師は手にとるように描写してくれた。老婆を診おわると、別室に案内され、夕食をご馳走《ちそう》になった――生の魚、バナナのフライ、ひな鳥、まあそういった類《たぐい》の典型的なその土地のもてなしだった。そして食べている時、医師は小娘が泣き泣き戸口から追っ払われているのを見た。医師はべつに気にもとめなかった。しかし、馬車に乗って家へ帰ろうと外へ出てみると、又その小娘が少し離れたところに立っているのが目に入った。小娘は悲しみに打ちひしがれた様子で医師を眺め、涙が両頬を伝って流れていた。一体あの娘はどうしたんだと医師は誰かにたずねた。あの娘は、病気の白人を往診してくれと頼みに山から下りて来たのだが、先生のお邪魔をしてはいかんと言い渡した、という話だった。医師は娘を呼んで、何の用かと自分でたずねてみた。娘は、以前オテル・ド・ラ・フルールにいたアタの使いで来たので、赤毛の人が病気なんですと言った。娘はくしゃくしゃの一片の新聞紙を医師の手の中につっこんだ。開けてみると中には百フラン紙幣が入っていた。

「赤毛の男って誰だ？」見物人の一人に医師はたずねた。

赤毛とは画家のイギリス人で、ここから七キロ上った谷間にアタと暮らしている男のあだ名だということだった。土地の者の説明でストリックランドのことだなと医師にはわかった。それにしても、歩かなくてはならない。医師にはとうてい行けたものではない、だからこそ人々は娘を追っ払ったのだ。

「正直なところ」医師は私の方を向きながら言った、「私はどうしようかとためらいましたな。悪い径《みち》を十四キロも歩くのは有り難くないし、その日のうちにパペーテには戻れそうもない。しかも、ストリックランドは私に好意を持っていなかった。怠け者の、ろくでなし野郎で、我々のように働いて暮らしをたてるより、土地の女と同棲《どうせい》する方が好きな男だ。そのうち世間が彼は天才なりという結論に達するだろうなどと、何でこの私にわかりましょう？　私は小娘に、自分で下りて来てわしの診察を受けることができんほど悪いのかと訊《き》きました。一体どこが悪いとお前は思うか、と訊いても、小娘は答えようとしない。私は強く訊きました。多分腹立たしげに言ったことでしょう。しかし小娘はただうつ向いて、泣きはじめるしまつです。そこで私は肩をすくめ、とにかく行くのがわしの務めじゃろうと思って、腹立ちまぎれに、道案内をしろとその小娘にいいつけました」

医師の機嫌は家についた時も決しておさまってはいなかったにちがいない、汗はどんどんふき出るし、喉《のど》はかわくし。アタは医師の来るのを待ち受けていたが、少し径の方まで出て来て、医師を迎えた。

「誰に会うより先にまずわしに何か飲み物をくれ。さもなけりゃ喉がかわいて死んでしまうわい」と医師は大声をあげた。「たのむから、ココ椰子《やし》の実を一つ取ってくれ」

アタは大声で呼ばわった。すると少年が走ってきた。少年は木に登ると、間もなくよく熟した実をほうった。アタはそれに穴をあけた。医師はその清涼な飲料を長いことかかって飲んだ。次いで巻きタバコを自ら巻いて、やっと機嫌がよくなった。

「さて、赤毛はどこにいる?」と医師は訊いた。

「家の中にいます。絵をかいています。先生が見えることは話してありません。中に入って診てやって下さい」

「だが、一体どこが悪いんだ? 絵をかくほどの元気があるんなら、タラヴァオまで下りて来る元気もあるだろう。そうすりゃ、わしがこんなくそいまいましい道を歩いてこんですんだのに。わしの時間もあいつのに劣らんくらい貴重だと思うがね」

アタは黙って、少年と一緒に医師の後から家の方へついて行った。医師を連れて来た小娘はもうヴェランダに坐《すわ》っていた。そこには老婆も壁を背に寝そべりながら土地の者用のタバコを作っていた。アタは戸口を指さした。奴等はなんであんな奇妙な素振りをするんだろうと医師はいら立たしげにいぶかしみながら、中に入った。ストリックランドはパレットを洗っていた。画架には絵がのっていた。パレオだけを身にまとったストリックランドは戸を背にして立っていたが、靴音を耳にして振り向いた。医師に腹立たしげな顔を向けた。医師を見て驚いたのと同時に、勝手に入りこんだことを怒っていた。しかし医師の方ははっと息を呑《の》んだ、その場に釘《くぎ》づけにされたように動けなくなった、目をこらしてじっとストリックランドを見た。まさかこんなことがあろうとは思いもかけなかった。医師はおそろしくなった。

「御挨拶《ごあいさつ》ぬきで入ってこられましたな」とストリックランドが言った。「何か御用ですか？」

医師は気を取り直したが、声が出るまでには容易なことではなかった。さっきのいら立ちはすっかり消えうせ——「そう、わしとしても認めんわけにはゆきません」——気の毒で気の毒でたまらなくなった。

「わしはクトラ医師じゃ。タラヴァオに女酋長を診に来た。するとアタから、あんたを往診するようにと使いが来た」

「ばかな女だ。最近少しばかり方々に痛みを覚えて、熱も少しありますが、大したこっちゃありません。そのうちに直ります。この次誰かがパペーテに行く時にキニーネを買わせましょう」

「鏡で自分の顔を見るがいい」

ストリックランドはちらと医師の顔を見て微笑した。そして壁にかかった小さな木の縁の安っぽい鏡のところへ行った。

「顔がどうかしましたか？」

「あんたの顔に奇妙な変化が起こっているのがわからんかね？　目や鼻や口が厚ぼったくなっているのがわからんかね？　それに顔つきが——何と言いあらわしたもんかな——本にはライオンのような顔と言っておるが。あんたは恐ろしい病気にかかっておると、わしの口から言わなくちゃならんのかね」

「私が？」

「鏡を見れば、典型的なハンセン病患者《かんじゃ》の顔つきだとわかるじゃろう」

「御冗談でしょう」とストリックランドは言った。

「冗談であれば何よりだが」

「私がハンセン病だとおっしゃるんですか？」

「残念だが、それに間ちがいない」

クトラ医師は今までに大勢の人に死の宣告を下したが、未《いま》だに宣告を下す際の恐怖に打ちかつことができない。死を宣告された男が自分と、心身共に健康ではかりしれぬほどの生の特権を持っているこの医師と比較する時、必ず覚える激しい憎悪の念を、医師は常に感じるのだった。ストリックランドは黙って医師を見つめた。いまわしい病のために変形した彼の顔には、何の感傷も浮かんでいなかった。

「あいつらは知っていますか？」遂にストリックランドは、ヴェランダでいつになく妙に黙りこくって坐っている人達を指さしながら言った。

「ここらの土地の者はこの病気の徴候をよく知っている。あんたに教えるのがこわかったんだろう」

ストリックランドは戸口へ進み出て、外を見た。彼の顔に何か怖ろしいものが浮かんでいたのだろう、いきなり土地の者はみなわっと大声で叫び、嘆き悲しんだ。彼等は声を上げて泣いた。ストリックランドは何も言わなかった。一瞬、彼等を眺めていたが、部屋の中へ戻った。

「どのくらい生きられるのでしょうか？」

「それはわからない。時には二十年も病気が続くこともある。病気が早く進行してくれる方が有り難いわけだ」

ストリックランドは画架のところへ行き、その上にのせてある絵を考え込んだ様子で眺めていた。

「あなたは長い道のりを来て下さった。重大な知らせをもたらした人に報いるのは当然です。この絵を受け取って下さい。今は何の価値もないでしょうが、いつかあなたはこの絵を持っていてよかったとお思いになるでしょう」

　クトラ医師は往診料はいらないと断った。さっきの百フラン紙幣は既にアタに返したくらいだ。ところがストリックランドはぜひこの絵を受け取ってくれと言い張った。やがて二人は一緒にヴェランダに出た。土地の者は激しくすすり泣いていた。

「静かにしろ。涙を拭《ふ》け」とストリックランドはアタに声をかけた。「大したことはないさ。おれはすぐにお前と別れるから」

「みんながあなたを連れていくんじゃないでしょうね？」とアタが叫んだ。

その頃、ここらの島では厳格な隔離のきまりがなかったから、ハンセン病患者は行きたければ勝手にどこへでも行けた。

「おれは山へこもる」とストリックランドが言った。

するとアタは立ち上がってストリックランドと面と向かった。

「他の人達は行きたければ行かせてもいいけれど、私はあなたのそばを離れません。あなたは私の夫、私はあなたの妻です。もしあなたが私を棄てるなら、家の後ろにある木で首をつります。神かけて誓います」

　アタの口調には何か底知れぬ力強さがこもっていた。アタはもはや人の言いなりになるやさしい土地の娘ではなかった、意志の強固な女だった。驚くほど人が変わった。

「おれと一緒にいることはないじゃないか？　お前はパペーテに戻ればいい。すぐ別の白人の男が見つかるだろう。婆さんがお前の子の世話をするだろうし、ティアレはお前が帰ればよろこんで迎えるだろう」

「あなたは私の夫、私はあなたの妻です。あなたの行くところへ私も行きます」

さしも堅牢《けんろう》なストリックランドの心も一瞬ぐらついた。そして両眼に涙が一滴たまり、両頬を伝って静かに流れた。やがて彼はいつもの皮肉な微笑を浮かべた。

「女って奴は風変わりな小動物ですな」とクトラ医師に言った。「犬ころ同様の扱いをしても、腕が痛くなるほど叩《たた》いても、なお奴らは愛してくれる」彼は肩をすくめた。「勿論《もちろん》、奴等に魂があるなんてのは、キリスト教の最も馬鹿げた錯覚の一つですよ」

「お医者様に何を話していらっしゃるの？」アタが気がかりそうに訊《き》いた。「あなたは行ってしまうんじゃないでしょうね？」

「お前が望むんならおれはここに止《とど》まるよ」

アタはストリックランドの前に跪《ひざまず》き、両腕で彼の脚を抱きしめると、脚に口づけした。ストリックランドはかすかな微笑を浮かべてクトラ医師を見た。

「結局、女共につかまってしまう。つかまったが最後、男は骨ぬきです。白人だろうと土地の者だろうと、女はみな同じですな」

クトラ医師はこんな恐ろしい病気に対して悔やみの言葉をかけるのも馬鹿げていると感じて、別れを告げた。ストリックランドはタネという少年に村まで案内するように言いつけた。クトラ医師は一瞬口をつぐんだが、やがて私に話しかけた。

「私はあの男が嫌いだった。さっきも言った通りあの男は私に好意的じゃなかったから。しかしタラヴァオへとゆっくり下って行く間、私はあの克己の精神にいやでも頭が下がらないではいられませんでした。あの勇気があればこそ人間の最も怖ろしい不幸にも耐えられるのでしょうな。タネと別れる時、私はタネに効きめがあるかもしれないから薬を送る、と言い置きましたが、ストリックランドがその薬を飲むのを承知する望みは薄いと思いました。いやそれよりも、たとえ飲んだところで、よくなる望みは更に薄かった。使いをよこしてくれたら何時でも往診してやるとアタへ伝えさせました。人生はきびしいものです。自然の女神は時々生みの子である人間をさいなむことに残虐な快楽を覚えるものだ。私は車にのってパペーテの居心地のいい我が家に戻る時、心が重かった」

長い間、私達は誰一人口をきかなかった。

「しかしアタは使いをよこさなかった」医師は遂に話を続けた。「私の方もたまたま島のそちら側へ行く機会が長い間なかった。ストリックランドの噂はまるで聞かなかった。一、二度アタが絵の道具を買いにパペーテにやって来たという噂を耳にしたが、アタに行き会うこともなかった。私が又タラヴァオに行ったのはそれから二年以上もたっていました。その時も例の老女酋長の往診のためでした。その家の人達に、何かストリックランドの噂を聞いていないかとたずねました。もうこの頃には、あの男がハンセン病にかかっていることは誰もが知っていました。まず少年のタネがあの家を立ち去り、次に、それから間もなく、老婆とその孫娘が立ち去った。ストリックランドとアタはその子供達と共に後に取り残されました。誰も彼等の果樹園の近くには寄りません。御承知のように土地の者はあの病気にはひどくおびえていますからね、昔はハンセン病患者だとわかると殺されたくらいです。しかし時々村の男の子達が小高い山々をあちこちとよじ登っているうちに、長い赤髭《あかひげ》の白人がぶらついている姿を見かけることがある。彼等はおぞけをふるって逃げ去ります。アタは夜中に村へ下りて来て商人をたたき起こし、ぜひ入り用ないろいろな品物を売ってもらうこともありました。アタは土地の者がストリックランドを見る目と同じく恐怖のまじった嫌悪の目で自分を見ているのを知っていたから、彼等に会わないようにしていたのです。ある時、女共が勇を鼓していつもより果樹園に近づいて見ると、アタが小川で着物を洗っていた。そこで女共はアタに石を投げた。その後、商人はアタにこう言い伝えるように命ぜられました、つまり、アタが二度とあの小川を使うなら、人々が出向いてアタの家を焼いてしまうぞ、と」

「人でなしめ」と私が言った。

「いやいや、あなた、人間なんていつもそんなもんですよ。恐怖のあまり残忍になるんです。私はストリックランドを往診しようと決心しました。女酋長の診察がすむと、私は男の子に道案内を頼みました。だが誰も私と一緒に行きたがらない。仕方なく私は独りで道を探さなくてはならなかった」

クトラ医師は果樹園に着いてみると、何となく心が落ち着かなくなった。さんざ歩いた末なので暑いはずなのに、身震いした。あたりの雰囲気には何か敵意がこもっているようで、医師はためらった。見えざる軍隊が医師の行く手をさえぎっているような感じを覚えた。見えざる手が医師を後ろに引き戻そうとしているようだった。今ではココ椰子《やし》の実を採りに近づく者もいないから、地に落ちて腐り放題だった。どこもかしこも荒れ果てていた。灌木《かんぼく》がはびこり、あれほど苦労して原始林から分捕ったこの一片の土地を、もう間もなく原始林が再び取り戻しそうな気配だった。医師はここここそ苦痛郷であるという感を覚えた。家に近づくと、この世のものとも思われない静寂に打たれた。最初は誰も居なくなってしまったのかと思った。その時アタの姿が見えた。台所に使っている差しかけ小屋で、尻《しり》を落として坐《すわ》りながら、鍋《なべ》の中で煮ている料理を見守っていた。そのそばで小さな男の子が黙々と泥んこの中で遊んでいた。アタは医師を見た時、微笑しなかった。

「ストリックランドを診に来た」と医師が言った。

「伝えて来ます」

アタは家の方へ行き、ヴェランダへ続く数段を上がると、中へ入った。クトラ医師はアタに従った。しかしアタが身振りで命じた通りに外で待っていた。アタが戸を開けた時、むっと甘い臭気が鼻をついた。これはハンセン病患者独特の臭気である。アタが何か言っているのが聞こえた、次いでストリックランドの返事も。しかしそれはストリックランドの声とも思われなかった。かすれて不明瞭《ふめいりょう》な声になっていた。クトラ医師は眉《まゆ》を上げた。病が既に声帯を侵《おか》しているなと判断した。やがてアタが出て来た。

「お会いしたくないそうです。お帰り下さい」

クトラ医師はぜひ診せてもらおうと言い張ったが、アタは医師を通そうとしなかった。クトラ医師は肩をすくめ、一瞬考え込んだ末きびすを返した。アタは医師と連れ立って歩いた。アタも一刻も早くわしから逃れたがっているな、と医師は感じた。

「わしで役に立つことは何もないかね？」と医師がきいた。

「絵の具を届けて下さい。あの人はそれ以外何も欲しがりません」

「まだ描けるのかい！」

「家の壁に描いています」

「お前にとっちゃ、つらい生活だろうね」

この時やっとアタは微笑した。アタの目には超人的な愛がこもっていた。クトラ医師はそれを見て驚くと同時に感嘆した。畏敬《いけい》の念すら覚えた。何とも言う言葉がなかった。

「あの人は私の夫です」

「もう一人の子供はどこにいるね？」と医師がきいた。「この前来た時には二人いたろう」

「ええ、あの子は死にました。マンゴーの木の下に埋めました」

アタはしばらく医師と連れ立って歩いたが、やがて、もう戻らなくてはと言い出した。これ以上先へ進んで、もし村人の誰かに顔を合わせたら大変と恐れているのだろう、と医師は推察した。医師は再びアタに、もし用があったら使いの者をよこしさえすればよい、すぐ行ってあげると言い残した。

56

やがて更に二年経ち、或《あるい》は三年経ったのかもしれない、とにかくタヒチでは気づかぬ間に時はすぎてゆくから、数え続けることはむずかしい。しかし遂にストリックランドが臨終だという伝言がクトラ医師のもとに届いた。アタはパペーテへ郵便物を運ぶ馬車を待ち伏せて、馭者《ぎょしゃ》にすぐ医師のところへ行ってくれと懇願した。しかし呼び出しを受けた時医師は出かけていたので、報《しら》せを受けとったのは夕方だった。そんな遅い時刻に出かけるのはできない相談だ。そこで翌日夜が明けるとすぐ医師は出発した。タラヴァオへ到着し、アタの家への七キロの径《みち》を歩いた。これがこの径の歩き納めとなったわけだ。径は草木が生い茂り、明らかに何年も未踏のままであったらしい。途《みち》を探すのは容易なことではなかった。時には川底をよろめき進み、時にはとげのある灌木の深い茂みの中を押しすすみ、頭上の木から垂れ下がっているすずめ蜂の巣を避けて岩の上によじのぼらなくてはならないことも度々だった。きびしいまでの静けさだ。

遂に小さな白木の家に辿《たど》りついた時はほっと安堵《あんど》の吐息をもらした。家は今ではひどくうすよごれ、乱雑になっている。しかしここも又同じように耐えがたいほどの静寂に包まれていた。医師は歩みよった。すると日だまりで無心に遊んでいる小さな男の子が医師の近づく気配におどろいて、すばやく逃げ去った。この子にとって見知らぬ者は即ち敵であった。クトラ医師は男の子が木の後ろからこっそり自分を見守っているのを感じた。入り口は広く開けっぱなしになっている。医師は大声で呼んでみたが、返事がない。中へ入ってみた。戸を叩《たた》いた、それでも何の返事もなかった。取っ手を廻《まわ》して、部屋の中へ入った。悪臭がむっと鼻をつき、ひどく吐き気を催した。ハンカチで鼻を押さえ、勇を鼓して中へ入った。中は薄暗いし、しかも今まで強い日光になれていた目には、しばらくの間何も見えなかった。やがて医師はぎくっとした。いったい今、自分はどこにいるのかわけがわからなくなってしまった。いきなり魔法の国へ入りこんだような気がする。なんだか大きな原始林があって、その木々の下を裸の人が歩いているような印象を受けた。やがて、それは壁にかいた絵であることに気づいた。

「いやはや、日にあたりすぎて頭がへんになったんじゃなけりゃいいが」と医師はつぶやいた。

かすかな人の気配を感じた。みると、アタが床に坐りこんで、ひっそりとすすり泣いていた。

いた。

「アタ」と医師は声をかけた。「アタ」

アタは気にも留めないふうだった。又もひどい悪臭のために殆《ほとん》ど気を失いそうになった。そこで医師は両切りの葉巻きタバコに火をつけた。目がようやく暗がりになれた今、壁画をじっと見ていると圧倒されそうな感銘にとらわれた。医師は絵のことは何一つ知らないが、これ等の絵には医師の心に異常な感動を与える何物かがある。床から天井まで、壁全体が不思議な精巧な構図でおおわれていた。言いあらわせないほどすばらしい神秘的な構図だった。医師は感嘆のあまり息をのんだ。自分でも理解することも分析することもできない感動にひたされた。世の始まりを見守る時にさぞ覚えるだろうと思われるような畏敬の念とよろこびを感じた。素晴らしい、官能的な、情熱的な絵だ。そのくせどこか怖ろしい、どこかぞっとさせるようなものもひそんでいる。自然の隠れたる深みまで掘り下げて探求し、美しいと同時に怖ろしい自然の秘密を発見した人間の作品である。人間が知ってはならぬことを知った人の作品である。どこか原始的な、すさまじいものがある。人間らしさがない。医師の心に漠然と黒魔術の思い出がよみがえった。美しいと同時に淫《みだ》らでもある。

「これこそ天才だ」

医師の口からうめくように言葉が出た。しかし言ったことすら自分で気づかなかった。

その時医師は、隅にあるむしろのベッドに気がついた。近づいて見ると、そこにはかつてストリックランドであった、恐ろしい、手足のない幽霊のようなものがあった。クトラ医師は勇気を振るい起こして、そのやつれ果てた恐ろしいものの上に身をかがめた。その時、医師はひどくぎくりとした、恐怖がかっと心中に燃え上がった、何者かが背後にいるのを感じたからだ。だが、それはアタだった。アタの立ち上がる音は聞こえなかった。アタは医師のすぐ傍で、医師と同じものを見つめていた。

「やれやれ、わしの神経はすっかり取り乱しているわい。お前のおかげですんでのところで肝をつぶすところだった」

医師は再び、かつては人間であったあわれな死体を眺めやった。その時医師は驚いて飛びのいた。

「だが、この男は目が見えなかったのだよ」

「そうです。ここ一年近く見えませんでした」

57

この時、訪問に出かけていたクトラ夫人が姿をあらわしたため、私達の話の腰は折られた。夫人は帆をいっぱいに張った船のように入って来た。堂々とした体格で、背が高く、でっぷりしている。豊かな胸を持ち、でっぷりした腹部は前の真っすぐなコルセットで驚くほどきつく締めつけてある。線のくっきりとした鉤鼻《かぎばな》に三重顎《あご》。胸を張ってすっくと身を伸ばしている。夫人は人を無気力にする熱帯の魅力に一瞬たりとも屈することなく、否《いな》むしろ温和な気候の中でも誰しも不可能と思われるほど活動的であり、世俗的であり、てきぱきしている。見るからに能弁そうで、入ってくるや、息もつかせず逸話や意見をまくし立てた。夫人の話のおかげで、たった今まで話していた私達の会話がまるで遥《はる》か遠い夢の話のように思えてきた。

間もなくクトラ医師は私の方へ振り向いた。

「ストリックランドからもらった絵は今でも診察室にありますが、御覧になりたいですか？」

「ぜひ」

私達は立ち上がった。医師は家を取り巻いているヴェランダの方へ私を案内した。私達は立ち止まって、庭に今を盛りと咲き乱れている華やかな花々を眺めた。

「ストリックランドが自分の家の壁全体に描いたあの風変わりな装飾のことが、長いこと頭から離れませんでした」と医師は述懐した。

私も実はそのことを考えていたのだった。ストリックランドはその壁画の中にはじめて、自分の言わんとすることをすっかり表現しえたのではなかろうか。黙々と仕事をしながらこれが最後のチャンスだと悟っていた彼は、おそらくその絵に人生について悟り得たすべてを、又予知できたすべてのことを言いつくしたにちがいない。そして多分そこに於《お》いてはじめて、心のやすらぎを見出《みいだ》したのだろう。彼にとりついた悪魔は遂に追い払われ、準備のために一生苦労し続けたこの仕事の完成と同時に、凡俗を離れた苦悩に満ちた魂に休息が訪れたのだ。彼はよろこんで死に就いた。目的は達成されたのだ。

「主題は何でしたか?」と私がきいた。

「どうもわからないのです。不思議な幻想的なものでした。この世の始まりの夢想図のようでもあるし、アダムやイヴ等のいるエデンの花園でもあり、男女の人間の姿の美しさへの讃歌でもあり、崇高で無関心で美しく残酷な自然の女神への讃美でもある。時間と空間の無限さをひしひしと感じさせられます。私が毎日身近に見ている木——ココ椰子《やし》、バンヤン樹、ほうおうの木、アボカドなどが、あの男の手によって描かれたのを見て以来、私はそういう木をちがった目で見るようになりました。まるでそれらの木には魂や秘密があって、いつも今にも摑《つか》まえられそうでいて、永遠に私の手からすりぬけてしまうのです。色彩はごく見なれた色彩ばかりです、そのくせどこかちがっていました。独自の意義を持っています。しかもあの裸の男女ときたら、地上にいながら、地上から遊離している。彼等の肉体を創った材料であるところの土の要素もいくらか持ってはいるが、それと同時に何か神聖なものも持っているように見える。原始的な本能をむき出しにした人間をそこに見て、何だかおそろしくなります。それはそこに自分自身の姿も発見するからでしょう」

クトラ医師は肩をすくめて微笑した。

「私をお笑いになるでしょう。私は物質主義者です、がさつなでぶです――フォールスタフ（シェイクスピアの劇中の人物）てところでしょうかな？――抒情味《じょじょうみ》なんて私には似つかわしくありません。道化じみていますな。しかしこれほど深い印象を私に与えた絵は見たこともありません。そう、ローマのシスティナ礼拝堂に行った時と全く同じ感銘をうけました。あの礼拝堂でも私はあの壁画をかいた人物の偉大さに畏敬《いけい》の念を覚えました。あれは天才です。途方もなく巨大で圧倒されんばかりです。自分がちっぽけな取るに足らんものに思えました。しかしミケランジェロの偉大さには誰しも予備知識がありますが、文明から遠く隔たった、タラヴァオの上の山の凹みにある土地の者の小屋で、あんなすぐれた絵を見ようとは何の予備知識もありませんでしたからね。それに、ミケランジェロのものはまともで健康です。彼の偉大な作品には、崇高なものの持つ静けさがあります。しかしストリックランドの方は、美しいには美しいが人の心をかき乱す何物かがひそんでいます。それが何であるか、私にはわかりませんが、なんとなく落ち着かなくなるのです。私の受けた印象はちょうど、自分の坐《すわ》っている隣の部屋は空っぽだと知っていながら、何故かしら、何者かがひそんでいるような怖ろしい感じを抱くのと似ていました。そんな馬鹿な、と自分を叱りつけ、神経のせいにすぎないとわかっていながら――そのくせ、そのくせ……少し経つと、打ちかちがたい恐怖に取りつかれ、目に見えない怖ろしさにつかまって手も足も出なくなってしまう。そうです、あの不思議な傑作が焼失したと聞いた時、私はそれほどがっかりもしませんでした」

「焼失した？」と私は叫んだ。

「ええ、そうですよ、御存じなかったのですか？」

「知るはずがありません。そういえば、この作品のことは誰からも聞いたことがありませんでしたね。それにしても、個人の所有物になっているのだろうと思っていました。今でもストリックランドの絵の確かなリストはない始末ですからね」

「ストリックランドは視力を失うと、自分の描いた二つの部屋の中に何時間も坐って、視力のない目で自分の作品を眺め、そしておそらく、それまでの一生かかっても見ることのできなかったものを見たことでしょう。アタの話では、あの男は一度も自分の運命について不平もいわなければ、勇気を失ったこともなかったそうです。最後まで心は平静で乱れなかったそうです。しかしアタにこう約束させました。自分を埋葬する時――埋葬といえば、私が自分で、あの男の墓を掘った話はしましたっけ。土地の者は誰一人病毒におかされた家へ近よりたがらないので、アタと私で、三つのパレオを縫い合わせその中に縫い込めて、マンゴーの木の下に埋葬しました――あの男は埋葬したら家に火を放ち、家が地に燃え落ち、棒切れ一つ残らないのを見届けるまでは立ち去るなと、約束させたそうです」

私はしばらく黙っていた、考えていたのだ。それからこう言った、

「では、ストリックランドは最後まで相変わらずだったわけですね」

「あなたにはおわかりになりますか？　実は私はアタを思い止《とど》まらせるのが私の務めだと思いました」

「今のお話のような気持ちを持っていらしたのに？」

「そうです、これこそ天才の作品だとわかったからです。我々が世の中からこの作品を抹殺してしまう権利はないと思ったからです。しかしアタはどうしても私の言うことをきこうとしません。約束しましたから、と言うのです。私は後まで残ってそんな野蛮な行いを目撃するのはいやでしたから、アタのしたことは後になって聞いたわけです。アタはかわいた床やたこのきのマットの上にパラフィン油をそそぎ、火をつけました。間もなく、くすぶる燃えさし以外にはあとかたもなくなってしまいました。こうして偉大な傑作は消えてしまったのです。

「ストリックランドはこれが傑作であることを知っていたのでしょう。彼の望んでいたものが達成されたのです。彼の一生は完成されました。一つの世界を創り出し、それがすぐれていることを知りました。それから、誇りと軽蔑《けいべつ》のあまり、それを破壊してしまったのです。

「それはそうと私の絵をお目にかけなくては」クトラ医師はそう言うと、動き出した。

「アタとその子供はどうなりました？」

「あの二人はマルケサス諸島へ行きました。あちらにアタの親類がいますから。男の子はキャメロン商会のスクーナ船のどれかに乗り組んでいるそうです。容貌《ようぼう》は父親そっくりということです」

ヴェランダから診察室へ入る戸口で、医師は立ち止まってほほえんだ。

「果物の静物画です。医者の診察室に飾るにはあまりふさわしい絵じゃないとお思いでしょう。だが家内がどうしても客間に飾りたくないと言いますんでね。家内はまるで醜悪な絵だと言うんです」

「果物の静物画ですか！」私は驚いて叫んだ。

私達は診察室に入った。私はすぐ絵に目を向けた。長い間眺めていた。

それはマンゴー、バナナ、オレンジ等の山であった。一目見た時は全く無邪気な絵だった。もしこの絵が後期印象派の展覧会に陳列してあったなら、不注意な人であれば、後期印象派の代表的な絵としてすぐれてはいるが、非常に非凡とはいえない、くらいのところで通ってしまうかもしれない。しかしおそらく後になって、この絵の思い出がその人達の心によみがえってくるだろう、そしてその人は何故だろうと不思議に思う。そうなったらもうその人は、一生この絵を忘れさることができなくなる。

色彩は実に変わっていて、言葉ではとうていそれらの色から受ける波立つ感情を言いあらわすことはできない。くすんだ青もある。巧妙な彫刻をほどこした瑠璃《るり》色のどんぶりのように不透明である。そのくせ神秘の生命の鼓動を想わせるようなかすかにゆらぐ光がある。紫もある。腐ったなまの肉のようにおそろしい。そのくせヘリオガバルス（二〇四―二二二、ローマ皇帝、放蕩の限りをつくして悪名高い王）の頃のローマ帝国を髣髴《ほうふつ》とさせるような白熱した官能的な情熱を秘めている。赤もある。西洋ひいらぎの実のように真紅である――イギリスのクリスマス、雪、ご馳走《ちそう》、子供のよろこびなどをしのばせる――そのくせ、何かの魔法の力によって、その赤は和らげられ、鳩の胸毛のように気の遠くなるような柔らかさを備える。濃い黄色もある。しかしそれは異常な情熱を伴って薄れゆき、はては泉のようにかぐわしく、山の小川のきらめく水のように清純な緑へと変わる。どのような苦悩せる空想がこのような果実を生んだのか、誰にわかろう？　これらの果実はポリネシアのヘスペリデス（ギリシャ神話に出てくる、金のリンゴの楽園を守った四人の姉妹）の果樹園でとれるものだ。この果実の中には妙にいきいきと息づいているものがある。あたかもこれらの果実は、物の形がまだ最終的に固まっていなかった頃、つまり地球の暗黒時代に創造されたかのようだ。途方もなく豪華である。むせかえるような熱帯の香気を帯びている。それら独特の地味な情熱を秘めているように見える。魔力を持った果物で、それを食べると、人知れぬ魂の秘密へと通じる門や、想像の神秘的な宮殿へと通じる門が開かれるかもしれない。待ち受けていなかったような危険をひそませながら、不機嫌におし黙っている。そしてそれらを食べると、人間は獣になるか、さもなければ神になるだろう。すべて健康で自然なもの、単純な人間同士の幸せな関係や、単純なよろこびにつながるすべてのものは、これらの果実からあわてて身を引いてしまった。そのくせ、それらの中には怖ろしい魅力がある。そして、あの「知恵の木の実」のように、未知の可能性をはらんで無気味である。

遂に私は絵から目をそらした。ストリックランドは死ぬまで自分の秘密を自分独りの胸にしまっていたと感じた。

「さあ、あなた」クトラ夫人の大きな快活な声が聞こえた、「ずっと何をしていらっしゃるの？　食前の酒《アペリティーフ》が来ましたよ。お客様に、キンキナ・デュボネを少し召し上がらないか伺ってみて下さいな」

「よろこんで頂きます」私はヴェランダに出ながら言った。

呪文《じゅもん》はとけた。

58

私がタヒチを去る時が来た。この島の心やさしいならわしに従って、知り合いになった人達から贈り物をもらった——ココ椰子《やし》の葉から作った籠《かご》とか、たこのきのマットとか、扇など。そしてティアレは小粒の真珠を三つと、バンジロウの実からティアレ自らぽっちやりした手で作ったゼリーの瓶を三つくれた。ウェリントンからサンフランシスコに向かう途中二十四時間だけタヒチに立ちよった郵便船が、船客に乗船するように警告の汽笛を鳴らした時、ティアレはその大きな胸に私をひしとかき抱いたので、あたかも私は大波うつ海へ沈みこんだ感がした。そして彼女の赤い唇を私の唇に押しあてた。彼女の眼には涙が光っていた。私達の乗っている船が珊瑚礁の切れ目を用心深く通りぬけながらラグーンからゆっくりと出て、大海へと乗り出した時、私の胸にふと一抹の淋《さび》しさがこみ上げた。そよ風は今なおタヒチ島の快い香をのせている。タヒチは遠い島だ、もう二度と見ることはできないだろう。私の生涯の一章は終わったのだ。避けがたい死へ、一歩近づいた感じがした。

一月とちょっとでロンドンへ戻った。さしあたっての用向きをすませた後、ストリックランド夫人は夫の晩年について私の話を聞きたいかもしれんと思いついたので、手紙を出してみた。夫人とは大戦のずっと前から会っていなかったから、電話帳で住所をしらべる他はなかった。夫人は約束の日取りをしらせてくれた。そこで私は夫人が今住んでいるカムデン・ヒルの小ぎれいな家へ出向いた。夫人ももう今ではかれこれ六十に近い年配だったが、老い込みもせず、誰しも五十以上とは思わないだろう。夫人の顔は細く、皺《しわ》も大してない。上品に老けるタイプの顔だ。だから、人々はこの夫人は若い頃はさぞ美しかったろうと、本当の若い時の容貌《ようぼう》より買いかぶって想像する。まだすっかり灰色になっていない夫人の髪は似つかわしい結い方をし、黒い服はあかぬけている。姉のマックアンドルー夫人が夫より二年おくれて他界した時、妹に遺産を譲ったという話を思い出した。家の様子や、戸を開けに出た女中の小ざっぱりしていたことから推して、その遺産はこの未亡人がつつましく安楽に暮らしてゆくには充分な額だったなと判断した。

客間に通されると、ストリックランド夫人には先客があった。その客が誰かわかってみると、ちょうどその時刻に私を招《よ》んだのはまんざら偶然とは言えないように思えた。訪問客はヴァン・ブッシュ・テイラー氏というアメリカ人で、ストリックランド夫人はチャーミングな微笑を浮かべながらテイラー氏に言い訳をして、私にくわしく紹介してくれた。

「御存じのように私達イギリス人はそれはそれは何も知らないんでございましてね。くわしくお話ししなくてはなりません。でもどうぞお許し遊ばして」というと夫人は私の方を向いた。「ヴァン・ブッシュ・テイラーさんは有名なアメリカの批評家でいらっしゃいますのよ。もしテイラーさんの御本をまだ読んでいらっしゃらないようでは、あなたの教育はずいぶんなおざりになっていたわけで恥ずかしいことですわ、すぐにその埋め合わせをなさらなくちゃ。テイラーさんは私のチャーリーについて何かお書きになっていらっしゃって、私に色々聞かせてほしいとたずねていらしたわけですの」

ヴァン・ブッシュ・テイラー氏は非常にやせっぽちなのに頭だけは大きく、禿《は》げていて、骨ばっててらてら光っている。そしてその偉大な頭蓋円屋根《ずがいドーム》の下にある、黄色く深い皺の刻みこまれた顔は非常にちっぽけに見える。静かな、丁寧過ぎるほど丁寧な人だ。ニューイングランド訛《なま》りで話す。彼の物腰には血の通っていないような堅苦しさがあったから、一体何故こんな男がわざわざチャールズ・ストリックランドなどにかかずらっているんだろうと疑問に思わないではいられなかった。ストリックランド夫人がやさしさを込めて夫の名を言ったことに、私はいささかむずがゆさを覚えた。夫人とテイラー氏が話している間、私は私達の坐《すわ》っている部屋をせんさくした。ストリックランド夫人は時勢に従って模様がえをした。かつてアシュリー・ガーデンの邸《やしき》の客間の壁を飾っていたモリス風の壁紙も、渋いクレトン更紗《さらさ》も、アランダル更紗も今はなく、部屋は幻想的な色彩で燃えていた。この変化に富んだ色彩は、夫人としては流行に従って使ったまでだが、実は南太平洋の島にいた一人の貧しい画家の幻想によるものであることを果たして夫人は知っているのだろうか。夫人の口から、私のこの疑問に対する解答が与えられた。

「お宅のクッションはすばらしいものですね」とヴァン・ブッシュ・テイラー氏は言った。

「お気に召しまして？」と夫人はにこやかに答えた。「バクスト（一八六八―一九二四、ロシアの画家、意匠家）のものですわ」

そのくせ、壁にはストリックランドの傑作の色ずりの複製が数点飾ってあった。これはベルリンの出版者の企画によるものである。

「絵を見ていらっしゃるのね」と夫人は私の視線を追って言った。「勿論《もちろん》、原画はとても私の手には入りませんけれど、せめてこの複製があるので慰みになりますわ。出版者御自身が私に送って下さいましたの。この絵がどんなに私の心を慰めてくれるかしれません」

「こういう絵を身近に置いておかれるのはさぞいいでしょうな」とヴァン・ブッシュ・テイラー氏が言った。

「ええ、そうですのよ、どの絵も本当にしんから装飾的ですもの」

「そうそこです、私は常々心に深く信じていますが、偉大な芸術というものは常に装飾的であります」

テイラー氏と夫人は、赤子に乳をふくませている裸の婦人、その傍で一人の娘が跪《ひざまず》いて無心な赤子に一輪の花を捧《ささ》げている絵をしばらく見つめていた。その三人を見下ろしている、皺くちゃのやせこけた魔女がいる。これが、『聖家族』(キリスト・聖母マリア・聖ヨセフを表した絵)のストリックランド版である。絵の人物のモデルは、タラヴァオの奥の家にいた家族だなと私は感づいた、女と赤子はアタと長男だ。果たしてストリックランド夫人はこの事に気づいているのだろうか?

テイラー氏と夫人の話はなおも続いた。ヴァン・ブッシュ・テイラー氏が少しでも夫人を気まずくさせそうな話題をすべて避けたその気転と、ストリックランド夫人が偽りの言葉を一つも言わずして夫婦の間が常に完璧《かんぺき》であったことをほのめかしたその巧みさに、私は感嘆した。遂にヴァン・ブッシュ・テイラー氏は帰ることになり、立ち上がった。女主人の手を取って、少し念が入りすぎているかもしれないが、優雅な感謝の言葉を述べて立ち去った。

「あの人のために退屈なさらなかったかしら」テイラー氏が立ち去って戸が閉まると、夫人はそう言った。「そりゃ時にはうるさいこともありますけれど、でも私、できる限りチャーリーについての情報をみなさんに教えてさし上げるのが当然だと思いますの。天才の妻だったからには少し責任がありますわ」

夫人は二十年以上も昔と少しも変わらず、正直で同情にあふれるあの快いまなざしを私に向けた。私は夫人が私をからかっているのかといぶかしんだ。

「勿論お仕事はおやめになったんでしょう?」と私がきいた。

「ええ、やめましたわ」と夫人はさりげなく答えた。「あのお仕事はまあ道楽でしていたようなもので、他にべつに理由はありませんでしたし、子供達も店を売るようにせがみますんでね。子供達は私が精を出しすぎると申しますの」

どうやらストリックランド夫人は、生活のために働くというような恥ずべきことをしたのをとんと忘れているらしい。夫人は他人《ひと》の金に依存して生活することこそ本当にたしなみがいいのだという、真の淑女の本能を持っている。

「子供達も今ここに来ていますの。子供達もさぞあなたがお父さんのことについて話して下さるのを聞きたいと思いましてね。ロバートを覚えていらっしゃるでしょ?　あの子は今度、戦功十字勲章に推せんされましたのよ」

夫人は戸口まで行って、子供達を呼んだ。牧師の襟のついた軍服を着た背の高い男が入ってきた。少しぼてっとした感じの美男子で、少年の頃と同じ率直な目つきをしている。その後から妹が入ってきた。この人も今では、私がストリックランド夫人とはじめて知りあった頃の夫人と同じ年配にちがいない。彼女も又、娘時代はさぞ綺麗《きれい》な娘さんだったろうと、実際の娘時代の器量より買いかぶって想像されるタイプだ。

「子供達のことは少しも覚えていらっしゃらないでしょうね」とストリックランド夫人は誇らしげにほほえんだ。「娘は今ではロナルドソン夫人と言います。夫は砲兵隊の少佐ですの」

「うちの人は生粋の軍人気取りでいますのよ。ですからまだやっと少佐なんですの」とロナルドソン夫人はほがらかに言った。

私はずっと昔、この娘さんは軍人と結婚するだろうと予想したことを思い出した。当然そうならなくてはならないようにできていた。軍人の妻としての気品を全部身につけていた。親切で、愛想がよい。しかし自分は並の人と全く同じではないという内心の確信を殆《ほとん》どかくすことができなかった。ロバートは張り切っていた。

「あなたがいらっしゃる時にちょうど僕もロンドンに居合わせたなんて、幸運でしたよ。ほんの三日間の休暇ですからね」

「とても帰りたがっていますのよ」と母親が言った。

「そう、正直なところ、前戦での生活は実にすばらしいんです。いい友達が大勢できたし。勿論戦争やなんかそういったたぐいのものはおそろしいことですよ、しかしたしかに人間の中の一番よいところを引き出してくれる、それだけは否定できません」

それから私は、タヒチに於《お》けるチャールズ・ストリックランドについて私の知り得たところを三人に話した。アタやその子のことは言う必要はないと思ったが、その他のことはできるだけ正確に伝えた。ストリックランドのいたましい死について話し終わると、私は口をつぐんだ。一、二分の間私達はみんな黙っていた。やがて、ロバート・ストリックランドがマッチをすって煙草に火をつけた。

「神の臼《うす》は回転はのろいが、ひく粉は極めて細かい」（神の報いの来るのはのろいが必ずいつかはやってくる、の意。F. von Logau, 1604—55 の『応報』のロングフェロー訳に出てくる一節）とロバートはいささか感銘をあたえるような調子で言った。

ストリックランド夫人とロナルドソン夫人は少し敬虔《けいけん》な表情でうつむいた。その表情からおして、私は二人がこの文句を聖書からの引用だと思っているにちがいないと思った。いやそれのみか、当のロバート・ストリックランドだって、婦人方と同じ錯覚を抱いていないとは言い切れない。何故か知らないが、私はふとストリックランドとアタとの間にできた息子を思い浮かべた。人々の噂では、その息子は陽気で、気のおけない若者だということだ。私は彼が、働いているスクーナ船の上で、ダンガリー布製のズボンだけを身につけている姿が目に浮かぶようだった。又、船がそよ風にのってすべるように航海している夜、水兵達は上甲板に集まり、船長と荷主代表はパイプをくゆらしながらデッキチェアに身を沈めている時、彼が手風琴のぜいぜいいう音にあわせて、他の若者と一緒に、はげしく踊りまくる様子が目に浮かぶような気がした。頭上には青い空と星、周囲は見渡すかぎり島影一つない太平洋。

聖書からの引用句がふと唇の先まで出かかったが、私は控えた。何故なら俗人が牧師の縄張りを荒らすことはいささか冒瀆《ぼうとく》であると牧師方が思うだろうから。二十七年間もホイットスタブルの教区牧師をしていた私のハリー叔父はこういう場合、悪魔でも自分の都合のよいように聖書を引用しようと思えばできるから（シェイクスピアの『ヴェニスの商人』一幕三場九九行）、と言うのが常だった。ハリー叔父は、一シリングで本場の牡蠣《かき》を十三も買えた時代のことを覚えている人なのだ。

解説

サマセット・モーム――人と作品

生い立ち　W・サマセット・モームは一八七四年一月二十五日、パリで生まれた。しかし父も母も生粋のイギリス人である。モーム家の祖先はアイルランドの出で、モームの祖父の代までは大した人物は出なかったらしい。しかし祖父ロバート・モーム（Robert Maugham; 1788―1862）は弁護士として名をなし、法律家協会を創立し、法律や道徳に関する著書も多かった人だ。このロバートに八人の子があり、その長男がモームの父親の、ロバート・オーモンド・モーム（Robert Ormond Maugham; 1823―84）である。父は祖父ほど有名でないまでも、一通り名の通った弁護士で、著作もし、多くの蔵書を持ち、旅行好きだった。一八五〇年に在仏イギリス大使館付顧問弁護士に任ぜられた。四十歳の年、二十三歳のイーディス・メアリ・スネル（Edith Mary Snell）と結婚した。これがモームの母である。母の父親は軍人、母親は何十冊かの小説を書いた人だという。母は物腰の優雅な美人で、当時のパリの社交界の花形であった。

両親の間に次々と六人の男子が生まれたが、うち一人は死産、一人は生まれて間もなく死んだ。結局四人兄弟の末子として、モームは育った。パリのシャンゼリゼーに程近い住宅街で、フランス語を日常語として、何不自由ない幼年期を過ごした。

みじめな少年期　しかし早くも八歳の時、モームの運命に暗い影がさし始めた。やさしく、美しい母が結核で死んだ。モームの自伝的長篇『人間の絆《きずな》』(*Of Human Bondage*)はこの母の死の場面で始まっている。母の死はモームの心に生涯癒《い》えぬ傷あとを残したようだ。つづいて母の死後二年で、父もまた癌で死亡した。十歳で両親を失ったウィリー少年(モームの愛称)はイギリス南東部、ケント州のウィットスタブル(『人間の絆』や『お菓子と麦酒《ビール》』などの中でブラックスタブルとなっている町)で牧師をしていたヘンリー・マクドナルド・モーム(Henry MacDonald Maugham)に引きとられた。叔父《おじ》は頑迷で、世間体を気にする俗物。幼いウィリーに対して無理解。叔母はドイツの貧乏貴族の出で、気のやさしい地味な婦人。幼いウィリーにやさしくしてやりたい気持はあるのだが、自分の子がいないので、子供の扱い方がわからない。

ウィリー少年は十三歳の時、キャンタベリにある全寮制のキングズ・スクールに入れられた。叔父の考えでは、この学校を出たらオクスフォード大学に進ませ、ゆくゆくは牧師にさせるつもりだった。ウィリーは、言葉がフランス語なまりだし、体は小柄で、母ゆずりの肺病の徴候があるし、はにかみ屋の上に、ひどいどもりだったので、教師や友だちとなじめず、耐えがたいほど屈辱的な寄宿生活を送らねばならなかった。

作家を目ざす　この不幸な環境のため、生まれつき内気だったのが、ますます内向的、内省的な性格になり、自分には、多くの人と接したり、しゃべったりする職業——すなわち祖父や父のような弁護士や、叔父のような牧師には不向きと悟り、ぜひ作家になろうと早くから心に決めるようになった。

まず手はじめに、オクスフォード大学行きをすすめる叔父を説得して、一年間ドイツのハイデルベルク大学に聴講生として留学した。ドイツでの一年間は自由を満喫できた上に、大学の講義や友人から、哲学上、芸術上の刺激を多く受けた。モームはますます作家志望の決心を固くしてイギリスへ戻った。十八歳の時である。

しかし、牧師にならないことをやっと認めさせた叔父の手前、いきなり作家になるとは切り出せず、一応、当時イギリスで知的な職業と思われていた職（神学・法学・医学）につくことになった。まず特許会計士の事務所に見習いとして勤めたが、二か月ほどでやめてしまった。今度は、医者になるというと、叔父も叔母も賛成したので、一八九二年の秋、ロンドンの聖トマス病院付属医学校へ入学した。

一八九七年に医者の資格をとるまで医者修業をしたわけだが、最初の二年間は、医学の基礎勉強よりも、ロンドンの下宿先で作家修業に熱を入れていた。しかしやがてインターンとして直接患者に接するようになると、医者修業にも張りが出てきた。殊に免状を得るため一定数の出産に立ちあう必要があり、そのために警官さえ出入りをためらうほどのランベスの貧民窟《くつ》へも出入りしたことは、生《なま》の人間、生の人生にじかにふれる貴重な体験となった。

この時の体験をもとにして長篇『ランベスのライザ』(*Liza of Lambeth*) が生まれた。美少女ライザの悲恋を軸に、貧民窟に住む人々の生々しい生活をリアルなタッチで描いたところに新味があり、かなりの成功を収めた。これがモームの処女出版である。一八九七年、モーム二十三歳、医学校での最終学年の時であった。

処女作品はかなりの成功を収めたとはいえ、ふところに入った実収入はわずかだった。せっかく資格まで取った医業を捨てて、不安定な文筆稼業に専念することに、周囲の人々は危惧《きぐ》の念を抱いたがモームは断固、著作に専念した。

劇作家モーム　それから約十年間、主にパリで下宿ずまいをしながら、小説や戯曲を書きまくった。しかし小説は大して評判にならず、戯曲はどの劇場からも閉め出され、気持ちのあせりと貧困のつらさをさんざなめた苦闘時代である。

「金は第六感のようなものだ。これなしには他の五感も十分働かない」(『サミング・アップ』三十二節)と述懐しているところを見ると、よほど生活が苦しかったのだろう。

幸運がつきはじめたのは、一九〇七年、急に『フレデリック夫人』(*Lady Frederick*) という戯曲が上演されることになり、それがたまたま大当たりとなり、ロングランになってからである。いったんつきが回ってくると、おもしろいように次々とモームの作品が上演された。新作・旧作とりまぜて、一九〇八年には同時に四つの戯曲がロンドンの大劇場で上演された。このことはよほど評判になったと見えて当時の『パンチ』誌上に、モームの四つの芝居の広告の前で、シェイクスピアが指をくわえている漫画がのったほどである。

こうしてモームは、まず劇作家として文壇の寵児《ちょうじ》となった。生活も安楽になった。モームの宿望は達せられたわけである。

『人間の絆』　人気劇作家としての地位は確立し、生活も安楽になったが、しかしまだモームの心をたえず悩ます大きなしこりが残っていた。過去の思い出である。母の死、つらかった学校生活、楽しかったドイツ留学などの思い出がたえずしつこくモームにつきまとって、しだいに耐えがたいものになってきた。過去の亡霊からのがれて心の平和をとりもどすためには、洗いざらい小説の形に書いてしまうほかはないと考えた。非常な長篇になることはわかっていたし、書いている間は、他の事に心を煩わされたくなかったので、しばらく舞台と縁を切って、『人間の絆』一本に専念することにした。一九一二年に書きはじめ、一四年に脱稿、一五年に出版した。

『人間の絆』は自叙伝ではないが、自伝的小説で、フィリップという青年の魂の発展を描いたものである。前半には自伝的要素が多いが、後半はミルドレッドというわがまま者の娼婦《しょうふ》にさんざ翻弄《ほんろう》されつつも彼女との絆が断ち切れずに悩むくだりが大部分を占める。そして、サリーという心やさしい平凡な娘に結婚を申しこみ、平和な生活を夢みるところでこの小説は終わっている。

ロウジーとシリー　モームと因縁の深かった女性は二人いたが、『人間の絆』のミルドレッドやサリーのモデルではないようだ。あまりにも性格が違う。モーム自身が一九六二年、雑誌に発表した『回顧録』に、この二人の女性のことが書かれている。一人は『お菓子と麦酒《ビール》』の女主人公ロウジーのモデルとなった二流どころの女優で、実の名もやはりロウジーといった。モームとの関係は一九〇四年ごろから八年間つづく。モームが生涯で最も愛した女性だが、誰とでも寝るくせがあるので結婚をためらっていた。ついに結婚の決心がついた時はすでにおそく、一足ちがいでロウジーは貴族の息子と結婚することにきまっていた。

もうひとりはシリーといって、彼の妻となった女性である。『人間の絆』を執筆中、当時人妻であったシリーと知り合い、二人の仲は急速に進んだ。一九一六年に結婚したが、派手好きで、家庭的でないシリーとの結婚ははじめから失敗であった。シリーの悪妻ぶりにさんざ悩まされたあげく、一九二七年離婚した。その後、モームは生涯再婚しなかった。

さまざまな体験　モームはかねてから、執筆のかたわら、さまざまな体験を積んでみたいと望んでいた。その方が、執筆だけに専念するよりよい物が書けそうだという考えであったから、『人間の絆』を脱稿した後、たまたま第一次世界大戦（一九一四―一八年）が勃発《ぼっぱつ》すると、直ちに赤十字野戦衛生隊に志願し、フランス戦線に出た。間もなく情報部の仕事に移され、スイスを舞台に働いた。一九一七年には革命下のロシアへも行っている。この間の諜報《ちょうほう》活動をもとにして書いた短篇集が『アシェンデン』(*Ashenden*)（一九二八年）である。

母親ゆずりで、モームは若いころから肺が弱かった。十六歳の時にも、南フランスに転地療養したことがある。大戦中の諜報活動で再び健康を害し、スコットランドのサナトリウムに入った。ここでの生活に基づいて書いたのが短篇『サナトリウム』（*Sanatorium*、短篇集『環境の動物』に収録）である。

モームは旅行好きであった。彼ほどよく旅行をした作家は稀《まれ》であろう。旅行癖は、十七歳の時ドイツに一年間留学し、その間に欧州各地を旅した時から病みつきとなり、その後は、ヨーロッパ各国はもとより、アメリカ、東洋、南太平洋の諸島をしばしば訪れ、それぞれを舞台に長篇・短篇を書いた。

円熟期　画家ポール・ゴーギャン（Paul Gauguin）をモデルにした長篇小説『月と六ペンス』（*The Moon and Sixpence*）が一九一九年に出版され、まずアメリカで、ついでイギリスで、驚異的なベストセラーとなった。それまで大した評判でもなかった『人間の絆』までが、そのために見直されることとなり、かくしてモームの長篇作家としての地位が確立することになった。続く十数年間は、作家として最も脂ののった期間である。

戯曲では『おえら方』（*Our Betters*, 1918）、『シーザーの妻』（*Cæsar's Wife*, 1919）、『家庭と美人』（*Home and Beauty*, 1919）、『ひとめぐり』（*The Circle*, 1921）、『貞淑な妻』（*The Constant Wife*, 1926）など、いずれも上流社会を舞台にした、しゃれた味の台《せり》

詞《ふ》を持つ風俗喜劇を次々と上演し、大当たりをとる。

長篇小説では、『月と六ペンス』につづいて、『五彩のヴェール』（*The Painted Veil*, 1925）、『お菓子と麦酒』（*Cakes and Ale*, 1930）、『片隅の人生』（*The Narrow Corner*, 1932）、『劇場』（*Theatre*, 1937）。

短篇小説では、『雨』（*Rain*）、『赤毛』（*Red*）など、南海ものを集めた『木の葉のそよぎ』（*The Trembling of a Leaf*, 1921）、『カジュアライナの木』（*The Casuarina Tree*, 1926）、前述の『アシェンデン』、『一人称単数』（*Six Stories Written in the First Person Singular*, 1931）、ごく短いものばかりを集めた『コスモポリタン』（*Cosmopolitans*, 1936）などを次々に発表して、短篇作家としても非凡なことを示した。

モームの短篇の魅力はなんといっても、複雑な人間性のさまざまの断面を巧みな語り口で示してくれたことであろう。

晩年　作家としての望みは十分に達せられたし、「第六感」の金はおもしろいように入る。年齢も六十を越えた。もともと頑健な体ではないから、あと何年生きられるかわからない。そこで、このころからモームは少しずつ整理すべきものを整理して、余生を安楽に送ろうと準備にかかった。

すでに一九三三年には『シェピー』（*Sheppey*）という戯曲を発表し、これをもって劇作とは縁を切ると宣言した。次いで一九三八年に自伝的随想『サミング・アップ』（*The

Summing Up）を発表した。この作品は『人間の絆』と同様に、読者のためというより、自分の心の整理のために、これだけはぜひ書き残しておきたいことを記したもので、過去の思い出を語り、人生を論じ、文学を論じている。

一九一四年『人間の絆』を書き上げるとすぐ第一次世界大戦が始まったが、『サミング・アップ』を出版した翌年（一九三九年）には、第二次世界大戦が勃発している。モームが心の整理をつけるたびに、その後すぐ大戦が起こっているのもふしぎな偶然だが、そのたびにじっとしていられないで、諜報活動に従事しているのもおもしろい。

第二次世界大戦の時は、イギリス政府の依頼をうけて、フランスの国情をさぐったり、パリが陥落すると、避難民と共にカンヌから石炭船でイギリスにのがれたり、またすぐ情報局の使命を受けてアメリカへ飛んだりした。そのまま一九四六年までアメリカに逗留《とうりゅう》することになった。

その間に、『剃刀《かみそり》の刃』（*The Razor's Edge*, 1944）を発表した。アメリカの好青年ラリーがさまざまな魂の遍歴の末、東洋の神秘思想の中に心の安らぎを見いだすという長篇小説で、当時の売れ行きは大変なものだった。

一九四六年、南仏リビエラのカプ・フェラ（Cap Ferrat）にある自邸にもどったモームは、一九四八年、『カタリーナ』（*Catalina*）を発表し、これをもって長篇小説の筆を断った。つづいて一九四九年に、五十年間にわたる創作の覚え書きを整理編集した『一作家の手帖《てちょう》』（*A Writer's Notebook*）を発表し、その後は軽い随筆しか書かなかった。

晩年も好きな旅行だけは、相変わらず続け、一九五九年十一月には日本にも一か月ほど滞在している。一九六二年には、雑誌「ショー」（*Show*）に、『回顧録』（*Looking Back*）を三回に分けてのせ、また解説付き画集『ただ娯《たの》しみのために』（*Purely for My Pleasure*）を出版した。

一九六五年十二月十日、カプ・フェラの自邸で昏睡《こんすい》状態に陥り、ニースのアングロ・アメリカン病院に入院。重態であったが、死去の直前、病院から別荘に帰り、十二月十六日未明、息を引き取った。九十一歳であった。

「月と六ペンスについて」

「『月と六ペンス』（*The Moon and Sixpence*）は小説の形式で書いたポール・ゴーギャンの伝記ではもちろんない。ゴーギャンについて聞いた話に基づいてはいるが、そのうちの主だった事実だけを使い、残りは、幸いにして私が持ち合わせていた創作力に頼ってしまった」これはモーム自身の言葉だ。ゴーギャンをモデルにした小説であることは確かだが、伝記とはいえない。第一、ポール・ゴーギャン（Eugène Henri Paul Gauguin, 1848—1903）は『月と六ペンス』の主人公チャールズ・ストリックランドのようにイギリス人ではない。パリ生まれのフランス人画家である。

ゴーギャンの話を小説化しようという気を起こしたいきさつはこうだ。一九〇四年、モームはロンドンに倦怠《けんたい》を覚え、パリに居を移し、モンパルナスのアパートに落ち着いた。これより先、一八九七年に処女作『ランベスのライザ』（*Liza of Lambeth*）を出版し、かなりの成功を収めたとはいえ、まだ文筆生活だけで充分な収入を得るというほどではなく、貧乏ぐらしをしていた頃だ。モームはセザンヌやゴッホやゴーギャンなどの後期印象派の画家たちに注目した。芸術家としてはゴーギャンよりもセザンヌの方を高く評価していた。しかしゴーギャンの人柄や絵にはモームの作家としての空想を大いにかき立てるものがあった。ゴーギャンと親しく付き合った人や共に製作していた人たちから、色々とゴーギャンについて聞き出した。また、そのころ出版された唯一のゴーギャン伝も読んだ。それから十年以上たって、たまたまゴーギャンが晩年を過ごした南太平洋の島、タヒチへ行く機会がおとずれた。この島で、ゴーギャンと親しい間柄にあった様々の人から、ゴーギャンの晩年の様子を聞くに及んで、モームの胸中には、ゴーギャンをモデルとした小説の構想が完全に熟したのであった。出版は一九一九年。

『月と六ペンス』の中では、モーム自身が「私」として登場し、「私」が主人公の画家と親しい間柄であったかのように書いている。自分自身の目と耳でじかに見聞きした事実だけを、見聞きした順序にしたがって報告したまでで、これがもし作り話だったら、いろんな手を使って主人公をもっといきいきと描けるのだが、などとこの小説の中でことわっている。もちろんこれはモームのポーズであって、小説家としての創意を働かせていないように装うところに、実は大いに創意を働かせているわけだ。モームがこの手法を使ったのは、自分の身に起こった話をする方が、他人の身に起こった話をするより、ずっと真実を語っているように聞こえやすいという理由からである。作中の「私」にしても決してモーム自身を忠実に描写しているわけではなく、「私」もやはりモームの創造した一登場人物にすぎない。

最初の一、二章は、これでも小説かと思うほどの堅苦しさだ。あたかも学術書の体裁で、脚注までものものしく添えてある。読者の意欲をそぐこと甚《はなは》だしい。早く本筋に入りたいと思われる読者は四章あたりから読み始めるのもよいかもしれない。ただし、モームに代わって一言弁明するならば、一、二章のこの堅苦しさも、チャールズ・ストリックランドという画家について自分が見聞きした限り厳正な伝記を書くというポーズをとる上には、やむを得ないプロセスであったのだ。

『月と六ペンス』という題名は、おそらく英国人にはぴんとくるものがあるのだろう。六ペンスというのは英国の銀貨の中で、最低額である。口語で、わずかなもの、くだらないものと同義語に使われるくらいである。したがって月と六ペンスとの対比はごく高尚なものとごく卑小なものを象徴している。この場合、月も六ペンスも共に銀色に光る丸いものであるだけに、なおこの対比はおもしろい。主人公が追究してやまない芸術の極致を月とし、名誉や立身出世や財産を人生の第一義と考えている凡俗の人びとの理想を六ペンスとしたのであろう。

モームはこの題名を「ロンドン・タイムズ」に載った『人間の絆《きずな》』(Of Human Bondage, 1915) に対する書評の中から取ったという。「彼（主人公、フィリップ・ケアリ）は多くの若者と同じく、月にあこがれるあまり、足もとの六ペンスに気づかなかった」と評した言葉が気に入り、モームは自分の次の作品の題名を『月と六ペンス』としたといわれている。

この作品は処女作『ランベスのライザ』や自伝風小説『人間の絆』(*Of Human Bondage,* 1915) についで三番目の長編小説で、モームの長編作家としての地位はこの作品によって確立された。モームは長編作家としてのみならず、劇作家としても短編作家としても優劣をつけがたい程の才能を持ち、それぞれの分野で多数の傑作を残した。晩年は南仏リビエラのカプ・フェラに居を構え、随筆を書いたり、好きな旅行をしたりして悠々自適の生活を送っていたが、一九六五年十二月十六日、自邸で息を引きとった。享年九十一歳であった。

二〇〇九年十一月　訳　者

年譜

一八七四年
一月二五日、パリに生まれる。
一八八二年　八歳
母、結核で死亡。
一八八四年　一〇歳
父、癌で死亡。一家は離散し、モームはケント州ウィットスタブルの牧師である叔父《おじ》に引きとられる。
一八八七年　一三歳
キャンタベリのキングズ・スクール入学。
一八九〇年　一六歳
肺結核の診断を受け、南仏に転地療養。
一八九一年　一七歳
ドイツのハイデルベルクに遊学。
一八九二年　一八歳
特許会計士の見習いとしてロンドンのある事務所に二か月ほど勤める。
一〇月、聖トマス病院付属医学校へ入学。
一八九七年　二三歳
長篇小説『ランベスのライザ』（*Liza of Lambeth*）出版。
医学校を卒業、医師の免状を得る。
スペインを訪問。
一九〇二年　二八歳
長篇小説『クラドック夫人』（*Mrs Craddock*）出版。
一九〇四年　三〇歳
パリのアパートに住み、芸術家志望の青年たちと交わる。
女優ロウジーと恋愛関係に入る。
一九〇七年　三三歳
『フレデリック夫人』（*Lady Frederick*）がロンドンで上演され、一年以上の長期興行となる。
一九〇八年　三四歳

『フレデリック夫人』、『ジャック・ストロー』(*Jack Straw*)、『ドット夫人』(*Mrs Dot*)、『探検家』(*The Explorer*) の四つが同時にロンドンの大劇場で上演される。長篇『魔術師』(*The Magician*) 出版。

一九一二年　三八歳

自伝的長篇小説『人間の絆』(*Of Human Bondage*) にとりかかる。

一九一四年　四〇歳

『人間の絆』脱稿。

七月、第一次世界大戦勃発《ぼっぱつ》。赤十字野戦病院勤務となり、フランス戦線に出る。後、情報部勤務に転じ、スイスで諜報《ちょうほう》活動に従事。

一九一五年　四一歳

『人間の絆』出版。

一九一六年　四二歳

シリーと結婚。

アメリカへ行き、さらにハワイ、サモアなどの南海の島々を訪れる。タヒチ島では『月と六ペンス』(*The Moon and Sixpence*) の材料を集める。

一九一七年　四三歳

重要任務を帯びて革命下のロシアに赴く。この時、日本を経由した。

長女エリザベス生まれる。

一九一八年　四四歳

健康を害して帰国。スコットランドのサナトリウムに入る。『月と六ペンス』の構想をねる。戯曲『おえら方』(*Our Betters*) ニューヨークで上演。

一九一九年　四五歳

二回目の東方旅行に出る。アメリカ、ハワイ、サモア、マレー、中国、ジャワなど。

『月と六ペンス』出版。

戯曲『シーザーの妻』(*Caesar's Wife*)、『家庭と美人』(*Home and Beauty*) 上演。

一九二〇年　四六歳

中国に旅行。

一九二一年　四七歳
短篇集『木の葉のそよぎ』（*The Trembling of a Leaf*）出版。
戯曲『ひとめぐり』（*The Circle*）上演。

一九二二年　四八歳
旅行記『中国の屏風《びょうぶ》』（*On a Chinese Screen*）出版。
戯曲『スエズの東』（*East of Suez*）上演。

一九二三年　四九歳
ロンドンで『おえら方』上演。

一九二五年　五一歳
長篇小説『五彩のヴェール』（*The Painted Veil*）出版。

一九二六年　五二歳
短篇集『カジュアライナの木』（*The Casuarina Tree*）出版。
戯曲『貞淑な妻』（*The Constant Wife*）上演。

一九二七年　五三歳
戯曲『手紙』（*The Letter*）上演。
妻と離婚。
ボルネオ、マレーに旅行。

一九二八年　五四歳
短篇集『アシェンデン』（*Ashenden*）出版。
戯曲『聖火』（*The Sacred Flame*）ニューヨークで上演。
南仏リビエラのカプ・フェラに邸宅を買う。

一九三〇年　五六歳
旅行記『一等室の紳士』（*The Gentleman in the Parlour*）、長篇『お菓子と麦酒』（*Cakes and Ale*）出版。

一九三一年　五七歳
短篇集『一人称単数』（*Six Stories Written in the First Person Singular*）出版。

一九三二年　五八歳
短篇『本入れ袋』（*The Book Bag*）、長篇『片隅の人生』（*The Narrow Corner*）出版。
戯曲『報いられたもの』（*For Services Ren-*

dered）上演。

一九三三年　五九歳

短篇集『阿慶』（*Ah King*）出版。最後の戯曲『シェピー』（*Sheppey*）上演。スペイン旅行。

一九三四年　六〇歳

短篇集『寄せ集め』（*Altogether*）出版。西インド諸島旅行。

一九三五年　六一歳

スペイン紀行『ドン・フェルナンド』（*Don Fernando*）出版。

一九三六年　六二歳

短篇集『コスモポリタン』（*Cosmopolitans*）出版。

一九三七年　六三歳

南アメリカ、西インド諸島旅行。長篇『劇場』（*Theatre*）出版。

一九三八年　六四歳

インド旅行。自伝的随想『サミング・アップ』（*The Summing Up*）出版。

一九三九年　六五歳

長篇『クリスマスの休暇』（*Christmas Holiday*）出版。九月、第二次世界大戦勃発。イギリス情報局の命により、フランスの戦争協力に関する情報蒐集《しゅうしゅう》。

一九四〇年　六六歳

評論『戦うフランス』（*France at War*）、『読書案内』（*Books and You*）、短篇集『処方は前と同じ』（*The Mixture As Before*）出版。六月、パリ陥落の報を聞き、イギリスへのがれる。一〇月、アメリカへ向かう。一九四六年までアメリカに滞在。

一九四一年　六七歳

中篇『山の上の別荘にて』（*Up at the Villa*）

出版。
自伝『きわめて個人的な話』(*Strictly Personal*) 出版。

一九四三年　六九歳
編著『現代英米名作選』(*Great Modern Reading: W. Somerset Maugham's Introduction to Modern English and American Literature*) 出版。

一九四四年　七〇歳
長篇『剃刀《かみそり》の刃』(*The Razor's Edge*) 出版。
ベストセラーとなる。

一九四六年　七二歳
アメリカ滞在中に受けた親切に対し、感謝のしるしとして『人間の絆《きずな》』の原稿を国会図書館に寄贈。
カプ・フェラの自邸に帰る。
長篇『昔も今も』(*Then and Now*) 出版。

一九四七年　七三歳
短篇集『環境の動物』(*Creatures of Circumstance*) 出版。

一九四八年　七四歳
最後の長篇『カタリーナ』(*Catalina*) 出版。
評論『世界の十大小説』(*Great Novelists and Their Novels*) を出版。
シナリオ『四重奏』(*Quartet*) 出版。

一九四九年　七五歳
随想『一作家の手帖《てちょう》』(*A Writer's Notebook*) 出版。

一九五〇年　七六歳
シナリオ『三重奏』(*Trio*) 出版。

一九五一年　七七歳
シナリオ『アンコール』(*Encore*) 出版。
スペイン、ポルトガル、イタリア、モロッコを旅行。

一九五二年　七八歳
評論集『人生と文学』(*The Vagrant Mood*)、編著『キプリング散文選集』(*A Choice of Kipling's Prose*) 出版。オランダ旅行。

オクスフォード大学より名誉学位を受ける。

一九五四年　八〇歳

『世界の十大小説』の改訂版（*Ten Novels and Their Authors*）出版。

八〇歳の誕生日の記念出版として、『お菓子と麦酒』の豪華版を出版。

誕生日に『八〇年の回顧』（Looking Back on Eighty Years）と題して、B.B.C.から放送。イタリア、スペイン旅行。

エリザベス女王に謁見、名誉勲位（The Order of the Companion of Honour）を授かる。

一九五五年　八一歳

『クラドック夫人』の新版出版。

一九五六年　八二歳

『魔術師』の新版出版。

一九五七年　八三歳

ハイデルベルク訪問。

一九五八年　八四歳

評論集『作家の立場から』（*Points of View*）出版。

一九五九年　八五歳

極東方面旅行。一一月に来日。約一か月滞在。

一九六一年　八七歳

文学勲位（The Order of the Companion of Literature）の称号を受ける。

一九六二年　八八歳

自伝の一部を『回顧録』（*Looking Back*）と題して雑誌「ショー」（*Show*）の六月号から八月号に連載。

解説付き画集『ただ娯《たの》しみのために』（*Purely for My Pleasure*）出版。

一九六五年　九一歳

一二月一六日未明、南仏ニースのアングロ・アメリカン病院で重態となり、カプ・フェラの自邸へ帰って間もなく息を引きとる。

厨川圭子（くりやがわ　けいこ）
一九二四年生まれ。中国東北部瀋陽（当時の満州、奉天市）に生まれる。慶應義塾大学英文科卒。主な訳書にアーサー・ミラー『ジェインのもうふ』、J・M・バリ『ピーター・パン』、ジーン・ウェブスター『あしながおじさん』、オスカー・ワイルド『ウィンダミア卿夫人の扇』『理想の結婚』『真面目が肝心』、チャールズ・ラム、メアリー・ラム『シェイクスピア物語』、サー・トマス・マロリー『アーサー王の死』など多数。

本書は一九五八年一一月に角川文庫より
刊行されたものに加筆修正したものです。

月《つき》と六《ろく》ペンス

サマセット・モーム　厨川圭子《くりやがわけいこ》＝訳

平成21年 1月25日　初版発行
令和7年 5月15日　13版発行

発行者●山下直久

発行●株式会社KADOKAWA
〒102-8177　東京都千代田区富士見2-13-3
電話　0570-002-301（ナビダイヤル）

角川文庫 15533

印刷所●株式会社KADOKAWA
製本所●株式会社KADOKAWA

表紙画●和田三造

●お問い合わせ
https://www.kadokawa.co.jp/（「お問い合わせ」へお進みください）
※内容によっては、お答えできない場合があります。
※サポートは日本国内のみとさせていただきます。
※Japanese text only

Printed in Japan
ISBN978-4-04-297302-7　C0197